COLECCIÓN POPULAR

89

3 NOVELAS DE MARIANO AZUELA

La Malhora, El desquite, La luciérnaga

3 NOVELAS DE MARIANO AZUELA

*La Malhora, El desquite,
La luciérnaga*

COLECCION

POPULAR

FONDO DE CULTURA ECONÓMICA

MÉXICO

Primera edición (*Obras Completas*)   1958
  Primera   reimpresión   (Colección Popular) 1968
  Segunda   reimpresión,   1969
  Tercera   reimpresión,   1973
  Cuarta   reimpresión,   1974
  Quinta   reimpresión,   1980
  Sexta   reimpresión,   1984

D. R. © 1958, Fondo de Cultura Económica
Av. de la Universidad 975; 03100 México, D. F.

ISBN 968-16-0426-1

Impreso en México

TRES NOVELAS DE MARIANO AZUELA

Mariano Azuela (1873-1952) es un novelista de clase, pero no de partido. Posee intuición de pueblo, con sus barruntos de tragedia y de "bataclán mortuorio." Escritor social (participante él mismo en la Revolución Mexicana como médico castrense en la facción villista de Julián Medina) entiende la política como política y escribe sobre ella como escritor.

Su estilo, violento y primordial, se apoya en la realidad. No para imitarla servilmente, sino para captar su esencia y reinventarla en la obra de arte. La realidad es la forma, y el arte —decía Emmanuel Kant— no es la representación de una cosa bella, sino la bella representación de una cosa. Así el esperpento de la miseria (bajo la máscara de lo sarcástico y de lo trágico) ha sido tocado algunas veces en el corazón por la varita de virtud de los grandes creadores.

Creador de la intra-historia de la Revolución Mexicana, es decir, de la historia como tiempo interior que transcurre en la conciencia del hombre sin más documento que la sangre, Mariano Azuela ha reconstruido, con imparcialidad, las agonías del pueblo —"majestad en harapos"— con todas sus grandezas y sus miserias. El trasunto de pueblo en Azuela, trazado a carboncillos esenciales, se refleja en toda su obra. Creación y crítica concebidas con cierta simplicidad gesticulante pero auténtica.

7

En la década de 1920 a 1930 gobernaron a México cuatro presidentes: Adolfo de la Huerta, Álvaro Obregón, Plutarco Elías Calles y Emilio Portes Gil. La Revolución se consolidaba como forma de gobierno. Un segundo intento de burguesía apuntaba en el panorama nacional. Después de la burguesía positivista del porfirismo —apenas si vasto cacicazgo agrario— nacía la *nueva burguesía* revolucionaria, de la que Azuela tuvo el primer atisbo, premonitorio y genial. Los Demetrios Macías se habían extinguido en los campos de batalla luchando contra los molinos de viento, y los Quijotes apócrifos circulaban en las secretarías de Estado medrando a la sombra de la burocracia. El arte preparaba sus armas para dar la pelea a la impostura.

Vasconcelos ocupó la Secretaría de Educación Pública el 10 de octubre de 1921. Gabriel D'Annunzio dijo refiriéndose a la Ley de Educación implantada por el ministro oaxaqueño, que parecía una "bella ópera de acción social." Este era el espíritu de los tiempos. Entre 1921 y 1922 el doctor Azuela, ya por entonces más novelista que doctor, decidió —fastidiado del anonimato a que lo tenía reducido una crítica malintencionada y torpe— cambiar su manera de novelar. Pero lo que en realidad modificó fueron algunos artificios de la técnica, porque el estilo y la temática permanecieron, en esencia, los mismos.

Hasta 1922 Azuela había publicado nueve novelas: *María Luisa* (1907), *Los fracasados* (1908), *Mala yerba* (1909), *Andrés Pérez, maderista* (1911), *Sin amor* (1912), *Los de abajo* (1915), *Los caciques* (1917), *Las moscas y Domitilo quiere ser diputado* (1918). Casi a cien años justos de haber aparecido la primera novela en América, *El Periquillo Sarniento* de Fernández de Lizardi, y utilizando el mismo procedimiento de folletón por entregas, Azuela publicó en las prensas de *El Paso del Norte*, entre octubre y diciembre de 1915, la primera novela de la Revolución Mexicana: *Los de abajo*. Un año después el mismo diario sacaría la segunda edición, pero la crítica que Azuela llamaba "de tambora" no se daría por enterada siquiera.

Sólo algunas cartas dictadas por el afecto privado o por la crítica amable del paisanaje saludaron el nacimiento de las obras de Azuela. Esto era suficiente, por entonces, para quien aspiraba sólo a cumplir una estricta vocación literaria y no tenía compromisos urgentes con la gloria, o la fama, que es la publicidad de la gloria.

Sobre *María Luisa* diez renglones de Enrique González Martínez en su revista *El Arte* de Mocorito; un artículo de Arturo R.

de Carricarte en *El Fígaro* de La Habana y cartas halagüeñas de los licenciados José López Portillo y Rojas y Victoriano Salado Álvarez, "que entonces partían el bacalao en Jalisco."

Los fracasados se hizo acreedora a nota bibliográfica de Ricardo Arenales en *Revista Contemporánea* de Monterrey; unas cuantas líneas de Amado Nervo, desde España, y nueva carta del maestro de Teocaltiche, Salado Álvarez. *Mala yerba* tuvo tres críticos: Rafael de Alba, en carta alentadora, José G. Ortiz en *El Progreso Latino* y Liborio Crespo en *Nueva Era*. *Andrés Pérez, maderista* fue publicada en *El Universal* por intervención del ingeniero Palavicini y contra el dictamen adverso de una comisión de redactores. Azuela recibió cien pesos por la obra. *Sin amor* le valió un artículo de Chucho Villalpando en *Revista de Revistas* y de *Los caciques* —también edición de *El Universal*— "ni el mismo diario que publicó mi novela —comenta el autor— tuvo a bien consagrarle la mención más insignificante."

Los de abajo no nacieron bajo mejor estrella. El director del periódico *El Paso del Norte*, Fernando Gamiochipi, ofreció publicar la novela en entregas periódicas, además de mil ejemplares de sobretiro y tres dólares por semana mientras durase la impresión. Al mes de haberse distribuido en puestos de libros y revistas se habían vendido cinco ejemplares. La primera mención favorable que de la obra se hizo fue gracias al empeño de Gregorio Ortega, hábil periodista y singular entrevistador, quien logró de Rafael López esta contundente declaración: "*Los de abajo* es lo mejor que en materia de novela se ha publicado de diez años a la fecha."

Sin embargo, no fue sino hasta fines de 1924 y principios de 1925 cuando el público empezó a interesarse por las narraciones de Azuela, debido, principalmente, a la polémica periodística sostenida en las páginas de *El Universal* por Julio Jiménez Rueda y Francisco Monterde. Jiménez Rueda publicó un artículo el 20 de diciembre de 1924 sobre "El afeminamiento en la literatura mexicana", en el cual se quejaba de que la obra narrativa no fuese "compendio y cifra de las agitaciones del pueblo en todo ese periodo de cruenta guerra civil", y concluía afirmando que "nuestra vida intelectual ha sido artificial y vana". Cinco días más tarde, el 25 de diciembre de 1924, Francisco Monterde refutaba a Jiménez Rueda en las páginas de *El Universal*, con su artículo: "Existe una literatura mexicana viril." En él decía: "Haciendo caso omiso de los poetas de calidad —no afeminados— que abundan y gozan de amplio prestigio fuera de la patria, podría señalar entre los novelistas apenas conocidos —y que merecen serlo— a Mariano Azuela. Quien busque el reflejo fiel de la hoguera de nuestras últimas revoluciones tiene que acudir a sus páginas." En la polémica terció el licenciado Salado Álvarez, quien hacía coro a Jiménez Rueda en artículo titulado "¿Existe una literatura mexicana moderna?" Y, posteriormente, en contestación a una encuesta realizada por *El Universal Ilustrado*, sobre el tema propuesto por Salado Álvarez, surgieron las voces alentadoras de Federico Gamboa, José Vasconcelos y Salvador Novo.

"Debo a mi novela *Los de abajo* —escribe Mariano Azuela— una de las satisfacciones más grandes de que he disfrutado en mi vida de escritor. El célebre novelista francés Henri Barbusse, connotado comunista, la hizo traducir y publicar en la revista *Monde*, de París, que él dirigía. La *Acción Francesa*, órgano de los monarquistas y de la extrema derecha de Francia, acogió mi novela con elogio. Este hecho es muy significativo para un escritor independiente y no necesita comentarios."

¿Y la crítica?, ¿y las casas editoriales?, ¿y el presunto lector mexicano? Había que nadar cuesta arriba y contra la corriente, como los salmones. Abrirse paso a codazos entre la caterva de críticos sordos; amagar, casi, a los desaprensivos libreros y sacudir con descargas eléctricas a los lectores. Como si esto fuera poco, andar rescatando del baratillo de la Lagunilla los libros dedicados a los pontífices de las letras.

"Repito, pues —escribe Azuela con esa sonrisa de áspera sinceridad con que siempre escribía—, que cansado de ser autor sólo conocido en mi casa, tomé la resolución valiente de dar una campanada, escribiendo con técnica moderna y de última hora. Estudié con detenimiento esa técnica que consiste nada menos que en el truco ahora bien conocido de retorcer palabras y frases, oscurecer conceptos y expresiones, para obtener el efecto de la novedad."

Técnica rebuscada, deliberadamente difícil, pero de ninguna manera ilógica o incomprensible. Uso de la libre asociación psicológica (origen del monólogo interior), manejo de distintos planos temporales y cierto retorcimiento sintáctico. Pero nunca renuncia a lo fundamental: la pintura de caracteres y el diálogo vigoroso salpicado con las esencias corrosivas del pueblo.

"Aunque creo que no llegué a tales extremos —continúa Azuela— en algunas obrillas mías compuestas con técnica parecida, la verdad rigurosa es que abandoné en su composición mi manera habitual que consiste en expresarme con claridad y con-

10

cisión hasta donde mis posibilidades me lo permiten. Podría señalar algunos rompecabezas en *La Malhora*, *El desquite* y *La luciérnaga*, que son las novelas a las que me estoy refiriendo; pero ese placer se los dejo a mis enemigos para cuando estos procedimientos hayan pasado totalmente de moda."

La Malhora (1923), *El desquite* (1925) y *La luciérnaga* (1932) son, precisamente, las novelas sobre las cuales el propio doctor Azuela tejió la leyenda negra del rebuscamiento técnico y el "truco" literario. De "barrocas y herméticas" las califica Francisco Monterde; novelas de "atardecer" las llama Luis Leal; de "transición" las apellida Manuel Pedro González; escritas con "métodos de superposición propios de la escuela cubista", asegura Torres-Rioseco. ¿Existe realmente hermetismo barroco, transición de atardecer o superposición cubista en esta trilogía azueliana? ¿No se tratará, simplemente, de una nueva manera de acercarse a la realidad, interpretándola, y valiéndose para ello de una doble disección de la conciencia y el tiempo? El tiempo y la conciencia son los materiales con los que opera el análisis del novelista. O, tal vez, mejor sería afirmar que la novela moderna se construye sobre las premisas del tiempo psicológico, de un transcurrir subjetivo y, sin embargo, absolutamente real.

Azuela mismo parece no darse cuenta de esta significación y menospreciar el intento de búsqueda. El artista —esto se ha dicho tanto— suele ignorar la trascendencia de su obra y el "estado de gracia" en que se encuentra cuando crea.

Un hecho es innegable —y así lo apunta Monterde en el prólogo a las *Obras Completas* de Azuela—: se trata de un periodo que merece "atención más detenida que aquella que la crítica suele prestarle."

I

La Malhora. Daba Azuela los últimos toques a *La Malhora* cuando un grupo de jóvenes literatos convocó a un concurso de novela, género que no solía ser el más socorrido por aquella época. Había un premio de cien pesos y Azuela participó más con la esperanza de dar a conocer su obra que con la de obtener el galardón económico. El presidente del jurado lo era el licenciado Alfonso Teja Zabre —historiador y literato a sus horas—, lo que preparó el ánimo del novelista para tomar parte en la contienda.

El concurso se declaró desierto y Azuela quemó algunos de

sus manuscritos. Actos de esta naturaleza suelen ser treguas de afirmación en el espíritu de los batalladores. Así lo confirma don Mariano al referirse a cierta clase de crítica: "vencer los obstáculos que estorban mi camino ha sido uno de mis más grandes placeres y la crítica apasionada e injusta me regocija y me hace reír con rara euforia."

La Malhora no tuvo buena acogida en México —tal vez por aquello de que nadie es profeta en su tierra—, pero en cambio fue comentada favorablemente en el extranjero. Alfonso Masseras y Valéry Larbaud se ocuparon de ella. Valéry Larbaud sería —más tarde— el prologuista de *Los de abajo* (*Ceux d'en Bas*), que trasladara del español al francés J. Maurin con la asesoría del "Abate" González de Mendoza. En ese prólogo asienta que "el estilo de Mariano Azuela, su manera vigorosa y despejada, no deja de tener analogía con la de los escritores que en sus mejores momentos nos recuerdan, más o menos confusamente, la brevedad y la fuerza de Tácito. . ."

La Malhora es una novela citadina, de pulquería, de bajos fondos, donde se trazan —con líneas enérgicas y precisas— los caracteres de los personajes: Altagracia, la Tapatía, Marcelo, Epigmenio, el doctor chiflado, las beatas de Irapuato; un mundo de claroscuro modelado en el diálogo imperioso del doctor Azuela. Con novedosas técnicas descriptivas va integrando —como afirma Masseras— "un intenso capítulo de psicología humana." El tema parece extraído de algunos cuadros del pintor Arrieta; argumento que arranca su luz a la vida del pueblo miserable y hambriento que nace —como la Malhora— con el pulque en los labios.

"Para escribir *La Malhora* —confirma Azuela— nunca tuve material más abundante y al alcance de mi mano. Desde mi infancia y en mi adolescencia conocí una gran variedad de hampones. . . aprendí su vocabulario, sus gestos, sus maneras, su caló. Más tarde perfeccioné estos conocimientos en mis correrías de revolucionario, conviviendo con hampones venidos de los cuatro puntos cardinales. Y cuando fui médico de venéreas en el consultorio número 3 de la Beneficiencia Pública, enclavado en las mismas entrañas de Tepito, nada me quedaba por aprender."

Vivía Azuela entonces en una casona al oriente del jardín de Santiago Tlatelolco y su clientela —Peralvillo, Tepito, Fray Bartolomé de las Casas, la rinconada de Santa Anna— estaba formada por la flor y nata de la picaresca metropolitana. Fue testigo de riñas callejeras entre borrachos, mujerzuelas públicas y hamponcetes de toda laya. "Poco después de las diez de la mañana —con-

12

tinúa narrando—, cuando las parejas de gendarmes cuidaban el orden, había grandes ruedos de gente detenida a su paso por los voceadores de papeles impresos —caballeros de guarache, calzón blanco y sombrero de palma al estilo de los Altos de Jalisco—, recitando con voz de sochantre el último corrido, la oración del Justo Juez o el caso espeluznante de la hija que le pegó a su madre y a la que Dios castigó ejemplarmente haciendo que en esa mano sacrílega naciera una mata de cabellos."

"Con elementos de esta naturaleza compuse *La Malhora*."

Retratos de insuperable fuerza expresiva decoran los muros de la obra de Azuela. Altagracia, "la Malhora", ocupa el lienzo central: personaje de perfecta modulación psicológica dentro del fatalismo cotidiano. Mujer arrastrada por el amor y el odio, en dualidad funesta, hasta las simas de la violencia, y devuelta —después de haber vislumbrado un relámpago de salvación— a los blancos tremedales del pulque. Nueva Xóchitl orozquiana surgiendo del amargo y baboso tinacal.

Sin embargo, una suerte de dignidad interior rescata y explica a las mujeres azuelianas. Víctimas afantasmadas de la prostitución que se debaten en la sucia vida privada de la urbe. Pasiones de sorda epicidad que desembocan en el torbellino de la sangre, y la sangre en el resumidero común de la locura o la muerte. Acción teatral de patetismo nada pintoresco. Recreación de un ambiente construido a base de idiomas primitivos, de atavismo social, de patologías congénitas donde las diosas de la venganza han sido sustituidas, hábilmente, por genes hereditarios.

En esta narración Azuela ha utilizado el contraste de tiempos rápidos y tiempos lentos distribuidos en el fluir normal de la novela, además de cierta concepción cíclica de los personajes. El monólogo interior del médico enajenado constituye técnica precursora en la novelística mexicana (*Ulises* se había publicado en París un año antes, 1922) y la fragmentación del tiempo lineal significa, para su época, un novedoso recurso literario.

II

El desquite. "Escribí *El desquite* —informa Mariano Azuela—, otra pequeña novela con la misma técnica usada en *La Malhora* y mucho más acentuada en el procedimiento. La publicó una revista literaria (*La Novela Semanal*) y recibí cincuenta pesos como pago de los derechos de autor." Si *La Malhora* sólo tuvo eco en el extranjero, "*El desquite* en cambio no obtuvo éxito ni en México ni fuera de México."

Por el perfume, esta vez no delicado como en Proust, sino de olor agresivo, de esos que arriscan la pituitaria a la primera respirada, regresa Azuela —en visión retrospectiva— a narrar los incidentes de su historia. Historia vista a través de los ojos de un personaje testigo que, involuntariamente primero y aguijoneado después por la curiosidad, descubre un pueblerino suceso de escándalo que bien pudiera ser divertido si no fuera profundamente amargo. No deja de haber en estas páginas cierto humorismo negro para el que Azuela está inmejorablemente dotado.

Frente a la torturada personalidad de Lupe López se levantan —coro de fantasmas— las figuras secundarias captadas por la pluma incisiva de Mariano Azuela: Mamá Lenita "(ojo pérfido de cotorra)" con su pernicioso magisterio sobre la desventurada hija; el Huitlacoche con "su aliento de verraco y la boñiga seca de sus borceguíes"; don Leodegario "expendedor de harina flor y esquilmos superiores... amén de sátiro a las veces"; Ricardito con "sus ojos garzos y su sonrisa de sacabocado" y Martín, abogado consultor y ex bolchevique, medrando con la ingenuidad y el sufrimiento del pueblo; embaucador de una raza que proliferaría, más tarde, al desvirtuarse el movimiento revolucionario. Personajes todos de la trágica opereta social que ya empezaba a revivirse en México. Danzando, en el centro de un escenario alumbrado por las candilejas del rastacuerismo, la ex niña Lupe: "arrogante de grasa, cuello en dobleces, labios extravertidos, alforjas en los ojos, brazos de box y pies de foca en alpargatas, chapoteando su desolación por los ladrillos."

A partir del capítulo quinto la novelita se desarrolla en el clima de una investigación policial conducida a través de diálogos fragmentarios e inducciones psicológicas, artificio mediante el cual se mantiene alerta el interés del lector hasta el momento de las revelaciones finales. No es, por supuesto, el trazo de caracteres aislados lo que interesa esencialmente en la novela, sino el análisis de la mentalidad colectiva del pueblo, y la manera —el estilo es alma— de llegarse, en bruscos golpes de realidad, hasta el centro de los problemas humanos.

Roger Caillois afirma que la novela "es contenido puro." Azuela, en cambio, sostiene que "toda narración implica un argumento de mayor o menor interés, una trama más o menos bien urdida, pero el lector inteligente no es allí donde va a buscar el

14

gusto de una novela. Y si es verdad que hay lectores para Alejandro Dumas, los hay también para Marcelo Proust y para Aldous Huxley."

Azuela no es un estilista, sino un creador de estructuras novelescas. Y en torno a éstas va construyendo el paisaje humano que se concentra en las masas blancas y negras del diálogo. La acción verbal supera, con mucho, a la naturaleza muerta de la narración exterior. Los personajes establecen su propio carácter con libertad e independencia y, sin embargo, Azuela es hombre preocupado por los problemas del estilo y de la técnica expresiva, o sea, por el enriquecimiento de sus útiles de trabajo. "Acertar con las nuevas tendencias es el afán que impulsa de vez en vez al novelista a dar un nuevo viraje en su técnica", reconoce el propio doctor Azuela.

Los grandes novelistas no siempre son los mejores escritores —asegura Somerset Maugham—, e ilustra su idea con el ejemplo de "los cuatro novelistas más grandes del mundo, Balzac, Dickens, Tolstoi y Dostoyewski que escribieron medianamente sus idiomas." La tesis resulta sugestiva y peligrosa al mismo tiempo. Sea de ello lo que se quiera, lo cierto es que Azuela sin ser novelista dedicado a las investigaciones formales del idioma, es escritor de estilo eficaz y prosa contundente. Azuela no busca las palabras. No busca las palabras pero las encuentra —decía Villaurrutia— y agregaba en seguida: "Mariano Azuela no repite sus personajes. La Malhora no es la Malhora, más la Malhora, más la Malhora, sino, de una vez, la Malhora elevada a la potencia deseada." Virtud de la instantaneidad de una pluma en la que todo acto de creación es hecho consumado y no aproximación gradual al problema.

III

La luciérnaga. Fue un grupo de jóvenes literatos —el de *Contemporáneos*—, afirma Alfonso Reyes, el que "sacó de la oscuridad a un novelista verdadero, que había doblado ya el cabo de la Buena Esperanza de los cuarenta años sin que nadie reparara en él: Mariano Azuela, cuya obra ha merecido la más amplia difusión y ha sido traducida, prácticamente, a todas las lenguas cultas del mundo."

En las notas que el doctor Azuela dejó sobre sus libros —autobiografía de ideas como quería Collingwood— se encuentra el material básico para reconstruir el pensamiento del autor y la historia de sus novelas. "La tercera novela compuesta con técnica moderna se llama *La luciérnaga* —escribe Azuela— y ha sido el mayor éxito literario que he tenido en mi vida, al mismo tiempo que el fracaso económico más rotundo." Esto le dolía al autor no por el dinero que dejaba de percibir, sino por el legítimo orgullo de que sus libros se distribuyesen profusamente entre el pueblo, "porque soy yo lo he reconocido siempre —confirma el escritor lagüense— un novelista popular y lo que escribo es para el pueblo y no para los literatos, por lo que lo que más me interesa al componer un libro es que sea lo más leído posible."

A propósito de *La luciérnaga* Azuela continúa haciendo examen implacable de sí mismo y de sus posibilidades, esqueletizando al máximo técnicas y métodos literarios. En esta obra puede observarse, además, el afán del novelista de evolucionar de acuerdo con el gusto y la sensibilidad de su tiempo, sin concesiones culpables que traicionen su idea de la novela.

Azuela había leído sistemáticamente a los clásicos de la narrativa francesa, en cuya yema se encuentra el origen de sus predilecciones como novelista: Balzac, los Goncourt, Zola, Daudet, Maupassant; sin olvidar a France, Proust, Gide y Sartre, y entre los autores de habla inglesa a Huxley, Caldwell, Dos Passos, Faulkner y Virginia Woolf, quienes —en opinión de Azuela— "no sólo merecen atención sino los más calurosos aplausos de los lectores que no son bobos fáciles de embaucar."

El hombre es el gran tema de Azuela. Los argumentos —siempre subsidiarios del tema— son aleatorios en sus novelas. Pero el hombre concebido en su dimensión social y, por ello, no desligado de su contexto de pueblo. Julien Green percibió con claridad este problema de la literatura social: "si una tesis se desprende de una novela, tanto mejor; pero una novela no debe desprenderse nunca de una tesis."

La luciérnaga, emparentada ambientalmente con las creaciones de Federico Gamboa, define la novela urbana de México. La peripecia de la obra es lanzadera que va de Cieneguilla a la Capital. Diversidad de perspectivas —todas magistralmente trabajadas y resueltas— donde se puede apreciar la vida y la psicología de la provincia frente a las miserias de la ciudad absorbente. No la ciudad de calles céntricas y colonias rumbosas, sino la ciudad andrajosa dilapidada en vicio. La ciudad donde desfilan los más contradictorios personajes: el chofer enmarihuanado que estrella su camión lleno de pasajeros contra un tranvía y después busca refugio en las naves de la catedral; la jovencita que se prostituye para llevar el pan a su familia; las turbias maniobras de los empleadillos de gobierno para esquilmar a los comerciantes; las de los comerciantes para cohechar a los funcionarios menores y engañar al público, y las del público —especie de pueblo minusválido y burocratizado— para eludir la acción de la ley, que no llega a ser justicia. En fin, todo ese mundo de funcionarios y asesinos, de prostitutas y vagos que integran la fisonomía de la gran ciudad. El contrapunto se establece con la descripción de un ambiente, otro, donde el ritmo de la vida transcurre con mayor lentitud y, aparentemente, con mayor pureza: la provincia. El escenario de Cieneguilla está pintado con igual maestría. Mundo hermético y circular en el que bullen las figuras consagradas por la tradición levítica de los pueblos pequeños: el cura, el boticario, el terrateniente, el alcalde. O clasificados por las pasiones que los mueven: el maledicente, el lujurioso, el glotón, el avaro. Precisamente un avaro de prosapia balzaciana, cuya psicología está trabajada con la pericia analítica de Dostoyewski, resulta la figura de relieve central en *La luciérnaga*: Chema Miserias, en quien la tragedia de hombre segregado del mundo se manifiesta a través de una mezcla insospechada de contradicciones internas. Es —como acertadamente escribió el crítico italiano Mario Puccini— "un traidor de sí mismo."

Alberto Quiroz —en breve ensayo sobre *La luciérnaga*— dejó escritas estas palabras: "José María es un Rascolnikof. Es un hombre joven, desde luego; absurdo por su situación de hombre razonable con un espeso meollo de locura. Beato y audaz, tacaño y desprendido de impulsos, débil y enérgico, fanático y ladrón. Fácilmente se confiesa y se arrepiente. Se acusa y a la vez se justifica, con esa visión pueril con que trasegaba Rascolnikof." Mecanismo de autodefensa que precisa, siempre, un prolongado periodo de acusación a sí mismo. Oscilación pendular del espíritu entre el ser y su destrucción. Apología, la más completa, de la minucia trascendente. Sin embargo, en Rascolnikof hay una grandeza épica ausente en las maquinaciones del tísico José María; aquél se mueve —como bien apunta Cansinos Assens— "en la esfera de la ética abstracta." La lucha de Rodion Rascolnikof —o tal vez la del mismo Dostoyewski— es contra "la fría rebelión de los negros arcángeles cerebrales"; éste, Chema Miserias, obra movido por otros resortes, los de la avaricia y el desamparo. Huérfana de amor el alma busca la posesión de objetos menos trascendentes, como el dinero, para llenar de basura dorada el hueco de su irremediable soledad.

En *Los libros que leí*, Alfredo Maillefert, con esa simplicidad penetrante con que solía escribir, nos deja una visión exacta del novelista y su obra: "Don Mariano no hace más que trasladar a estas páginas con su letra larga y menudita, las cosas que ha visto, las gentes con quienes ha hablado, los paisajes que ha recorrido, las callecitas pedregosas de los pueblos. Es médico y hasta histólogo, por cuanto a la disección de las figuras; nos recuerda en ciertos momentos a los novelistas rusos. Pero no es médico ya en cuanto al diagnóstico, no escribe recetas de felicidad nacional. Él sólo —como en un laboratorio— nos dice cómo ha sido y estado el país en un momento dado: en su carne doliente, en su espíritu delirante."

Así, severo y clásico, como un cuadro del Greco iluminado por luz interior, escribió su obra el doctor Mariano Azuela. Su obra es su vida, y su vida una ejemplar lección de sinceridad y coraje.

RAYMUNDO RAMOS

LA MALHORA

BAJO LA ONDA FRÍA

Hasta principios de enero el invierno había sido muy moderado, pero el once llegó la onda fría y a las dieciséis del trece un cielo bituminoso como el asfalto mojado de las calles acababa de engullirse al sol. La lluvia menuda y el vientecillo helado hacían esconder las manos, y quienes no llevaban paraguas ni abrigos invertían las vueltas de sus sacos sobre la nuca y encogidos y cabizbajos pasaban apresuradamente.

Ante una mesilla mugrienta en el interior de *El Vacilón*, un hombre robusto y sanguíneo se mantenía inmóvil. Los lazos y banderas de papel de china de vivos colores, la esmeralda de las jarras de vidrio, los platos de filetes de oro —adorno de los muros—, las esferitas pendientes del techo, que el viento colado de la calle agitaba levemente, no iluminaban un solo instante sus ojos reconcentrados y turbios.

La Tapatía lo observaba desde su puesto de tortas y fritangas, no encendido todavía.

—Marcelo, ¿qué le pasa?

El hombre se removió asustado. Sacudió la cabeza y dando un fuerte golpe sobre las tablas pidió un curado de apio.

—¿Qué araña, pues, le ha picado?

Alzó los hombros y volvió la espalda.

El jicarero vino con una jarra llena.

—Otra para la Tapatía... digo no. Tapatía, tómese ésta...

—En todo caso que sirvan otra.

—No bebo... ni enchincho... Que se la tome.

—¿Está malo, Marcelo?

El hombre se encogió de hombros de·nuevo.

La Tapatía apuró el líquido blanco y filante, tiró de una silla y se acercó confidencial a tiempo que entraba otro parroquiano. Pintor también. Pidió dos medidas.

—No, Flaco, yo no tomo.

El Flaco lo era como arbusto sin savia ni sostén: tres prolongaciones paralelas, visera, nariz y barba; rostro y cachucha integrándose en un todo pétreo e inexpresivo.

—Te digo que no quiero, y ya.

Debían conocerse bien, porque ni aquél insistió ni éste se movió de su sitio.

Ahora la Tapatía, a distancia, los observaba.

Transcurrieron minutos de silencio. Don Apolonio comenzó a templar la séptima.

—¿Costas las del *Levante*, Flaco?

—No, don Apolonio, van a ser las cinco. Vámonos, pues, cuate.

Enmudecido, Marcelo se caló la cachucha a cuadros, tercióse al cuello una toalla gris mugrosa y se puso en pie.

El dril de sus blusas y pantalones, gama de tierras sucias; sus zapatos manchados de yeso, retorcidos y estrellados por el sol y el agua; sus rostros contrastantes, uno congestionado, casi apoplético, el otro descolorido e hinchado por dos décadas de pulque, ponían su toque en la desolación de la tarde.

En el cruzamiento de Donceles y el Relox se detuvieron. Marcelo dijo bruscamente:

—Yo no subo.

El otro tomó la escalerilla de hierro de una gran fachada en construcción, ascendió hasta perderse como araña minúscula en el gigantesco andamiaje y dijo:

—¿No vienes, pues?

A la voz velada de arriba respondió leve movimiento de cabeza y hombros; pero un movimiento angustioso que implicaba la fuerza enorme de una voluntad claudicante que ha de decidir un sí o un no.

Con los ojos claros en la borrosa luz del cielo, Marcelo seguía esperando sin esperar. Extraña obsesión, anhelo impreciso, necesidad inconsciente quizás de un toque de luz viva, de color púrpura que rompiera en un punto y por un instante al menos el blanco seboso de la tarde, le mantenían como fiera atónita.

Oíase el sordo discurrir de los automóviles de linternas apagadas, achaparrados, desfilando rápidos cual interminable procesión de negros ataúdes. Los globos de alabastro de la luz, blancos aún, se alargaban de trecho en trecho en medio de la calle, entre las madejas de hilos y de cables. El mismo brillo metálico del agua en el asfalto parecía esclerótica de agonizante.

Dando diente con diente, el Flaco gritó arriba:

—No se puede hacer nada, hermano.

Y comenzó a recoger botes y pinceles.

Al saltar un pretil, sus manos resbalaron en el lodo de un dentellón. Un grito de angustia arriba y una exclamación sofocada abajo. Pero las manos crispadas en furioso instinto de vida lograron asirse de un cable, mientras que las piernas se entrelazaban a un poste como serpientes.

Lo de abajo fue más grave aún. Una llama intensísima iluminó el alma de Marcelo, pero fuego deslumbrador, instantáneo no más, como el grito de terror de arriba.

Entonces una sonrisa siniestra de decepción.

Nadie le seguía. Pero sus zapatones desclavijados chapoteaban sordos y precipitados por los charcos.

El Vacilón rebosaba. Risas jocundas de mandolinas, quejumbres de la séptima de don Apolonio y *Flores purísimas* del Flaco, tenor de mucha fama en Tepito. Oleaje de harapos sucios e insolentes como mantos reales; cabezas achayotadas, renegridas; semblantes regocijados siniestros; cintilación de pupilas felinas y blancura calofriante de acuminados colmillos. Bajo lámparas veladas por pantallas de papel crepé, contraste rudo de líneas y claroscuro, desintegración incesante de masas y relieves.

La Tapatía, ausente a todo aquel vocerío de manicomio, mantenía atentos sus ojos al comal de frituras confiado a la fámula, quizás más bien a cada hampón que entraba chorreando y tiritando. "Este diablo de Marcelo tiene algo que a los otros les falta. El curado de apio me lo bebí porque sí... o más bien dicho porque él me lo dio. ¡Qué sé yo! Cosas que uno siente y ya..."

Porque desde el día en que el tequila alcanzó cotizaciones de champaña la Tapatía aprendió abstinencia. Y con la abstinencia se le reveló una actitud atávica, la economía; luego otras. Se hizo un círculo vicioso. Don Apolonio el patrón dijo: "Esta muchacha es de porvenir" y le dio el puesto. Eso y las reminiscencias: el chocolate caliente, espeso y oloroso de allá, el colchón de pura lana con sábanas de calicot muy limpias, las blusas y faldas de gasa con mucho listón y encaje, y las amistades de allá —¡ésas eran amistades!—. "Mal haya para el de los galones sobredorados y franjas de zagalejo que me sacó de un tendejón decente para venir a tirarme a estos mugreros de Tepito! ¡A mí, tapatía del barrio de mero San Juan de Dios!"

Hermético a sospechas que pudieran agriarle la alegría de la velada, Epigmenio se decidió:

—Lo que es ahora sí me cumples, Tapatía.

—Hoy menos que nunca.

—¿Por qué?...

—No sé... me siento mal. Desde en la tarde no puedo ver la mía...

—Nunca te ha faltado pretexto.

—Te digo que no... mira... en fin, cosas que yo no te sabría explicar.

—Pretextos.

—¿No oíste a las ocho cómo aullaba un perro allá en la calle? No sé, de veras, qué me pasa; tengo ese lamento aquí en los oídos... Me he acordado de mi gente... ¡Oye, se me figura que está ladrando todavía! Déjame ir a la puerta.

Abrió. Una franja de luz encendió los baches; estrecha cinta luminosa en el fango negro. Casas, muros, empedrados, el llanto de la noche, todo un mar de fango. Entró una ráfaga helada, se agitaron las esferitas de colores y los focos eléctricos. En las paredes danzaron estrambóticas sombras chinescas.

Atento el oído, percibió un grito ronco en la lobreguez impenetrable, luego rumor de pasos que se alejan con precipitación, después un ¡ay! que se repitió tres veces, desfalleciendo hasta extinguirse en sordo estertor. Cosas de la colonia de la Bolsa.

Pero la Tapatía estaba nerviosa, se llevó las manos a su pecho acongojado y rezó un padrenuestro y una avemaría por el alma del occiso.

—¿Sigue ladrando tu perro?... Anda, entra; lo que vas a coger allí es una buena pulmonía.

Epigmenio le ciñó la cintura y regresaron a su sitio.

Epigmenio el de *La Carmela*, "Carnes finas. Manteca de Guadalajara". Cliente de conveniencia. La Tapatía libaba con él por complacer al patrón, haciéndole gasto a la casa.

Una muchacha acababa de saltar sobre una tosca mesa de pino y todo el mundo se apartaba para hacerle ruedo. Tendría apenas quince años y ya los pies soplados, los brazos de cebra y las mejillas de anfiteatro. Una funda sudosa cubría sus cabellos deshechos, garras renegridas colgaban en torno de su pecho y de sus muslos. Al compás de estrepitosos palmoteos comenzó a bailar.

—¿Tapatía, a quién esperas?

—Te digo que a nadie.

—No hablas, no respondes, no me haces caso.

—¡Cosas tuyas! Mira, mira a la Malhora... ¡Ja... ja... jajajá!

La bailarina hacía prodigios de obscenidad y triunfaba una vez más.

La bailarina astrosa de las carpas de Tepito, que de los brazos de Marcelo había ido a caer a los de todo el mundo y rodaba por todos los antros y que ya en las tablas no conseguía ni una sonrisa desdeñosa para sus atrocidades, descendiendo, descendiendo, habíase reducido a cosa, a cosa de pulquería, a una cosa que estorba y a la que hay que resignarse o acostumbrarse.

Coreábanla a grandes voces y, frenéticos, le marcaban el compás a pies y manos.

Epigmenio dio un golpe sobre la mesa con su mano abierta.

—Epigmenio, ¿qué tienes?

—Ya lo sabes...

La Tapatía se puso bruscamente en pie:

—Oye, dime...

Vaciló un instante, luego se decidió:

—¿Serías, pues, capaz de casarte conmigo?

Estalló la carcajada. De una lógica tan irreprochable que la misma Tapatía, cohibida, no puso más resistencia y se dejó caer en los brazos de Epigmenio.

Los vasos se alzaron entonces en irisaciones cantaridinas. Pero en el mismo momento la Tapatía sintió la fosferescencia de unos ojos que la herían por la espalda. Y se volvió, demudada.

En el cuadrilongo de la puerta, Marcelo acababa de aparecer.

Del fondo sombrío y grasiento, entre la hilachera tumultuosa, una voz:

—Marcelo... Marcelo...

Una voz metálica con sonoridades de aguardiente.

Y en el fondo también, Epigmenio rechinando las quijadas porque la Tapatía se le escurrió de las manos. Su rugido de despecho se ahogó en la alharaca.

—Marcelo, cuánto me alegro de verlo ya así... Dígame...

Él le tendió la diestra. En su rostro no había más barruntos de tempestad.

—Patrón, aquí dos medidas.

—Dígame, Marcelo, ¿qué tenía, pues, esta tarde?... Algo le ha pasado, no me lo niegue...

El Flaco acabó *Una furtiva lágrima* y vino a saludar a Marcelo.

—¿No me das, pues, un abrazo, cuate? ¡Hoy nací de vuelta! ¿Cómo?, ¿no viste, pues, nada? Si no ha sido por el calabrote a estas horas soy difunto.

La frialdad de Marcelo era insultante, pero el Flaco manejaba mejor la brocha que el puñal y un do de pecho era el vértice de su voluntad y de sus anhelos. Se alejó vocalizando una nueva canción.

—Oye, Pimenio, arrima la jarra... ¡hum, qué cara!... A tu salud y chócala... ¡La Tapatía! No te pierdes de gran cosa... bueno, pero tu gusto es muy tuyo... Si es capricho, ensártalo entonces... ¡Zas!, uno a fondo y te lo quitas de enfrente... No te creas de lo que dicen... montonero no más. No es el león como lo pintan. Tú sabes si yo sé bien lo que te digo. ¡Un desgracia-

do de veras! Mira, un puñete no más y hasta el barrio pierde...
Arrima acá la jarra. Pimenio... se le seca a uno la boca de nada
y nada... Eso si la quieres de veritas... ¡Ps! no es mecha... Para
desengañarte convídala al baño... pata de gallo, pelo postizo, muelas picadas y unas manchas en las piernas del tamaño de un
centavo.

Epigmenio no pudo más; levantó su vaso y bañó el rostro de
la Malhora que saltó asperjando insolencias.

—¡Que se quema, que se quema; échenle agua...!

Marcelo le vació su medida en la cabeza. Y como su gracia
cayó bien, todo el mundo lo imitó.

Empapada, untadas las ropas, encogida como perro mojado,
corrió a refugiarse tras una barrica enorme, a espaldas de Epigmenio.

El mancebo de *La Carmela* dormía de codos sobre la mesa.
Marcelo, de un empellón, lo arrojó a roncar sobre el aserrín vaporizante.

Riendo a carcajadas, la Tapatía pasó sobre él. Pero apenas acababa de sentarse, sofocó un grito de espanto. Pronta, sacó su propio pañuelo y lo metió entre la pechera y el *sweater* de Marcelo.
La salpicadura de sangre desapareció.

Se miraron sin hablar. Lívido, él bajó la frente.

Tras de ellos la Malhora lo vio todo con turbia mirada de
idiota.

El rumor entra como un soplo de la noche. Allá afuera acaban
de asesinar a un hombre. Bastaría cerrar la puerta, pues. Pero
dos discos rojos rasgan la negrura de la calle y en la puerta asoman dos graves rostros embozados de azul.

¿Habráse refugiado allí el asesino? ¿Quién podría jurar que el
homicida no lo sea su propio vecino? Por tanto, se levanta una
muralla impenetrable de silencio ante las interrogaciones medro-
sas de la policía.

Hombres de experiencia, los agentes de seguridad se despiden
por haber cumplido ya con su deber.

—No se vayan no más así, tecolotes... obséquienme con una
doble siquiera... Espérenme, que les hago compañía... ya no
quiero estar con estos tales...

La cabeza de la Malhora asoma airada como emergiendo de
las profundidades del mismo barril.

Una canción descoyuntada, pasos pausados en los baches, dos
luces fugitivas que ora se acercan, ora se alejan en la calle lóbrega,
bajo el zumbar monótono de la lluvia.

Los tres se detienen. Sobre un montón de hilachas, negras de lodo, se proyecta al acaso el haz luminoso de una linterna. Una cabeza de líneas inextricables en un charco de fango y de sangre.

—¡A ver, gendarme, a ver!... ¡Más luz!...

Bañada de púrpura, entre las manos de la Malhora se levanta una pesada cabeza, un rostro todo arrugas y canas, los ojos desmesuradamente fijos, la boca espumante en rosa...

Un alarido. La cabeza chapotea en el fango.

—¡Mi padre!...

Sus labios lívidos tocan unas mejillas ríspidas y más frías que la noche. Grita con toda su fuerza:

—¡Padrecito de mi alma!... ¿Padrecito, dime siquiera quién fue?

—Es mariguana —observa uno de los agentes del orden público, guiñando el ojo a su colega.

—Estás borracha.

—Yo sé quién es el asesino, gendarmes...

—Cállate, escandalosa, mejor vete a acostar.

—Síganme; les digo que yo se los entrego.

—Lo hubieras dicho antes allá en la cantina.

Erguida, en la oscuridad su silueta se alarga como fantasma. Y habla como si el dolor le hubiera exprimido hasta la última partícula de alcohol de su cerebro.

—Vengan conmigo... yo se los entrego...

Injuria, amenaza. Hay un instante en que duda de sí. Se acerca de nuevo y levanta otra vez la cabeza del difunto. Los ojos de cristal la miran sin expresión.

Sola, porque ya los capotes azules se perdieron en las tinieblas, da de gritos. Sus lamentos son saetas que la noche se traga, cuando la policía regresa con la camilla.

Se acercan y levantan el cadáver.

La Malhora se bambolea y se desploma. Enojoso incidente para los camilleros que sienten ya el doble peso.

Entreabre sus párpados de plomo: un gran pabellón blanco, doble hilera de camas blancas, siluetas taciturnas al descolorido e intermitente sol que entra por puertas y ventanas. Sopla el airecillo quejumbroso en los yertos ramajes del jardín.

Un esfuerzo y comprende. Todo está bien. ¿Qué más da despertar bajo el recio puntapié del pulquero que abre su "establecimiento", retirando estorbos del quicio, que en una de estas salas tan limpias, con todo y su olor de remedios? Igual es pernoctar en húmeda galera de Comisaría que en cualquier basurero de la Bolsa, al calor de dos o tres perros famélicos.

Sí, todo está bien... menos esos hombres de negro que preguntan más que un catecismo. ¿Cómo se llama usted? ¿Con qué apodo es más conocida? ¿Qué tantos años tiene usted? ¿En dónde vive usted?

Y luego la pregunta brutal:

—¿Conoció usted al llamado N. N.?

Su memoria naufragante resplandece.

—¿Usted sabe quién es el asesino de su padre?

Inclina la cabeza; el llanto y los gemidos no la dejan articular una sílaba.

—El nombre, en seguidita el nombre —aconseja el escribiente del juzgado, pobre diablo carcoma de Belén.

Pero el joven y novel juez instructor, hermoso pavo real de los de la última hornada, no tolera consejos ni advertencias.

—No, señor, primero los antecedentes. Porque, ¿sabe usted?, no hay tragedia sin antecedentes.

Así pues, vamos por orden: primero el sótano hediendo a salitre, negro como boca de fogón, donde ella vio o debió haber visto la primera luz; la portería de una inmensa vecindad de Peralvillo; segundo, papá y mamá viviendo vida de ensueño y riñendo hasta el instante en que ésta revienta de puro hinchada, ¡glorioso agave!; en seguida a la calle, el figón, la plaza, el tablado de Tepito y lo demás; las amistades que le enseñan a uno unas cosas... ¡pero qué cosas!...

—¡Perfectamente! ¿Lo ve usted, señor escribiente? Atavismo, educación, medio... sólo nos faltan los antecedentes. En la historia, en las letras, en la vida, toda tragedia tiene sus antecedentes, ¿sabe usted?

El escribiente tose su frío y su tisis.

Altagracia, agotada, se pone verde botella y resbala convulsa, con espuma en los labios.

—¿Ha muerto? ¡Pronto, pronto el interno!

—No, señor, es la cruda.

Una inyección de éter sulfúrico y un berrido de becerra fogueada. Al punto se reincorpora.

Su mano trémula aparta a un lado la madeja revuelta sobre sus ojos. Ahora un tónico. Altagracia lo apura con avidez. El alcohol brilla al instante en sus ojos avejigados.

—Concretémonos, pues, al crimen. ¿Dónde, cuándo, cómo y en qué circunstancias conoció usted, señora, al asesino de su padre?

—¿A qué asesino?...

Los ojos asombrados de Altagracia y la zorruna sonrisa del escribiente.

—Declaró al comenzar esta diligencia que conocía a la persona que perpetró este delito.

—No es cierto. Yo no sé nada.

—Léasele el principio de su declaración. Oiga usted...

—"A la pregunta '¿Sabe quién es el asesino de su padre?' respondió afirmativamente con la cabeza, no pudiendo hablar porque un desvanecimiento la privó del uso de sus sentidos, por lo que hubo de suspenderse la diligencia..."

—¿Ahora qué dice usted?

—Yo no sé nada.

—¡Extraordinario!

Y como el escribiente, colmillo de víbora, sonríe, el juez instructor clama estridente:

—Haga usted que se presenten al instante los gendarmes aprehensores.

Estas sordas reyertas, estas mínimas revanchas, espantan las dolencias crónicas del "inferior" y casi lo desfosilizan. Corre y pronto regresa con la policía.

—¿Conocen a esta mujer?

—La Malhora, sí, señor.

—¿Qué saben de ella?

—Que es ebria consuetudinaria y fuma mariguana.

—Me refiero al acontecimiento de anoche.

—Pst... pst...

Naturalmente no se avanza nada: la estupidez policíaca y el "yo no sé nada" de la muchacha son muralla infranqueable e inaccesible a las altas dotes del joven psicólogo.

—¿Sabe la pena en que incurre declarando falsamente, mujer?

—Alcohólica y mariguana —apunta insidioso el escribiente, rascándose una oreja.

Y mientras el juez se da refrenadas palmaditas en sus pantalones sin rodilleras, dos sonrisas se juntan, la canallesca del tísico marrullero del palacio de Belén y la idiota de la hija legítima de la colonia de la Bolsa.

Por lo que el joven letrado, "una de las esperanzas más legítimas de nuestro foro", opta por salir a tomar un aperitivo, mientras el escribiente formula el auto de libertad.

En el hospital, Altagracia supo acordarse a tiempo de una máxima sagrada; la correlativa fue su obsesión en cuanto se puso camino de "Los Alcanfores". "Estas cosas se arreglan siempre entre nosotros solos." Por tanto, se detuvo a su paso por *La Carmela* en solicitud de un cuchillo.

—¡Ah, sabes entonces quién fue? —respondió al punto Epigmenio, benévolo como en estos casos debe serse.

La Malhora lo llamó más de cerca.

—¡Ah!... ¿Estás segura?... ¿Sí?... Cuenta conmigo...

—¿Palabra?

—¡Palabra!...

Un juramento sobre los Santos Evangelios no tendría más valor.

—A las ocho, pues, en El Vacilón y calle... tano.

Entonces Altagracia, ambliópica y digna (porque sus labios no se habían mojado todavía), se alejó por las calles sórdidas de Hojalatería.

Muy antes de las ocho, convenientemente lívida y desgreñada, entró en El Vacilón.

Se le hace ruedo. Cuando uno está en desgracia ¡pues! le queda el consuelo de las amistades.

Parece que ya corrió el rumor de que ella sabe. Da gana de preguntarla; pero ¿quién primero? Hay cosas que lo hacen vacilar a uno, casi temer. A lo mejor un compromiso. La pulquería tiene sus discreciones.

Altagracia recibe muchas condolencias y se queda sola con su dolor.

Casi sola porque la Tapatía la asiste con efusivos y reiterados vasos de pulque. ¡La Tapatía! A bien que una misma no sabe quién la quiere bien y quién no.

—¿Y sabes quién fue él?

Incomprensible. Así la pregunta a quemarropa.

Cuando la Tapatía quiere corregir su torpeza, Altagracia, naturalmente, está viendo foquitos que bailan como rosas de sangre.

—¡Tú lo sabes mejor que yo, hija de la...!

—Mentira, Altagracia, yo no...

—Lo que te sobra de cuerpo te falta de alma... ¡mula!...

—¡Cuánto sabes!... Por algo te han de llamar Malhora...

Hubo que separarse de tácito acuerdo y para no enterar a los demás.

Cuando Epigmenio entró muy despectivo para la Tapatía, Altagracia le salió al encuentro. Se guiñaron los ojos.

—Mira el chafalote que te traigo.

Hablaron quedo y ya lejos en un extremo. La mano de Altagracia tomó febrilmente el puñal.

—Aquí dos medidas, patrón. Y dime, ¿tu hombre?...

—No ha llegado.

La Tapatía pasó muy cerca de ellos. Epigmenio levantó la

cabeza y encontró una mirada que le apagó el coraje; unos ojos como nunca se los había visto.

—¿Ella sabe, pues, algo?

—¡Una desgraciada...!

A Epigmenio le entró miedo muy extraño. No salió al instante porque entre hombres es preferible que lo maten a uno a la mala, a ponerse en evidencia.

La Tapatía se clavó en la puerta.

—¡Qué noche, don Apolonio! Más de algún pobrecito amanece tieso mañana...

Había dejado de llover, el cielo se despejaba en una inmensa plancha de zinc, la luna subía como pedazo de oblea y el aire zumbaba en tropelío desenfrenado de saetas.

La Tapatía rezó entre dientes un padrenuestro y una avemaría. Porque siempre tuvo temor de Dios y amó a su prójimo como a sí misma.

Entonces entró Marcelo castañeteando, los brazos en las costillas.

—Parece que le dan uno de cachetadas, Tapatía. ¡Qué helada para mañana!

—Altagracia, ándale, búllete, que ya está aquí... Toma...

Epigmenio forzó el mango de marfil entre los dedos agarrotados de la Malhora. Ululante, en plena intoxicación, ella no podía ya ni con el peso de sus propios ojos.

Entonces a Epigmenio los recelos se le volvieron pánico y salió rumbo a *La Carmela* como perro encohetado.

Marcelo lo vio salir, sin comprender.

La Tapatía lo llamó y le dijo:

—Marcelo, vamos a la cantina de enfrente... Un ponchecito para este frío.

En la esquina discutieron ampliamente el caso.

Bueno. Porque sus abismos se miraron y entraron en conjunción.

Al amanecer, bajo un cielo ópalo ondulado y una atmósfera cruel, la policía encontró en un prado de la avenida del Trabajo, allí muy cerca del quiosquito, el cuerpo blanco y congelado de la Malhora, sin ropa, yacente entre escamas de nieve y zacatitos de plata. ¡Ah!, también descerrajadas las puertas de *La Carmela,* fracturada la caja y el tocinero Epigmenio cosido a puñaladas.

Porque la Tapatía era una gran intuitiva. Marcelo habría hecho las cosas bien; pero sin finalidad. La Tapatía no. Donde ponía negro resultaba blanco y un puñado de fango al pasar por sus manos se tornaba copo de armiño.

Por ejemplo, cinco años antes, el Jurado del Pueblo, ante quien compareció por los delitos comprobados de robo y homicidio frustrado, comprendió con no rara clarividencia las virtudes de la reo. "Es hacendosa, económica, amante del trabajo, continente y abstinente. Digamos una hormiguita arriera. Víctima inocente de su medio. Devolvamos a la sociedad un miembro que puede ser digno de ella." La Tapatía salió absuelta entre los aplausos del pueblo y los bostezos de los legisladores.

Absuelta y con más nobles ambiciones: devolver a la sociedad, verbigracia, no uno sino dos miembros de ella con un estanquillo, *La Tapatía*, y una accesoria inmediata, *Se pintan rótulos*.

Para ello sólo faltaba un *principalito*.

Ahora todo se había encontrado.

La sociedad pudo recibirlos en su seno.

Esposas, mordazas, resortes de acero en la nuca invertida. Hierro, frío, carne, huesos, todo una. Enfrente el de los cabellos crispados con una cabellera de sangre líquida en la punta de su cuchillo. Ella también; sí, ella con sus dientes de porcelana y su risa de loba. ¡Ella!... Y no poder estrangularla siquiera...

Entonces las ramas abiertas de la tenaza le desgranan los maxilares; los ojos se retraen dentro de sus hornacinas, las quijadas chocan estridentes, las mismas alas de la nariz se repliegan aterrorizadas.

—¡No, ya no!... ¡Piedad!... ¡Que no quiero ya!...

Y ésa, la de los dientes de lobo, que no le quita su risa de berbiquí de en medio del corazón.

—Que no quiero... ¡Que mejor me dejen morir!...

Un momento o una eternidad de tregua. Oscuridad y silencio de un cerebro apagado.

Después se repite el mismo film: una, dos, diez, cien, mil miles de veces.

—¡Ánimo, ánimo!... Ya vuelve en sí... un traguito más...

—¡Que no quiero!...

Los muros mismos deberían retemblar a los gritos. En realidad, no hay más que unos labios que se remueven en vago e ininteligible murmullo.

Las fricciones de hielo vuelven a rubificar el mármol lívido de sus carnes heladas. Abreboca, pinza de lengua, respiración artificial.

—¡Bendito sea el Señor! La hemos salvado.

—¡Ánimo, mujer, ande usted, un poquito de vino que le devuelva el calor!...

—¡Que no quiero vino, que no!... Madre mía de la Conchita, te juro que no he de probar una gota mientras... mientras...

Y cae agotada otra vez.

Por lo demás, Altagracia la Malhora se ha salvado.

—Cuente con mi ayuda. Usted quiere redimirse, adivino sus palabras. Todo corre de mi cuenta. Me la llevo a mi propia casa, hija mía...

LA REENCARNACIÓN DE LENÍN

TENGO cuarenta y cinco años, veinte de ejercer mi profesión. Alfonso, que es el que más me ama, asegura que soy de rara habilidad quirúrgica y, por ende, de inteligencia mediocre. Lo dice a espaldas mías y dudé. Ahora no, porque desde mi reclusión en el manicomio veo justo y pienso. Sí, pienso, aunque ejerzo. Pero también un sacerdote amigo mío dice misa y hace cinco años que Dios se le ha perdido. En cambio yo lo hallé; tanto que ya no me cabe en la cabeza.

No tengo hijos ni quien me los atribuya. Mi único desquite de la casa Meister Lucius & Bruning Hoechst, de Alemania, que ha nutrido mis venas y mi raquis con algunos centenares de neo.

Mi mujer es casi joven. Sus sentimientos son como sus ojos, bellos, expresivos y profundos. Admira por su amabilidad, ternura y complacencia. El límite de sus virtudes soy yo. ¡Yo mismo! Como me dio su cuerpo puro, así me ha dado su alma desnuda. A mí solo, sólo para mí. ¡Gracias!

Aparte de su indomable fiereza hogareña, tiene tres pequeñas manías: contradecirme absolutamente, martirizar mi hiperacusia con regueros de porcelanas y cristales estrellados y hacer obras de misericordia. Primero la puericultura; pero su sistema de alimentación (leche condensada con yerbabuena) sólo le ha dejado una docena de blancas lápidas en Dolores. Prefirió entonces bautizar chinos. Todos los que en quince años nos han lavado la ropa recibieron las aguas lustrales y su regalo respectivo de manos de su madrina. Pero Li Ung Chang descubrió torpemente que en cuatro años se había bautizado catorce veces y que la lavandería era fruto de su doble industria. Ahora se consagra a redimir mujeres caídas y fuera del estado de merecer, con sus honrosas excepciones. La última, por ejemplo, es una muchacha de quince abriles malogrados física y mentalmente.

"El padre Quiñones se ha hecho ya cargo de los males de su espíritu, Altagracia; mi esposo va a curarla de sus dolencias corporales. Samuel, Altagracia necesita reconstituyentes, cacodilatos, nucleínas, estrícnicos... tú sabrás."

"¿Conque Atagracia? ¿Nombre de guerra, eh?"

Levantó su frente vellosa y cerrada (un jumentillo de dos semanas) y me miró. Mirada de animal... digamos, de animal domesticado. Ello fue que sus dos luciérnagas en la negrura de mi cuarto no me dejaron cerrar los ojos. Hasta que me levanté y le abrí el balcón a la noche espléndida, comprendí. ¡Los ojos de Lenín! Sí, señor, ¿por qué no? ¿Y la teosofía? ¿Y Einstein?... Por lo demás eso me basta a mí. A mí, Universo... a mí...

No he dicho, sin embargo, quién es Lenín. Una historia: el día de mi triunfo o de mi derrota, que es igual. A las veinte el discurso de recepción académica, a las veinte y cuarenta y cinco lo otro. Es decir, cuando todavía llevaba debajo de mi blusa de trabajo el calor de los abrazos y en mis oídos el estruendo de los aplausos y las sacramentales palabras útimas: "Venerables apóstoles de la caridad cristiana... vidas heroicas consagradas a la consolación del dolor humano..." Y lo demás. ¿Por qué, señor, puse entonces mis ojos en los ojos de Lenín, yo que sólo cuidé siempre de la perfecta posición del campo operatorio? Inmovilizado por las correas en la mesa de vivisección, abiertos y tensos los miembros, el abdomen al aire, un vientre de terciopelo gris de plata, tibio y agitado por la respiración del terror. Unos ojos de cristal, implacablemente expresivos, desbordantes de incógnitas. ¿Qué?, ¿amargos reproches?, ¿impotencia humilde y resignada?, ¿imploración de un ápice de piedad?, ¿estupor ante el omnipotente bípedo?, ¿promesas de gratitud sin límite? Todo y nada. Pero ¿por qué no mejor un feroz mordisco? Me habría arrancado un dedo o mi mano, pero no mi tranquilidad burguesa de "mártir del deber y de la ciencia". El corazón, pues, se debatió como pájaro montaraz enjaulado. El escalpelo huía de mis dedos inciertos. Pero ¿y la memoria sobre "la sutura de los gruesos vasos"? ¿Y la vanidad? Volví bruscamente el rostro. Sobre el cuello tendido de Lenín una rebanada blanco nácar, luego un surco desbordante de púrpura. Y un ladrido ronco, ahogado por la mordaza.

Nada más. Nada más.

Adelante, siempre adelante. Hasta el golpe estridente de martillo:

"¡Hipócrita, cobarde, miserable!"...

Juro que lo demás no fue obra mía. El bisturí cortó las ataduras, él las cortó. Lenín dio un salto tremendo, estrelló los cristales y del balcón de mi tercer piso fue a caer, saco de huesos, en la calle sombría.

¿Lo demás? Un velo impenetrable. Ni tiempo. Ni espacio. Un velo negro que rasgarán, una tarde otoñal, en los jardines de la Castañeda, apocalípticas nubes de sangre, nubes que se tornan letras estupendas de sangre y que todavía me queman los ojos. ¡Asesino!...

Ahora se ha convenido en que estoy curado, y discutiré con Alfonso y mi mujer la diferencia que hay entre asesinar a un hombre y asesinar a un perro.

Y bien, Altagracia... digo, Lenín... es decir...

Mi mujer es muy piadosa y Alfonso es sabio. Mi discusión me valió el reingreso al manicomio. Salgo después de seis meses, curado otra vez. Con todo, Alfonso dice: "Debes seguir curándote todavía." Y yo: "En nombre de los vetustos muros de San Pedro y San Pablo, ten piedad de ti. ¿Soy, pues, el mismo a quien tu sabiduría y caridad desnudaron en una bartolina de diciembre estrellado? ¡Después te asomaste a mi universo y te quedaste a oscuras! Entonces tú conoces el talento como los tuyos las virtudes de Faramalla. Clínico estupendo, te aviso que tiré ha tiempo los fárragos que me abrumaban y me conquisté. Tú sigue con tu joroba de libros y clientes, galimatías; sigue tu camino de discos amarillos, resonantes (¡buen provecho!) y resérvame el derecho de no reírme de ti a carcajadas. ¡Alfonso, ten piedad de ti!"

¡Ah, ésta es Altagracia! Sería imposible olvidarla. Altagracia, eres otra. No para mí. Mi mujer dice: "Hacendosa, limpia y muy pronta... un poco triste aún, necesita tónicos." Es la inocente manía de los enfermos sin remedio. Altagracia, óyela abriendo tu paraguas... como yo. Tu dolencia cabe en la industria y rebasa la ciencia, o lo que es lo mismo, criadita sin sueldo, la medicina y tú nada tienen que hacerse. Menos mal para ti a quien cura un cura. Acércate sin temor. Sí, yo sé. El hombre te ha hecho daño, un daño enorme. No te inquietes, Altagracia: el hombre sólo es tonto o ignorante o las dos cosas. Malo no, porque el mal es una palabra. Los barrenos en mis huesos, los relámpagos en mis carnes, las mordidas de taladro en mi vientre, la luz fulgurante en mi cerebro, todo a tiempo, de día y de noche, un mes dos meses, dos años, cinco años, purificaron al hombre y ahora ha dejado las esferas inferiores. ¡Casi Dios! ¿Comprendes?... No temas que mi mano acaricie la seda de tu perdón... Altagracia, no corras... Lenín...

Dio un salto y me miró.

Un error es posible. Con todo, sigo creyendo en Lenín.

33

Altagracia, estás muy crecida. No para mí que salí de la escuela. Tus ojos dicen lo que tus oídos no se atreven a oír. Te hacen daño tu miedo y mi secreto. El mío es tuyo también. ¡No te asombres! El campanero y el guardafaros ven más; pero yo soy lámpara de *Crookes*, aeroplano y casi estrella.

¿Por qué te escondes? Ahora que estás vestida te turbas por el otro vestido que te falta. ¡Tonta! Lo que llamas "mi maldad" no deja de serlo con las telas confeccionadas en los talleres de gazmoñería. Si tu odio ha de apagarse en un borbotón de sangre, no incurras en la afrenta de empalidecer... Pero el odio es algo monstruosamente pesado para el que odia. ¡Mírame, mírame a los ojos! El cura te enseñó que al vértice del odio está el infierno; yo te digo que donde acaba el odio comienza la escala de Jacob. Ayúdame a subir más; ayúdate a subir más. Él era un ignorante y un necio no más. Naturalmente merecía morir. ¡Claro que murió!... ¡Qué preguntas! Yo lo sé todo... Sí, fue el mismo día que comenzó su ascensión... que comenzó mi ascensión... ¿Y ahora te vas?... Espera, Altagracia, digo, Lenín... Lenín, espera, es preciso decirlo todo...

Pero aún puede con su miedo y su secreto. Dio un salto tremendo y me miró.

Igual que el día que se tiró por el balcón...

El amor es dádiva, Altagracia. La otra fue un pozo seco. ¿Qué pueden darse dos pozos secos? ¡Bendigo el crimen que hizo brotar borbotones de luz! Es inútil tu resistencia al centro de gravedad. Coincidirán en un punto tu odio y mi crimen; chocarán con estruendo de nubes y se fundirán en el oro líquido de la dádiva.

El sello húmedo de tus labios ponga en nosotros la primera palabra de Cristo.

No te inquiete la Otra. En verdad la compasión no es para ti, no es para el que lleva camino de estrellas, sino para quien no supo mirarse en el espejo de su vacío.

Hoy la he visto ensayar velos de viudedad frente al infinito cuadrilongo de cristal azogado. Tenía la belleza de los ocasos. Ella no sabe que es ocaso. Ningún ocaso lo sabe.

Mi compasión llora todavía.

Interrupción de tres meses, noventa días, 2,160 horas. San Sebastián o Luzbel, rotas las alas bajo el edredón, y blanco como la hoja de papel de Altagracia, gráfica, temperatura, pulso, respiración, *ticket* de primera clase y tú conductor, Altagracia...

La Otra siempre ha sido así. Va por el cura y el pasaporte ahora que yo te pido mi corbata de seda.

34

Y bien, te doy la gran noticia, tus ojos de obsidiana y de redención nos han embellecido. He aquí los hechos. Mi paciencia obedeció a su deber y he seguido el hilo de tu cuento sin hilvanes. "Ésa es toda mi vida." Sí, eso crees, nuestra memoria es infiel y para poder vivir hemos de olvidar y fantasear. Está bien. Dijiste: "Juré vengarme del asesino." ¡Espléndido! Pero tu amigo el alcohol, ferozmente leal, se te enredó en el cuchillo. Entonces, "Juro odio eterno al pulque." Otra verdad que me suena a hueco... y no. Lo importante es haber comenzado. Pudiste romperte en granada. Pero no temo el zumo de granada que es mancha inedeleble, aun cuando el Marcelo de tu noche pudiera resultar el Yo de tu aurora... ¡Calma!... un momento o un siglo... es igual. Yo vivo en el ecuador, pero las noches de seis meses tienen su aurora y me verás! ¡Tú me verás! Te digo gracias, porque supiste romper el triángulo de tu vida a base de alcohol y finalidad de acero. Gracias, sí, porque recomenzaremos equilateralmente hasta caer en el punto infinito del círculo. Y gracias, porque mi cordura coja entre dos antagonismos recobra hoy su equilibrio entre tus brazos centrípetos.

NOTA BENE: El doctor creyó en la hora del perdón y al ir a poner el sello, entró su señora y no encontró las cosas de su agrado, terminando así este episodio.

SANTO... SANTO... SANTO...

ENTONCES: Altagracia, noctívaga, lloró con Dios porque era rica. El mundo ya más grande que la colonia de la Bolsa; las gentes que arreglan su vida de otro modo que con alcohol y puñal digieren bien y duermen mejor. Eso aparte de la moneda menuda de su alcancía: el amor al prójimo del cura de Santa Catarina, el perdón de las ofensas del doctor paralítico y el cumplimiento del deber de su esposa severa y equivocada.

Altagracia, ebria del heroísmo del médico santo, mártir y loco, pensó: "Todos están perdonados." Y suspiró a la vez que sus ojos repararon en la cédula de una puerta: "Se solicita criada."

Las Gutiérrez, de Irapuato —mamá enfisematosa, dos niñas mirando venir los cuarenta, tápalos de cucaracha en cucurucho, cinta azul, faldas amplias y reptantes, tacón de piso— oyeron decir un día: "Carranza y Villa vienen cerrando templos y expulsando sacerdotes", y mirando hacer, ellas también liaron sus maletas, su piedad acrisolada y su irreprochable estupidez, metieron en un canasto un gallo y tomaron el tren, rezando: "Santo... Santo... Santo, es Dios de bondad, siendo Trino y Uno por la Eternidad... Que se haga, Señor, tu Voluntad..."

Y llegaron a México a la zaga de los tiburones despavoridos de la impiedad y de los dientes amarillos que fajados a la cintura y sobre el pecho venía enseñándole el muy católico y sufrido pueblo mexicano.

Pasó la tormenta. Gracias a la habilidad financiera Cabrera-Carranza, los tiburones acabaron de tragarse a la familia menuda e inerme y regresaron a sus escolleras, simulando gruñidos que eran eructos de puro hartazgo.

Abandonadas en la resaca, las Gutiérrez, suspirando, dijeron otra vez: "...y que se haga Señor tu Voluntad..."; pero ya sin sus tres casitas en Irapuato —cuarenta y cinco pesos mensuales— y sí con un letrero en su accesoria, "Se cose ajeno".

Y se propusieron ahorrar diez centavos todos los días hasta *acabar* tres pasajes de segunda a Irapuato. Sólo que el día que los *acabalaron*, en vez de anudar las maletas, dijeron: "Y que se haga, Señor tu voluntad", y agregaron otro letrero a la puerta: "Se solicita criada."

Porque la fuerza del intinto es más poderosa cuanto más se desciende en la especie.

El júbilo de Altagracia, pues, durante el primer momento —ambiente de libertad, igualdad y fraternidad— cedió a la opresión de un cambio brusco de alturas, a la inquietud angustiosa del camino extraviado. Esoterismo en las palabras llanas, actitud hierática en los gestos sencillos, vida superior en el perenne trabajo y en la perenne oración. El tac tac de las dos *Singer*, el rumor hipnótico de los rezos sin fin: un rosario de cinco, alimento predecesor de cada alimento del cuerpo; padrenuestros y avemarías, credos, salves y trisagios "por el eterno descanso de mi abuelo, de mi padre, de mi tío, de mi amigo, de mi enemigo" y vuelta luego con los vivos: "Mi madrina de confirmación, la madrecita de la Villa, mi confesor, mi vecina del 34, el viejito del estanquillo" hasta acabar con "estas gentes del gobierno que nos rige, a quien Su Divina Majestad haga la maravilla de abrirles los ojos del entendimiento". Homenaje y desagravio por las vanidades humanas en el retacito de seda, flores en oro y rojo litúrgico de los forros de las Visitas de Nuestro Amo; un pedazo de terciopelo morado y orla de fino encaje en la trecena de Nuestro Seráfico Padre Señor San Francisco. Y todo un muestrario de lanas, sedas y algodones en la carcomida y bien sudada librería de novenas y triduos de todos los santos mayores del año. Sin faltar en los días feriados el granito de incienso fino y un par de velones retorcidos y lacrimosos. Tuteo con Dios, bromas con los santos y la Corte Celestial ocupada no más en atender hasta las íntimas necesidades de la familia, en su accesoria de a catorce pesos mensuales.

Atmósfera de sebo fundido, desgarrada a cada cambio del tiempo por el canto anginoso del gallo viejo que arranca tres simétricos suspiros y orienta seis ojos aborregados rumbo a Irapuato. Un segundo no más, porque el amor que no es de Dios, amor mundano y pecaminoso es.

El espíritu de Altagracia boga como la paloma, en la lámpara de aceite del Sagrado Corazón de Jesús.

Pasan días de plomo.

Pero aquel silencio de iglesia, aquella devoción sin resquebrajaduras, aquel alabar a Dios hasta por los cólicos y las jaquecas, va afianzando aquí y allá las ideas vagas y desparpajadas traídas de la casa del doctor mártir y loco.

Por fin:

—Niñas, quiero confesarme y comulgar como ustedes, todos los días.

"¡Santo... Santo... Santo...!", etc.

Desde ese día, pues, Altagracia, por mal nombre la Malhora, comió en la misma mesa de sus amas. Su alma se volatilizó en el ambiente de paz espiritual; dejóse arrastrar por la mansa corriente de un sopor sin ensueños ni pesadillas.

Pero la vida vegetativa, odiosa y perversa, devolvió forma y color a sus carnes.

Tanto, que un día las santas cuarentonas, sorprendidas y escandalizadas, con las manos sobre los ojos, así la reprendieron:

—Mujer, se está poniendo muy indecente. Abstinencia, ayunos, oraciones. Póngale menos garbanzos al caldo.

Y le mostraron la cuerda de San Francisco que hunde sus ásperos ixtles en un surco hondo y encobrecido en la cintura y le enseñaron la disciplina de apretados nudos que rompe las carnes y purifica el alma.

—Bendito sea Dios, niñas, que yo no necesito de eso. El sacristán de Santa Ana y los gachupines de la panadería me dicen picardías. Pero, por este pan que me como, a mí esas cosas no me dan calor ni frío. Como luego dicen: "Tuna picada por los pájaros antes de madurar."

Ni ella pretendió injuriar ni hubo quien se diera por aludida.

Pasaron semanas, años —¡cinco años!— de letargo y de opio místico, hasta que un día...

Porque el ardor divino que pudo domeñar a Altagracia se quemó las alas antes de asomarse a las tinieblas donde se había escondido la Malhora.

Fue un domingo, después de misa. Quizá el adivinar la intención de un codazo o de un empellón a las puertas de una iglesia donde se aglomeran los rebozos, la manta y la mugre, implique un grado de sensibilidad muy exquisita, por atavismo o educación; ello fue que un codazo y un empellón las pusieron al instante de cara, que nadie supo cómo ni por qué y ya estaban en medio de la calle, gallos finos de pelea, fijos los ojos y restirado el pescuezo.

Se hicieron el ruedo y el silencio obligatorios. Golpes secos, respiraciones jadeantes; dos bultos grises que se revuelcan. No hay tiempo de saber quién anda arriba o abajo. Las dos tienen ya sangre en las manos y la cara, cuando se oye un chillido de rata cogida en la trampa. Ambas se ponen en pie y se separan. La Malhora lleva entre los dientes un fragmento del lóbulo de la nariz de su contraria.

En trémolo sobreagudo, las santas mujeres entonan ante el altar: "¡Santo... Santo... Santo! ¡Es Dios de bondad! ¡Siendo Trino y Uno por la Eternidad!"

Y la puerta está atrancada y los cerrojos corridos.

¿A qué llamar, pues?

Pensamientos y sentimientos se funden en un desconsuelo infinito, en la indiferencia universal infinita y en la impiedad de un cielo hueco.

"LA TAPATÍA"

SE PINTAN RÓTULOS

Bajo un sol rubio todavía que hace diamantes, rubíes y esmeraldas de los vidrios de un basurero, hay un manchón leonado de negro y blanco, que ora se extiende, ora se concreta. Son seis, siete, ocho, nueve con el acólito pinto, tonto y entrometido. Ella gira sobre sí en el centro y tiene el espanto de su fugaz majestad amenazada. Y algo más. Por decirlo así, ha perdido los estribos. De pronto dos gritos penetrantes, de rabia uno, de dolor el otro; confusión de orejas, hocicos, patas, colas, y la mancha se desmorona. Entonces reorganízase solemne y premiosa la procesión a media calle; lenguas rojas pendientes, de ritmo apresurado, ojos consumiéndose en un problema de trigonometría y colas en rígidas interrogaciones. Esponsales y combates.

Pero los ojos de Altagracia vagan por las ondulaciones acumnadas de la lona gris de una carpa, el gigantesco aro de hierro de la ola giratoria, la torrecilla de ladrillos achinados de una iglesia absurda. Absurdos también los graves postes y festones de la electricidad. Pasan a lo largo de una calle sobre un caserío mezquino que va empequeñeciéndose hasta lamer el polvo, hasta fundirse en la línea verde gris de la falda de los cerros y allá muy cerca de un cielo como ojo con catarata.

Cosa extraña: parece que ha adquirido un sentido nuevo en los seis años de ausencia. No un sentimiento, simplemente una constancia de algo insospechado; lo inarmónico, lo asimétrico, lo deforme, lo feo.

La anarquía de la línea y del plano en casetas, barracas y puestos arrojados al azar. Anarquía del color incoloro. Hormiguero de rostros hoscos y cansados, párpados de bayeta, piernas sopladas, cachuchas, un tejano sarnoso, toallas y *sweaters* imposibles. Harapos que van y vienen en la impasibilidad sublime de la inconciencia. Fraternalmente de la mano la maldad y la imbecilidad que se ignoran. Por los suelos escuadrones de zapatos embetunados, gestosos y gachos de fatiga e insolación; a los bordes de los tejamaniles sin ensamble y de las hojadelatas chorreando moho, tendederos perpetuos de ropas descoloridas y fláccidas como ahorcados. Un canario, la espada de general y una Biblia protestante; afroditas económicas, la oración del Justo Juez y un durmiente de acero; una alcachofa agusanada y sobre el lomo de un armadillo vivo un bonete de cura. Mobiliario, vestuario, bestiario y vituallas. Letras, industrias, bellas artes y forrajes. Vertedero de todo el desecho de México en remojo y remozo. El gran colector de la calle de la Paz roto en una cloaca. La omnipotente pátina de la mugre abrillantándolo todo, como es brillante y repulida la superficie de un pantano.

Altagracia se estremece, pues, en un calofrío sentimental mitigado. Es su medio... y no... ¡tanta cara desconocida!

Aquél parece, de lejos, el Flaco... Sí, su misma cachucha, su misma nariz, su barba, en un todo inconfundible. Algo, sin embargo, que no es precisamente suyo, el pilón rústico de encino que lo prolonga y lo adelgaza hasta el punto de que ella a su lado parece garra de su muñón.

—Flaco... Flaco...

Bajo su rostro térreo, sus ojos de esfinge de trapo se detienen incomprensivos.

39

—¿No te acuerdas, pues, de mí?

—¡Anda, co... por la mera voz no más! La Malhora, ¿verdad? Cuenta... ¿qué ha sido, pues, de tu vida?... ¿Yo? ya lo ves. Un balazo, seis meses en el hospital... allá se les quedó la pierna; pero no fue .eso lo peor, co... Me hinché todo... la hidropesía, ¿sabes? Los médicos dijeron: "Es el pulque. Que coma puras legumbres"; y otros: "Que coma carne", ¿entiendes? ... Bueno, me entró miedo; pero al fin uno no es caballo para beber agua; tomo chínguere ahora y me asienta.

Entraron a *La Hermosa Joven* y después de mediodía salieron zigzagueantes y divergentes. Pero Altagracia, antes de perder la cabeza, tuvo noticia de un estanquillo *La Tapatía* y de una accesoria *Se pintan rótulos,* allá por las calles del Doctor Vértiz.

A otro día, intolerancia gástrica, avidez de agua y virtudes, los primeros pasos a la Villa en visita de desagravio (Dios no quiere la muerte del pecador, etc.), y un registro a los "Avisos Económicos" del periódico de la mañana.

—¡Adelante!

Voz de xoconoxtle y de cántaro constipado. En el claro vertical la cara desafinada de la Malhora.

—Digo que éntre... ¿Está sorda?

La impaciencia del viejo rueda en dos mosaicos desorbitados.

—Doce pesos, ración de pulque y domingos libres por la tarde. ¿Conviene?

Especie de don Quijote en paños menores, sus glúteos, sin embargo, desbordan un tazón de hoja de lata y su abdomen se proyecta piramidal.

—Hacer lo que se ofrezca. Sobre todo que no le falte agua para mi semicupio. Renovarla cada dos horas. ¿Conviene? Entonces suba y deje sus trapos. Espere, oiga... ¿tiene padre, hermanos, tíos o algún pariente soldado? ... ¿nada? ... no hay entonces que hablar más. Para los bandidos ni sol ni agua... Usted se ha puesto a mirar esa amplificación. Sí, soy yo con mi uniforme de brigadier... pero no de los de ahora. Soy viejo soldado, servidor de la República... Voltee pa acá. Cruz del Dos de Abril, medalla de la Carbonera... condecoración del Sitio de Querétaro... ¡Un pobre diablo! ... Sí, un viejo servidor de la República... ¡ésa era madera! ... Purita gente decente... Se fue nuestro gran Porfirio Díaz... se fue Huerta... ¿qué queda?, ¿dónde está, pues, la gente honrada? ... Ya lo ve, en su casa tomando baños de asiento para echar afuera los malos humores... Vaya, pues, arriba. Oiga, deme primero mi vaso de jugo de naranja y mi *Monitor Naturis-*

ta... ¡Ah, si no fuera por la teosofía!... Pero me ha traído el de piña... Comenzamos mal... A ver, venga acá a la luz... póngase aquí... Los ojos pequeños, la frente estrecha, la nariz roma y aplastada, los pómulos como pitones... ¡Hum!... No tienes tú la culpa, muchacha, sino él gachupín imbécil que no supo hacer contigo lo que el yanqui con los pieles rojas... ¡Bello país! ¡La gran nación!...

La cabeza de simio, corteza de coco de agua, trémula en un halo cerdoso como cepillo.

Entonces sopla el huracán, retiembla la escalera y los muros empalidecen.

El general da un salto fuera del semicupio.

—Pronto... arriba... corra, que es mi hermana Eugenia.

La señorita Eugenia, ciento noventa libras, botas de doble suela, traje sastre, sombrero canotier. Relampaguea, resopla, gime, bufa y prorrumpe:

—¡Bagazos... cáscaras, papeles... trapos... agua puerca! ¡Lo de siempre: no un cerdo, sino un chiquero... ¡Viejo tal por cual!...

Todas las interjecciones de que se abstiene la gramática, mientras el general desaparece bajo el cubismo policromado de su colchoneta.

Llegada a su máxima presión, la cólera de la señorita Eugenia escapa por los extremos cuadrangulares de sus botas. Y vuelan semicupio, silla y hasta el vaso de peltre del naranjate.

El general, ya en la paz de los hombres de buena voluntad, asoma la cabeza y pronuncia sin temor:

—Altagracia, ahora puede bajar... Acérqueme mi semicupio, ponga al fuego el cautín, deme los clavos y el martillo. ¡Ah, pero es la hora de mi escoleta!; deme primero mi clarinete y la fantasía de *Lucrecia Borgia* que dejé en el excusado.

Al trigésimo día, el viejo servidor de la República espera que se vaya la señorita Eugenia y llama a Altagracia:

—Oiga usted: en beaterías se le va media noche, media tarde y media vida... ¡Paso!... Soy liberal de la vieja guardia, pero transijo con la política de conciliación... ¡Carmelita!... ¡Nuestro Gran Estadista!... Pero no es eso todo: la primera semana quebró el vaso de mi limonada, sin embargo respondió a todo "sí, señor; sí señorita"; la segunda semana rompió tres platos de porcelana, un botellón de cristal y se volvió sordomuda; esta última, ha hecho pedazos un lavabo, astilló la boquilla de mi clarinete, olvidó cerrar una llave y se nos inundó la casa, y anoche cuando le pedía agua para mi semicupio, dijo entre dientes una in-

solencia de esas que a mi hermana Eugenia no le gustan en boca
ajena. Como medida de prudencia y conveniencia le aconsejo que
junte sus tiliches... y a la calle sin esperar a que ella venga y le
ajuste las cuentas...

Y como Altagracia comenzaba a idiotizarse a fuerza de desve-
ladas y no podía salir aún de la convalecencia de su último lance,
encontró buena intención y sabiduría en las palabras del anciano.

LA MALHORA

POR TANTO, cuando Altagracia suspiró, "¡ay, cómo pasan los años!",
fue el día de su santo entre batas y gorras blancas, muy lejos —por
no ahondar más la herida— de la Malhora, de Lenín y de la mís-
tica familia de Irapuato. Enferma disfrazada de afanadora, ya
con dos miriápodos en el vientre, uno por apendicitis que nunca
tuvo y otro por salpingitis que tampoco tuvo —bellas cifras esta-
dísticas de valientes aprendices y futuras glorias de la ciencia mé-
dico-bancaria.

Cinco años de letargo o de *mens sana in corpore sano*; luego
un día, sin saber a qué hora, sin saber cómo, sin saber por qué,
la náusea por el alimento, la jaqueca por la mucha luz, el mal humor porque lo ven y le hablan a uno o porque no lo ven ni le
hablan. Los sueños inconexos, absurdos, enervantes; después el perenne desasosiego, los insomnios que funden la línea curva y dejan
colgajos de piel ociosa, todo, aparte de la consulta médica, catástrofe crónica y rítmica. Alma doliente de consultorios, dispensa-
rios y casas de beneficencia, bajo la obsesión eterna del médico y
la medicina; la fe en el poder de la ciencia y sus satélites; fuerza
portentosa que levanta las almas cojas hasta las cimas más altas
de la imbecilidad humana. Afanadora, al fin, para respirar el mismo aire de las divinidades buítricas. Sólo que no supo que en los
hospitales no están los especialistas para afanadoras. Sólo que no
supo retener las palabras del médico megalómano y mártir: "Tu
dolencia tiene que ver con las industrias, no con la ciencia médica,
criadita sin sueldo."

Y en el momento nebuloso de su despertar —desmayo importuno en plena clínica— un relámpago impío lo acabó todo: "Esa
muchacha a la calle; es mucha música ya."

"Señor practicante, adiós. Me voy llorando mi mal sin remedio y las esperanzas que dejo aquí enterradas... El primer día
todos me oyen; pero al siguiente unos me tuercen la cara y otros

ni hablar me dejan. 'No tienes nada, muchacha; lo que te falta es esto y esto y estotro.' ¡Sus lenguas! No por mí, señor practicante; sé dónde nací y entre qué gente me crié... También es cierto que no sé expresarme como la gente, que soy tonta... pero ¡esa tonadilla!, '¿qué le duele?' Me duele eso, que nada me duela; pero ésta es mi falda de hace cuatro meses y ésta no es mi cintura de hace cuatro meses...

"Adiós, señor practicante, y que Dios lo bendiga por su buen corazón, porque sólo usted tuvo paciencia para oírme, para oírme tanto... ¡Ah! ¡Si no me hubiese preguntado también tanto!... Porque sus preguntas fueron escarbaderos en mi corazón... Que cuántos hombres he tenido; que a quién quise más de todos; que de quién me acuerdo todavía... que si hicimos esto u lo otro, que si no hicimos... que si cuando cortamos la hebra corrió el gallo... ¡Dios de misericordia, lo que usted se habrá figurado de mí! Y que si le suspiro y le lloro o lo sueño todavía... Y cosas y cosas... Pero lo que a mí no se me alcanza es que eso tenga algo que ver con mis males. Porque mire que es batalla: yo a dícele y dícele lo que mi cuerpo siente y usted a pregunta y pregunta —con perdón de usted— lo que no más a mí me importa. Y dígame, señor practicante, ¿eso es pura curiosidad de preñada o también está aprendiendo a licenciado? Lo mete a uno en más confusiones que ni los juzgados de Belén...

"Y me voy muy triste también por lo que me dijo ayer: 'Altagracia, ni oler el pulque, el mundo se te cerraría en dos caminos únicos, o el manicomio o la penitenciaría.' ¿Por qué me dijo eso? Yo ahora tengo temor de Dios y me confieso y comulgo cuando la Iglesia Romana lo manda... ¿Entonces?... Son cosas que no comprendo, pero que me hacen llorar. Un día me dijo aquel médico de quien tanto le he hablado: 'Altagracia, tu odio se apagará en un borbotón de sangre.' ¿Qué sambenito llevo, pues, que todos me miran así? ¡Oh, ese médico era un loco y era un santo!... Voy a contarle: sabía leer aquí en mi corazón como usted en ese libro... Sí, se lo diré, pues... Yo aborrecía a un hombre como nunca en mi vida... Mire, señor practicante, nací con el pulque en los labios, el pulque era mi sangre, mi cuerpo y —Dios me lo perdone— era también mi alma. Pero mi odio era más grande: no me cabía en el cuerpo ni en el alma... ¿Sabe?, el pulque le estorbaba... Bueno, eché fuera el pulque, lo dejé, lo aborrecí para que lo otro cupiera bien... ¿me comprende, señor practicante?... Mire, como haber Dios en los cielos que cuando eso comenzó yo era de veras doncella. Paseaba por mero Tepis y no había hombre que no se me quedara viendo, y uno me tira una flor y otro me suelta un piropo, y el tosedero y las picardías de los oficiales en los talleres por donde yo iba pasando. Bueno, pues él, armado, armado... '¡Ándale, que yo te pongo casa!' 'Marcelo, yo siempre te hice a ti buen pasaje; pero tú no eres de los que le cumplen a una mujer.' 'Te digo que sí. Te quito de esa vida que llevas con el borracho de tu padre.' 'Mentiras, puras mentiras tuyas. Mira, mejor es que la dejemos de ese tamaño.' Y él, armado, armado... Bueno, pues: hizo de mí lo que quiso. Pasó una semana, y yo callada. Pasó un mes, y yo callada. Un día no pude ya y reventé: 'Oye, Marcelo, ¿y la casa que me prometiste?' ¡Condenados!, se mofaron y se rieron de mí hasta que les dolió el estómago. '¡Ah, entonces eso era lo que tú querías! ... ¡Pero mira, tal por cual, que me la pagarás! ...'

"Me encontré con un amigo: 'Flaco, préstame tu navaja.' Y me salí a espiarlo, una noche. Andaba allá por Tenoxtitlán; la Tapatía le daba su volantín. '¡Toma hijo de la... pa que no te pierdas.' La de malas, señor practicante, se dio el reculón y el cuchillo no más le chilló por las costillas... Siempre salió la tuna.. se armó la bola. '¿Ah, conque te vas a rajar, desgraciado?... ¡Qué poca madre tienes, hijo de la...!' La Malhora, la Malhora y la Malhora. ¿Quién mero fue malhora, señor practicante? Me di a la bebida, al cigarro... de día y de noche; perdí el sentido, hasta que... pero ésa es otra historia de la que no quiero ni acordarme. Bendito sea Dios, señor practicante, que eso ya pasó para siempre. Bendigo al santo médico que con sus palabras y sus visajes me fue abriendo poco a poco los ojos del entendimiento; benditas sean las santas mujeres de Irapuato que me enseñaron a amar a Dios sobre todas las cosas... De veras que ahora ya ni amor ni celos... Como digo un cosa digo la otra... Él por su camino, yo por el mío y que Dios nos acompañe. Me voy, pues, señor practicante, me voy a llorar, a llorar mucho, hasta que mi corazón descanse."

Entonces una *primera*, frondosa y casi hermosa, la llevó a la puerta del hospital y así la despidió: "¡Insomnios, hija, insomnios! ... Yo sé. En el colegio de niñas de Nuestra Señora de Lourdes los dejé prendidos con mis tocas blancas y mi banda azul. ¡Se pone una insoportable! Como tú. Pero aquí erraste el camino y por eso te echan. Estos médicos lo único que saben hacer bien con nosotras es el amor. Un amor puro, desinteresado, sin consecuencias, ¿entiendes? Algo delicioso, primor. Bueno, pues con eso y tu pulque después de cenar, una, dos, tres, cuantas medidas te pida tu cuerpo... ¡Mírame a mí! Remedio que nunca falla..."

El sencillo peregrino del Tepeyac que da de buenas a primas

con una mujer en camisa en los aparadores de la avenida Madero se espantaría menos que Altagracia del consejo infame.

Echó, pues, a correr, a correr... hasta que, las alas rotas, cayó en los brazos abiertos de la primera pulquería que le salió al encuentro.

Un instante no más el enigma de sus labios palpitó indeciso sobre la superficie blanca y trémula del líquido fatal: un vuelco de la medida rasa, choque tremendo de avideces incontenibles; la boca, la nariz, los ojos, el alma entera...

Tumulto de imágenes, deseos, reminiscencias. En su cerebro suben y bajan y se revuelven ideas inconexas, absurdas, heterogéneas. Vocerío abigarrado; los aplausos y silbidos y las dianas de una carpa que no existe; el croar estúpido de un gritón de lotería que no ha de creer ni en la paz de los sepulcros; las querellas engomadas de los cilindros, los caballitos que no andan y las bocinas que nadie oye. Camas blancas también y blusas blancas y pabellones blancos y siluetas atormentadas. La faz cadavérica del doctor y el brillo contradictorio de sus ojos y de su boca en perenne sonrisa; la esfinge odiosa de un practicante impertinente e intruso, el tac tac tac tac de las *Singer* y el rumor insoportable de los rezos de tres cucarachas que no se cansan de santiguarse; un crucifijo enmohecido sobre un pecho abovedado de mampostería. Ebullición de ideas y sentimientos informes, imágenes que se fusionan y desintegran; zarpazos de anhelos encontrados, saco de alacranes locos.

Venga el tercer vaso.

¿Qué? Sus ojos alucinados leen muy claro en la esmeralda del cristal, *La Tapatía – Se pintan rótulos*...

Un géisser brota entonces del fango de pez derretida.

La incógnita de su destino despejada al fin.

Su salud y su vida en la hoja brillante de un cuchillo.

Da un grito de júbilo, se levanta y corre al Volador.

Pues no, señor, nada. Al primer cachete la dentadura de la Tapatía (veintinco pesos, patente registrada) mordió ex-hilarante las duelas del estanquillo. Desarmada y estupefacta, en vez de cuchillo, la Malhora sacó devotamente el rosario de su cuello y lo puso en manos de su rival:

—¡Reza, reza, que es lo que te queda en la vida!...

Y con las muelas de la Tapatía y el abdomen pujante de Marcelo, medio sofocado bajo el catrecito de hierro en la accesoria *Se pintan rótulos*, la Malhora talló dos cristales que corrigieran su astigmatismo mental.

EL DESQUITE

AQUELLA FUNCIÓN DE AGOSTO

LA ENORME plancha de asfalto flanqueada ·de bosque, silbatos, arbotantes, ruedas, peatones, edificios y campanillazos, vertiginosamente inversa, se detuvo en la parada de Soto. Entonces vino a mi asiento inmediato y sus bullones de seda al encresparse en una bocanada de asfixia, me precipitaron cabeza afuera de la ventanilla, hasta que el santo aire de Dios me refrigeró siete veces el furor homicida de su alevoso *extracto triple*. El tren reanudó su rosario y volví los ojos a punto de contrición. Aunque ella no supo de mi descortesía o la deglutió automática, me turbó. ¿La niña Lupe? Por su atolondramiento de peregrinación guadalupana, por su nefando perfume, dudé. Indeciso, desdoblé, pues, mi periódico mudo:

"...vacaciones en mi pueblo con mi condiscípulo Martín. Mañana clara que abre de par en par puertas, ventanas y corazones. Por la calle solitaria de hace diez años, don Crispín el notario de hace diez años, y su paso austero y su capa franciscana y su bombín de hace diez años. (*Laus Deo*, don Crispín, relente de sebo y eternidad, y benditas las campanas de la misa de seis que hoy se quiebran en el aire de cristal.) Más tarde el sol sátiro se baña en los charquitos zarcos, en los follajes barnizados, en las casas cacarizas y en cada sarta de brillantes que lloró la noche. —Nada como los ojos de la niña Lupe —dijo Martín—. Vamos, pues. Mamá Lenita, sonriente y complaciente; pero yo desconfío de su ojo redondo. Ojo estrábico de cotorra. —Martín, vete con tiento—. Las llevamos a *los farolitos*. Adelante Martín con su niña Lupe, todo Jorge Isaacs, Manuel Flores y miajas de Manuel Acuña..."

Brusca parada en San Fernando; nuevo efluvio del malhadado perfume, música estridente en los cruceros, *Imparcial*, *Mundo*, *País*, *Nueva Era*, y ojos como relámpago en el pizarrón estrellado de volts.

"...bajo la bóveda de los farolitos encendidos e·1 confite parpadeante, los estrados apretados de estrenos y fulminantes. El amor recatado y permitido al retumbo de las *cámaras* en el cerro del Calvario; chorros de cohetes en las estrellas y la música de viento de los *once viejos*, calle arriba, calle abajo, sin descanso. —¡Pastelitos caaaalientitos! Vengan a tomar sus pastelitos. El olor vaporizante en las ollas horizontales encendidas como hornos; los mecheros de ocote resinoso. —Ruido de uñas, ruido de uñas… aprébelo, niñaa, aprébelo… Y Martín en babia. Al otro día las yerbas del Jardín Grande estaban mojadas y la tierra trascendía. Nos sentamos en la barda de cantera a ver los *borregos* de espuma ondeando en el río raso que llegaba bajo la grave solemnidad de los arcos. (Este puente se hizo en Lagos y se pasa por arriba.) La ribera y el cielo en orgía de colores bajo la risa de oro del sol y de la embriaguez de las urracas en los fresnos y la sonatina del agua en los caños. —Pero Martín, tú sólo miras adentro. Cuatro músicos ambulantes vinieron a cantarle al río, al cielo y a la arboleda. Un violín, una flauta, una vihuela y un contrabajo. ¡Lo que cantan estos de huarache y soyate cuando algo canta acá adentro! La canción despiadada y melancólica: mi jardín, mi pueblo, mi raza… ¡mi vida! —Toma esta moneda de oro, amigo, y vete. Debí haberle dicho además: Ten compasión de mis ojos desbordantes. También el corazón de Martín batía isócrono con el jadeo de la fábrica de hilados contigua, porque la niña Lupe salió de los baños destrenzada, olorosa a jabón de Castilla y agua fría. Por la tarde gritos, aplausos, silbidos, arremolinándose en torno del zarzo rudimentario y de los visajes de albayalde y azarcón. Gran función de toros para esta tarde. Cuatro arrogantes toros de la hacienda de la Labor serán lidiados a capa, pica y banderillas. ¿Es verdad, muchachos? ¡Síííí!… En las rejas los ojos árabes y las muselinas; al pie de los balcones la latonería y los heroicos buches inflados. Los once viejos. A los toros, a los toros. Fiesta de sol y de mujeres, de cocheras y de guardarropas. La levita pasada de Lalito, secretario del M.I.A.; las corbatas de seda serpentina de los niños cuates Gervasio y Protasio, presidentes en alternativa de la Vela Perpetua. Ajetreo de mulas ariscas, machos peludos y barbajanes de la hacienda asesorados en los pescantes. A las cuatro las calesas de su Alteza Serenísima, una diligencia, guayines, carretelas, *dog-cars* y hasta la estufa de Nuestro Amo. Mantillas, mantones y sombreros que fueron. (Nuestra rancia aristocracia, Martín.) Botas y botines de becerrillo oloroso y untuoso (que rechinen bien, maestro). Y las medias de algodón eclesiástico, dictatorial y antiespasmódico. Museo anual ambulante de cucarachas y ratonviejos. Pero tu moderna niña Lupe viste falda corta de seda, Martín. —Vete a los toros, Martín, vete a los toros. Por la calle exhausta, allá de la *Otrabanda*, viene un tercio de milpa en calzón blanco; un perro derramó su tinta negra en el sol occiduo de la banqueta. Aplausos, gritos y *Toros y abrazos* del maestro Apolonio llegan en ráfagas amortiguadas que no perturban la hora. Gracias por tu hora, soledad de las casas, de los árboles, del cielo; santa soledad de mi pueblo gris... Pero esa noche mamá Lenita (ojo pérfido de cotorra) dijo: —Lupe, cántale una canción a Martín. Y la niña Lupe, casi llorando, cantó:

> Me casé con colegial
> por ver si me mantenía;
> pero el diantre de estudiante
> me daba filosofía...

¿Oíste, incauto Martín?"

Parada. Alameda de Santa María de la Ribera. Un toro del Bajío la toma por un brazo; un legítimo paquidermo que ladea el sombrero galoneado para caber por la portezuela.

Y adiós la niña Lupe con todo y perfume.

¡NO HA HABIDO NIÑOS!

LA NIÑA Lupe en connivencia con la noche enfurruñada y las avenidas furiosamente deslumbrantes e idiotas me cargaron de funestos presagios la atmósfera. En pos de una buena muerte siquiera busqué mi casa; pero mis divagaciones me llevaron precisamente a la de don Rosario (trescientos mil en el catastro) y mi mal humor y fisgonería de psiquiatra sin "casos" toparon con el forcito a la puerta. Bajo el peso de la fatalidad inexorable caí sobre el llamador y el silencio de los muros pelados de abandono y de años. Después de cinco minutos tremaron puertas y ventanas trastabillantes de polilla y terror nictálope, se removieron trancas y cerrojos y aldabones, y cinco milímetros de puerta abrieron sus ojos rectilíneos, fosforescentes y desconfiados.

Pero al médico gratis don Rosario nunca se negó. Aclaré lo del forcito. ¡Mamá Lenita y la niña Lupe! Porque don Rosario ¡imposible!; compra planillas en la central de Luz y Fuerza, ahorrándose un veinte por ciento.

No me permitieron excusarme. Don Rosario y mamá Lenita siguieron haciendo cuentas, y yo con Lupe. Circunspecto y reservado, esperé. Después la pregunta idiota:

—¿Es usted feliz, Lupe?

—¡Cómo no!...

(Sus grandes ojos rasgados, la misma guedeja negra caída oblicuamente sobre el combo alabastro, el perfil afinado bajo la complicidad de la bombilla grasienta de media luz. La niña Lupe y el maldito halo de peluquería barriaza.)

Don Rosario nos dejó, para contar aztecas en su despacho contiguo. Mamá Lenita corrigió al punto:

—No se crea de Lupe, doctor. Si usted no fuera tan joven le pediría también su diagnóstico.

Se acercó suspirando, con mirada vacuna, angustiada y vesánica:

—¡No ha habido niños! ...

—¡Por Dios, mamacita, qué cosas tienes! ...

El ojo estrábico se clavó en la negrura de tragedia de los ojos negros.

—A cada luna nueva muere una esperanza y nace otra... Pero esto no puede seguir así... ¡no puede durar así! ...

Brotaron las lágrimas. Me dijo su vida de perenne zozobra con crisis de angustia; su terror afianzado en el remordimiento; la inseguridad de los lazos atados con la complicidad del cura.

—¡Él tuvo también la culpa! Se lo consulté a tiempo...

Lupe sonreía con cinismo de hembra confiada —arpa eólica ensordecida en su propia armonía—, pájaro silvestre del bosque primaveral. Su risa canora cristalizó en sus muslos sólidos y en sus senos pujantes.

—La salud es enemiga de Dios, mamá Lenita.

Comencé a mirar. La niña Lupe, inteligente y voluntariosa; el macho cabrío, intemperante, topo de espíritu; las haciendas y la caja *Mosler* convirtiéndose en dique y vacío a lo mejor, entre el buen partido y la hembra confortable: contactos de estaño fusibles en su propia chispa.

—¿Y Martín, Lupe?

—No he vuelto a saber de él.

Su abanico se agitó como pájaro asustado. ¿Vergüenza fugitiva por el malhadado perfume?

—Es ya abogado.

—Naturalmente sin dinero y sin clientela —observó, consolándose con premura, mamá Lenita.

—Secretario de gobierno en San Luis Potosí.

El ojo torvo enverdeció de despecho.

Me iban a ponderar las haciendas. Lupe encarnó los principios de familia: estupidez de los matrimonios por amor; el blanco en un paquidermo con pezuñas de plata.

Cabalmente cuando él entró.

¡El huachichile, justo cielo!

Su sombrero de escudos patrios; su cara de forajido vestido y su desdén olímpico que relegaba a planos ínfimos sus alientos de verraco y la boñiga seca de sus borceguíes.

—¡Caramba con este México! ¡Cómo se gasta! ...

Se limpió la frente con un telón colorado. Y como todos los tontos, se empeñó desde el primer momento en demostrarlo.

De golpe despejé las dos incógnitas: el dolor inconsolable de mamá Lenita (¡no ha habido niños!), y lo del perfume, porque en los matrimonios desiguales es ella, a menudo, quien desciende.

ARQUEOLOGÍA, HARINA FLOR Y ESQUILMOS SUPERIORES

Don Leodegario, expendedor de harina flor y esquilmos superiores, aunque agente del Ministerio Público, erudito en historia, tradiciones y leyendas vernáculas, amén de sátiro a las veces, me dijo:

—Mamá Lenita desciende de los López fundadores de esta villa, como es a saber: Elena González y López hija de don Juan Nepomuceno González y López. Doña Agustina Villalobos y López hija de don Joseana Villalobos y López. Don Juan Nepomuceno González y López hijo de doña Ramona Moreno y López. Doña Ramona...

—¡Basta, don Leodegario, basta!

—Le hago gracia de nombres y apelativos en los siglos XVII y XVIII. (Vamos por los años del cometa, del cólera grande, del cura Hidalgo.) Pero sigamos no más la radícula López hasta desenterrarla de sus más hondas fibras, allá por el año de gracia de 1648. Lea este documento.

—Me lo sé de memoria, don Leodegario, y otra vez gracias.

—¿A la rancia nobleza de mamá Lenita qué podría oponer Blas, por mal nombre el huachichile? El huachichile chico hijo del huachichile grande, descendientes de los huachichiles. No más.

Un agente viajero, por ejemplo, descabeza un sueño al pardear la tarde de un domingo en la plaza de armas. En las torres de la parroquia revolotean con premeditación, alevosía y ventaja una nube de palomos en torno de los nichinales de las lechuzas y de los tecolotes.

En el quiosco tiemplan un bajo sexto, un violín y un tololoche. De pronto estalla el obligado paso doble, el forastero abre los ojos, asustado, y aparece invariablemente en el paseo una salchicha cuadrangular de seda floreada con un chiquigüite de flores, frutas y pájaros en la cabeza, banderillas en el cuello, pecho y espalda y gallardetes en los botines.

—¿Quién? —pregunta invariablemente el forastero a su vecino de banca.

—¡Hum! . . . la huachichile. . .

—¿La huachichile? . . .

—Hija del huachichile grande, hermana del huachichile chico.

—Pues ahora sí me he enterado. ¿Nieta del huachichile y biznieta del huachichile?

Y no es broma. Porque en los pueblos los apodos se trasmiten como el pecado original.

Don Leodegario naturalmente puede dar luces en este caso. Las antiparras sobre la frente y las narices dentro de una caja de fichas, exclama:

—¿Huachichile? Oh, es muy fácil. Admirable sistema éste de los yanquis. H. . . h. . . h. . . aquí lo tiene usted. "Huachichile. Los chichimecas ocupaban un inmenso territorio perteneciente hoy a varios Estados, y eran conocidos con diversos nombres, según el lugar que habitaban. Así, por ejemplo, los que merodeaban por los ardedores de N. . . se llamaban en la historia y en las antiguas escrituras de algunos vecinos de esta comarca huachichiles." El Padre Cavo. *Tres siglos de México*, libro 4, número 32.

—Pruebas al canto —agrega don Leodegario con bravura, oiga usted: "*. . .sepan cuantos esta carta bieren como yo, el licenciado Francisco López.vesino de esta villa.otorgo y conosco.que esta carta.vendo sedo y traspaso a pedro nuñez.mercader.vesino de esta mesma billa. es a saber.un mi esclavo huachichile de edad treinta años poco más o menos.sellado en el rostro con letras que dicen andres.el cual le vendo.por esclavo.subjeto a servidumbre y por libre de ipoteca.y de otro enagenamiento alguno y con todas sus tachas.y sin asegurarle cosa ninguna.y se lo vendo.por presio de dosientos quarenta pesos.de oro comun.los cuales confieso aver rrecebido.del dicho pedro de nuñez.realmente y con efeto sobre que rrenuncio.la exepción. de la pecunia. e leyes de la entriega y paga. y su prueba. y como rreal bendedor.me obligo a la ebision.y saneamiento del dicho huachichile según y de la forma. . .atreinta dias del mes de enero.de mil.y sisisentos·y dose años. . .*"

¿Qué pensar, pues, de mamá Lenita?

Porque el señor cura es más bien irresponsable de esta catástrofe. Los curas humildes y pobres como Nuestro Señor Jesucristo casi son bolcheviques.

Un cristiano no debería discutir si es preferible ser descendiente de cristiano español aunque forajido o de cristiano huachichile aunque esclavo. Pero como dice don Crispín el notario del curato: "Aunque todos somos del mismo barro no es lo mismo bacín que jarro."

—¿Entonces, don Leodegario, el verdadero y único culpable fue el oro nacional del huachichile grande?

—¡Los doscientos mil de la balanza!

—Eso y algo más, mi señor —opina don Crispín el piadoso—; el gusano roedor de las conciencias modernas. ¿Hacía dónde vamos? Se han tergiversado los valores. Ese matrimonio fue celebrado por nuestra más rancia aristocracia.

No veo claro. Pero mamá Lenita, en efecto, está inscrita en el registro del curato como liberal resabiada (sistema Sardá y Salvani). Porque mamá Lenita visita al señor cura, alma de Dios, y al jefe político, grado 33; lee con igual delectación *El genio del cristianismo* que *Las ruinas de Palmira*, *El País* que *El Diario del Hogar*. Va a misa los domingos y fiestas de guardar y a los discursos de los masones del 18 de julio y su mentor es don Leodegario, a quien la Iglesia anotó como sospechoso, debido a que sabe leer en francés.

LUEGO RECEMOS LO QUE DEBEMOS

EL HUACHICHILE chico aventaja al huachichile grande; aquél tiene manías fundamentales, una de presente y otra de pretérito; éste lo acapara todo: baraja, verija y botija. Más aún, Blas asegura que los suyos nunca tuvieron pelos en la lengua para decir lo que su corazón siente. Verdad sólo en parte, porque antes que el huachichile grande convirtiera su hatajo de burros canelos en doscientos mil pesos, nadie sabía siquiera que los huachichiles hubiesen tenido lengua. Un día, pues, Blas llegó ebrio y con ebrios a su casa y dijo de suerte que se le oyera hasta la plaza:

—Mi mujer me resultó machorra.

Hacía dos años escasos de su matrimonio. Lupe abrió los ojos trabajosamente como quien despierta muy entrada la mañana, y se preguntó con azoro: "¿En dónde estoy?"

Mamá Lenita, como de costumbre, estaba llorando. Esa tarde Lupe lloró también y lloró toda la primera mitad de la noche, porque la segunda la gastó en dejarse convencer de Blas, el huachichile chico, de que había sido una broma.

Y en efecto, desde ese día Lupe comenzó a comprender que todo había sido una broma. Abrióse entonces el vacío. Pero como la naturaleza aborrece el vacío, pronto vino a llenarlo accidental, provisional y providencialmente, Ricardito. Al mínimo huachichile Lupe habría preferido otro mínimo, gato, perro, lobezno y aun viborita. Y no por menosprecio a la raza, simplemente por intuición femenina. Sólo las mujeres comprendieron siempre la predilección de los solitarios por los hermanos inferiores.

Bien. Ricardito tenía los cabellos crespos y castaños, los ojos garzos y la nariz judía. Lo que nunca tuvo huachichile alguno. Su belleza fue su estigma, porque la Huilota, profesional del pecado, muy conocida en el pueblo, tenía el pelo crespo y castaño, los ojos garzos y etcétera.

Y aunque Lupe, primer lugar en sexto, recitó muchas veces: "Hombres necios que juzgáis a la mujer...", aceptó el encargo de raspar del cerebro de Ricardito el nombre de la Huilota.

Intuitiva, Lupe solía tener corazón. De donde intuición más corazón igual cero.

—Despierta, Ricardito, vamos a rezar tus oraciones... Luego recemos...

—luego recemos

—lo que debemos

—lo que debemos

—lo que la Iglesia Romana nos muestra

—¿Y la Huilota, mamá Lupita?

—No hay huilotas... No hagas el pie de hilacho... tieso... más tieso. Bueno... ahora estira la otra piernita... lo que la Iglesia Romana nos muestra...

—Romana nos muestra

—lo que manda a saber

—creer y hacer

—credo, mandamientos, oraciones y sacramentos

—Está muy largo. ¿Y es cierto que la Huilota se fue al cielo?

—Sí, niño, ya no pienses más en eso.

Entonces ocurrió el principio de la catástrofe, Ricardito suspiró hondamente y dejó caer de tal modo sus crenchas sobre las rodillas de ella, que la decidió a cogerlo en los brazos y a besarlo casi conmovida.

—¡Ah!, ¿entonces, de veras, ahora tú eres mi mamá?

Tenía cinco años y la llamó mamá Lupita, como a los diez años la llamaría Lupita y como a los quince Lupe a secas. Y entonces ella cumpliría precisamente treinta y uno.

Blas, por su cuenta, dijo: "Hagámoslo a nuestra propia imagen y semejanza", y le compró un terno de venado con botonadura de plata y alamares de hilo de oro, sombrero ancho, mascada escarlata y un potrillo inglés legítimo. Eso fue mejor que el padre Ripalda de Lupe, porque luego que el muñeco tuvo uso de razón se insolentó y olvidó para siempre a la desterrada Huilota.

El rapaz es un encanto de precocidad. A los seis años lleva ya manchadas sus tiernas manecitas del oro pegajoso de sus primeras víctimas. Su travesura y su fieltro gris harán hecatombes en los jardines públicos. Con rara destreza apabullará inermes mariposas en un salto indefectible y, con más raro placer, se restregará los dedos con las frágiles alitas matizadas de oro pulverulento, arrojando los guiñapos palpitantes con gesto de supremo desdén.

Blas mismo y sus apasionados compañeros de juerga, fascinados por los progresos incesantes del niño prodigio, le envenenarán la vida con susurros shakespeareanos: "¡Ricardito, tú serás general!" Porque después de corretear a puntapiés a las lagartijas hasta dejarlas inertes, panza arriba, o despachurrarlas bajo la doble suela de sus botitas, el pequeño huachichile se perfeccionará atravesando a los perros callejeros con el verduguillo que le dio de cuelga su hermano Blas, en su último onomástico.

"¡Ricardito, tú serás general!" No, Ricardito no ofrendará a la patria los huesos de un héroe, sino los de un comerciante entristecido. Llegó tarde: ya don Venustiano purificó a la revolución en Tlaxcalantongo como Pancho Villa en el Parral.

LAS ZAPATILLAS DE DON LEODEGARIO

Lupe plegó la frente, pero mamá Lenita observó al punto:

—Menos malo, es un niño. Aunque el ideal habría sido "tu niño".

Hasta ese instante Lupe quiso mirar lo que con tantas lágrimas venía mirando, desde dos años antes, mamá Lenita. No lloró ni se alteró, simplemente repitió las palabras que tantas veces provocaron su hilaridad:

—Hay que apretar los lazos.

Como corcho de champaña mamá Lenita fue a rebotar dentro del despacho de don Leodegario:

—¡Ella consiente, ella consiente al fin, don Leodegario!

Don Leodegario ni siquiera levantó sus ojos, absorto en un primor de zapatillas de seda.

—¡Fíjese, mamá Lenita!... ¡Qué curvas, qué tacones! *Very beautiful!*, ¿no es verdad? Me acaban de llegar de mero París de Francia, mamá Lenita. ¡Ah!, decía usted... Bien, pues desde luego a México, sin perder un momento. Caprichillos de niña mimada que hay que saber aprovechar... podría cambiar de opinión. ¡Fíjese! ¡Qué empeine, señor, qué empeine! Para Mimí Campos, ¿sabe?... Primero ocurra usted a los avisos económicos de los grandes diarios...

—No comprendo, don Leodegario. . .

—¡Oh, mamá Lenita, la prensa de hoy es la palanca más formidable del progreso y de la civilización. . . por cinco centavos palabra, desde una incubadora para pollos hasta una. . . para niños. ¿Quiere más? Cinco centavos palabra. . . En los anales del celestinaje es caso sin precedente. . . Mimí Campos convertida en una princesa, que ni la Pompadour. Porque convénzase usted, mamá Lenita, después de los portentosos pies de María Luisa Benítez sólo los de Mimí Campos. . . ¡qué empeine, señor, qué empeine! . . .

—Está usted muy raro, don Leodegario. . . no entiendo. Le hablo del asunto de mi hija Lupe y usted. . .

Y bien, don Leodegario no es un cínico, ni siquiera un ironista. Aunque tres meses más tarde lo llevarán a buscar pies bonitos a la Castañeda, las notas de su cartera lo acreditan como hombre serio, sencillo y de orden.

Mi sueldo de mayo como agente del ministerio público	$ 90.00
Producto bruto de mi expendio de harina flor . .	125.00
Renta del local, dependientes, asistencia y ropa limpia	100.00
Mi compra de harina durante el mes	80.00
Gastos menores	30.00
Zapatillas de seda para Mimí Campos s/factura .	27.45

(El déficit lo cubro en junio vacante, porque decididamente este año nada para Lupe Gordoa. ¡Imposible; se obstinó en sus medias de popotillo; imposible!)

Espíritu exquisito, pues, aunque un tanto fustigado por doce doncellas escogidas en la flor y nata de la alta sociedad del pueblo (una por mes) que deberán estrenar calzado legítimo francés.

"Chifladuras de don Leodegario", dicen las mamás benévolas piadosamente y se les van los ojos tras la "cuelga" de sus niñas. Los papás no dicen nada porque suelen ser hombres muy serios o están muy ocupados.

Al otro día Lupe amaneció tosiendo.

—Tos de perro. Catarro caído al pecho. Pero llega como agua de mayo; corro a decírselo a Blas.

Mamá Lenita se esfuerza en ponerse grave, pero su alborozo apresura desvergonzadamente la cadencia y el meneo de su rabadilla de ánade.

—Blas, hijo mío; Lupe ha expectorado feo.

—¡Hum, déjala, cualquier aire! . . . Dele nuez moscada para que lo eche fuera.

Por tradición los huachichiles saben que para los bueyes enfermos no hay como el maguey, así como para la gente la nuez moscada.

Pero el ojo de mamá Lenita protesta en diagonal.

—Es que ya le prometimos una manda a María Santísima...

—De Guadalupe, entendido.

—De ir a visitarla a su Santuario...

—Hum...

—Y de entrar los tres de rodillas desde el atrio...

—¡Hum!...

Como los pájaros descifran un pío, mamá Lenita entiende los gruñidos de su yerno.

Desbordante, regresa:

—Todo a medida de nuestro deseo. Que venga en seguida la modista a recomponer tus trajes. Y que Blas te compre un frasco de perfume.

Así confeccionó mamá Lenita su discreto biombo, tras del que habría de exhibir a Lupe, durante una semana, en las más famosas mesas ginecológicas de la metrópoli.

Blas tuvo ojos y no vio, tuvo oídos y no oyó. Porque las sirenas de alquiler lo tuvieron fascinado durante una noche de ocho días.

TINTURA DE YODO Y UNA NAVAJA
DEL "ARBOLITO"

LA PRENSA es de suyo venal y embustera; no di, por tanto, mayor importancia a la noticia del corresponsal, trama de suposiciones, reticencias y ambigüedades, porque la intención de sugerir una idea era ostensible: más que acontecimiento delictuoso, era un acto meramente fortuito. Seguí con todo las noticias durante algunas semanas; pero después ningún periódico volvióse a ocupar del pretendido homicidio.

Cuatro o cinco meses habían pasado ya cuando un asunto comercial me llevó al pueblecito de F... La chismografía local me dio entonces la trama de la suculenta tragedia que acabaría por absorber mi atención.

—Sabrá usted lo de Lupe López. ¿No?

Me volví sorprendido para sorprenderme aún más: una bola de estopa al extremo de un mango de escoba me partía en dos mi garabato apenas comenzado en el libro de registros.

—Soy el administrador de este hotel —me respondió sin sorprenderse de mi sorpresa, en falsete más ríspido que su cabeza de

56

estropajo, sus piernas de alambre y sus enormes patillas de "fenómeno".

—Sí, señor, es la emoción del día. Nadie le hablará de otra cosa. Sólo que no saben nada; digo, la versión justa y única es la mía. Verá usted: Lupe López...

—Señor administrador, yo no sé quién es Lupe López... y verdaderamente no me interesa...

—¿Es posible? La prensa metropolitana se ocupó en su oportunidad. Es extraño que viniendo usted de la capital, ignore...

El antipático cacoquimio cerró una interrogación con su espinazo anguloso y ordenó a mi cargador llevara mi equipaje al 15.

La mesa principal del comedor estaba ocupada por cinco personas que se removieron como a golpe de *switch* y me clavaron diez ojos como diez alfilerazos. Avizorados y desconfiados de morirse de risa. Pero luego que pudieron definir mi personalidad problemática, estatua de sal, verbigracia, el que ocupaba asiento por dos y comía por cuatro rompió los cinco minutos de inurbanidad cerril:

—Repito: ¿esas gotas negras que a diario le ponía en la leche? La sirvienta Florentina así lo declaró: eran como lumbre; todo hervía al instante, quedaba una peste de azufre y la leche tan blanca como si nada le hubiesen echado.

—Querida Basilisa —respondió el anciano más venerable—, le he dicho a usted que ella, por prescripción facultativa (como consta de autos), tomaba yodo en su leche.

—Nadie me quita de la cabeza que en ese yodo iba el veneno.

—¡Fantasías! Sin embargo, en materia de venenos aún no se ha dicho la última palabra. Hay drogas que poseen raras y paradójicas propiedades. Si nos atenemos a la enseñanza de la historia, hay algunas que ejercen su acción sin dejar la menor huella en la relatividad del tiempo y el espacio...

Me atreví a levantar mis ojos ovacionantes. El sabio me correspondió con una mirada superior y tangente a sus anteojos "humo de Londres".

—Mi comadre Faustinita —dijo otro— asegura que Lupe López... —me agité con impaciencia—, la víspera de salir para la hacienda, estuvo en su mercería a comprar un peine de goma, dos cepillos de ropa y una navaja del "arbolito". ¿No encuentran ustedes interesante este detalle? ¿Para qué podría servir a Lupe López una navaja del "arbolito"?

Salí de estampido.

—Señor Administrador, sírvase ordenar mi desayuno en mi propio cuarto.

El fantoche se hizo repetir mi ruego. Bufón de los fifíes del pueblo se contorsionaba como mona de volantín, haciendo reír a los señoritos empanizados.

Después de una hora de paciencia heroica entró un criado con una charola cubierta con alba servilleta.

—El señor ha de saber ya lo de la niña Lupe López.

Me contuve: el chocolate estaba vaporizante y mi hambre vaporizaba. Por fin:

—Sí, hombre lo sé todo... ¿El asesinato de anoche, no es verdad?

—¿Asesinato de anoche? —la baba se le caía—. Entonces el señor no sabe nada. Porque ni fue asesinato ni fue anoche. Ya sé quién... Don Heliodoro el administrador. Es un embustero del partido de los curros. Miente; sí, señor. Yo fui sirviente de la niña Lupe López y sé muy bien cómo pasaron las cosas. Verá usted...

—Primero quiero ver una costilla de carnero y unos huevos rancheros. Toma este tostón, hijo... pero ya estás aquí de vuelta...

Con otro tostón le cerré la boca y salí en busca de un refugio. La banca del zaguán enfrente del jardín estaba sola. Pero allí se me desplomó la dama del comedor.

—Soy la dueña del hotel. ¿No le falta a usted nada? ¡Qué tiempo tan agradable, verdad? ¡Y qué paisaje! Muy pintoresco nuestro pueblecito. Por de contado que se dio cuenta de nuestra conversación en el comedor. Bien, unos dicen que esto y otros que lo otro; quiénes que sí y quiénes que no. Cada cabeza es un mundo. Pero la verdad sólo la mía. ¿Qué no se sabe en un hotel? Muy guapita, sí señor, y con esto, hombre corrido, lo presume todo. ¿Eh? Sí, sí, parranderito, pero un hombre muy decente. Su cuenta en el hotel puede servir de ejemplo. ¡La Sociedad hizo un sentimentazo! Y no vaya usted a creer una palabra de cuanto le cuente y le haya contado don Filiberto el de la barbería... ¡No nos puede ver! Las cosas pasaron así ni más ni menos. Lupe López...

—Señora, con su permiso, me urge hablar con alguien que pasa, pasó o habrá de pasar por el costado poniente del jardín...

Eché a correr.

—Cargador, cargador, toma este medio hidalgo, recoge mis petacas del hotel Plaza, paga el hospedaje y sígueme a la estación.

Diez minutos más tarde me dio alcance.

—Mi patrón, ¿ve esa casa amarilla de canales de cantera? La de la niña Lupe López; allí merito estuvo tendido don Blas, el huachichile...

—¡Cómo! ¿Es de Blas, el huachichile, de quien todo el mundo habla ahora aquí?

—¡Una cosa retefea, mi patroncito!...

—¡Pero si esto ocurrió hace seis meses, hijo!

—Será; pero aquí estas cosas no se ven todos los días. Sabrá usted que la tal doña Lupe López...

—Anda, hijo, corre que acaba de pitar el tren. Toma este peso y no despegues los labios hasta que me hayas visto partir...

MI SALICILATO "CLIN"

Don Rosario es así: gusta de tener su conciencia sin una paja encima y aquietada siempre su avaricia normal. A don Rosario le place no deber un centavo a nadie. Si solicita un servicio, se convence previamente de que favorecerá al que se lo hace. Pero sus procedimientos son tan primitivos que nunca rehusé sus convites.

Lo de siempre, larga espera, precauciones de rigor. Luego la puerta estira una franja desconfiada y azulosa de petróleo, lo estricto para ajustarme de costado. Crujen entonces otra vez aldabones, cerrojos, trancas, el perro amarrado y hasta el silencio imponente que les sucede.

Un velón de parafina sin despabilar. Las cuatro sillas y el escritorio de calcomanía, sin una brizna de basura. Me atrevo a pensar que se ha barrido.

—Pero don Rosario, esto va a ser el festín de Baltasar...

—¡Je, je, je...! Valeriana, tú, Valeriana... el chocolate en la misma olla y con todo y molinillo. Valeriana, óyeme bien, abre los ojos. No sabe nada, es rancherita recién llegada. Me la trajo mi compadre don Tiburcio. Usted conoce bien a la gente de por acá. ¡Imposibles, materialmente imposibles!... ¡Ay, Jesús, ay, Jesús!... ¡Qué dolor de cuadril tan de repente!... Como que se me quieren insubordinar otra vez estos goznes... Ya la maquinaria está vieja... Su salicilato me hizo provecho...

Tlaque, tlaque, tlaque, tlaque... La espuma desborda la ollita.

Me empino prudentemente y respiro. Don Rosario se lavó las manos, y sólo tú, ¡oh Valeriana!, sigues justificando tu nombre.

—¡Ladrones de boticarios!, dos cincuenta por un frasco. ¡Imposible, materialmente imposible! Ea, su chocolate se enfría... ¡Ay, Jesús!... Como nadie lo toma en México. Un regalito de mi compadre don Tiburcio, que trajo una partida de mulas. A propósito, ¿sabe cuál es ahora la nota del escándalo en F...? ¡Qué leyes, señor, qué leyes! El juzgado civil falló en favor de la viuda, la herencia pára íntegra a sus manos. Nadie sabe para quiénes trabaja... ¡Ay, Jesús!... ¿Trabajar? No tanto como eso: don Blas sabía de cantinas, de billares, de casas de juego y de asignación. Más le costó al huachichile grande hacer sus doscientos cincuenta mil de la balanza con un hatajo de burros canelos, que a su chico redondear el medio millón de pesos. Medio millón; sí, señor, y me quedo corto. La Revolución se la hizo buena. Relaciones con generales y gobernadores; una comisión de proveeduría conquistada en un burdel. ¡Viva Carranza! Trigo, maíz, frijol y chile para el ejército. ¿Qué? Para una guarnición de menos de doscientas plazas. Al primer golpe, doblete; al segundo, medio millón del águila real mexicana. ¡Bello país es América, papá! Pero, como dice el dicho, lo que es del agua al agua... ¡Ay, Jesús!... ¡Ay, Jesús! Mi bendito reumatismo despierta decididamente... Ponga aquí tantito su mano, mi doctorcito... ¡Ay, no tan fuerte!... Mire, amigo, mándeme todos los pomitos de "salicilato *Clin*" que tenga. "Muestra sin valor." De esos que les mandan a ustedes los médicos... ¡Ay, Jesús bendito!... Pero no ha probado todavía estos buñuelitos... Vamos, señor, hechos expresamente para usted... ¡Ay, Jesús!... Están de regalo, ¿verdad?... pues sí, señor, ese capital va a parar en manos de la viuda y de un tal Martín que a última hora resultó su defensor y con quien se va a casar. ¿Ricardito?... ¡P'al gato!...

—¿Martín ha dicho, don Rosario?

Mi estupefacción puso lumbre en sus ojos de carbunclo, pero como avaro perfecto, apenas comprendió mi interés, se me escurrió con evasivas:

—¡Hombre... hombre... eso dicen! Yo, la verdad, nada puedo asegurar...

Toda insistencia habría sido inútil.

—Don Rosario, hasta la vista; dentro de una hora tendrá aquí su salicilato.

—¿Por qué así tan de repente?...

—Ah, don Rosario, dígame dónde se aloja su compadre don Tiburcio; tengo un negocio que recomendarle para Michoacán.

—No lo sé. Se queda a la corrida de toros y regresa ese mismo día por el tren de la noche.

LA GRAN ESTOCADA DE GAONA

EL PEQUEÑO ovoide grasiento, pernicorto y sombrero mayate en la nuca era inconfundible aun entre la gusanera que se precipitaba a las puertas de la plaza, borbotando de los trenes, autos, camiones y fotingos.

—Don Tiburcio... don Tiburcio...

Me reconoció en una fugitiva llamarada negra de sus enormes espejuelos.

Es hombre de ese grupo privilegiado de los que nunca podrán ser indiferentes. Inspira un deseo único, violento y santo, el de la evasión. Pero yo tenía el deber de encontrarlo por casualidad.

—¡Oh, cuánto gusto, doctor! ¡La gran corrida! ¡El beneficio de Gaona!...

—Es muy entusiasta por la fiesta brava, don Tiburcio...

—Rabioso. Hago viaje expreso a México.

Acudió voluntariamente al terreno.

—Sí, amigo, un asesinato a sangre fría. Óigame: se contentan a principios de mayo y en seguidita a la hacienda de San Vicente a gozar de su segunda "luna de miel". Ciertamente yo no era su administrador; pero como si lo fuera. Todo lo sé. Sin despedirse ni de sus más íntimos. ¡Claro, ella le tenía miedo a su propia sombra! Y antes de un mes ¡cataplum!... muerto en su misma recámara, sin haber salido un solo día. ¡Toma tu luna de miel, maridito! Tuvo más fe en ella que en nosotros sus amigos, que en su hermano don Ricardo. ¡Lo que pueden las mujeres! De dar lástima: si como patrón lo respeté, como amigo ni se diga. Porque don Blas era lo que se llama un amigo...

—Pero en todo esto no veo nada que...

—Ni lo verá nadie en la vida. Con medio millón de pesos hasta la Suprema Corte me echo en la bolsa.

—Pero... los antecedentes, el dictamen pericial, los testigos...

—Dos viejos sirvientes mudos como ídolos de tepalcate. ¿El certificado médico?, congestión cerebral alcohólica... ¡Ja, ja, ja!

—Suposiciones entonces y nada más.

Mi intemperancia pudo haberlo echado todo a perder. Ranchero taimado con repulgos de mulo bruto, me clavó con sus redondos ojos de carey la redondez de su espíritu. Callamos.

Por las escaleras de hierro herrumbroso, engarzadas en espiral a los aros gigantescos de mampostería y entre un tejido de varillas de acero, nos perdimos en el colmenar rumoroso y contenido que ascendía y ennegrecía la enorme mole negra.

—¿Qué vamos a hacer allá arriba, don Tiburcio?

Jadeante, en la última plataforma de la plaza, no me pudo responder. Pero era seguramente número imprescindible de su programa: contemplar desde las alturas a México lleno de sol, circundado de altas montañas empenachadas de nieve que soplan

61

como una caricia en el ardor de la hora. Ver los eléctricos corriendo en sus *rails* como las gotas de lluvia en los hilos del telégrafo; trenes rojos y anaranjados, anélidos de oro en la masa tímidamente verde y difusa del valle que luego los engulle, víboras intermitentes en la planicie de cubos de cemento, ladrillo y tepetate. (Si no ¿qué vamos a contar a los amigos?) Ver la multitud arremolinada, con ansias de bartolina, a las puertas de "El Toreo" y los restaurantes rudimentarios, gárgolas de tragones con tacos mordidos en las manos y hebras de barbacoa entre los belfos.

¡Cien pesos por venir a ver a Gaona no más!

Reincidí:

—En resumen, don Tiburcio, mucho ruido y pocas nueces, como luego dicen.

Me miró atónito.

—Los jueces absolvieron, sí, señor. Pero queda algo que ni con todo el oro del mundo se compra: la opinión pública.

—Al grano. ¿En qué se funda la opinión pública?

—Oiga. La causa criminal se inició a pedimento de Ricardito. Todo iba bien; pero aparece un tal Martín y, ¡paf!, enredos, embrollos, chicanas. ¿Qué? Dinero y mujeres ablandan piedras, cuanto y más corazones. ¡Por Dios del cielo que la viuda de veras se puso guapa! ¡Como nunca! Bueno, pues antes de cuatro meses sobreseimiento del proceso, sin haberlo obligado a poner los pies un solo día en el juzgado. ¡Canela pura! Y luego, lueguito, su matrimonio con Martín, su abogado defensor. ¿Quién?, ¿autor?, ¿coautor?, ¿cómplice?...

¡Qué obstinación! Me contuve, extraviados los ojos en el tardo desfile de las cucarachas acharoladas por la cinta gris de una calzada.

—¡Don Tiburcio, que se nos llena la plaza!

Una enorme mancha negra expandida como agitada gusanera nos tragó al instante. Seguí forjando mi versión tras una "canasta" que recorría los tendidos como pájaro asustado y herido. Iba, venía, subía, bajaba, retrocedía en zigzags infinitos hasta quedar abanico de varillas sueltas y deshechas en aquel hervidero de alegría.

—Bien. ¿Personalmente usted está convencido de que ella?...

—¡Basta, doctor! Hay una historia muy fea, pero que todo el mundo conoce y contándosela ni hago una revelación ni calumnio a nadie... La de Lupe con Ricardito...

—¿Con...? ¿Qué dice usted?

Una ola de sangre le ennegreció el rostro y me aclaró el espíritu. Sonreí tan bien que logré petrificarlo. Respondió por responder:

—No se casa don Martín con ella sino con los quinientos mil del huachichile.

Bendita la naranja que en esos instantes se despachurró en uno de sus carrillos. No hubo tiempo de protestar ni de prolongar discordancias inútiles: bajo nuestras propias posaderas detonaron media docena de chinampinas, haciéndonos abrir en borbollón de susto y alegría, mientras un saco de harina reventaba reempolvando el barniz inmaculado de mi vecina.

El sol acrece la vida, acentúa los tonos cálidos, el ardor de los ojos femeninos y el fulgor de las mejillas mozas; se hace añicos en blancos, negros y grises, en las viseras verdes de cartoncillo; ondula como manto de vidrios de colores en gradas, palcos y azoteas, florece en oros y pedrerías en las puertas de las cuadrillas que el agudo clarín y los ahogados tamboriles acaban de abrir.

Pero cuando Gaona recibe la última ovación, menos grandiosa que por el aplauso atronador, por el aleteo de cuarenta mil pañuelos, blancas mariposas en el cáliz de una flor ciclópea, Ricardito se me había entrado más hondo que la gran estocada del Indio.

YO "AMATEUR"

Asomaba entre las hendiduras de dos duelas podridas. ¡La horrible cabeza de pelos hirsutos y bigotes púas! Una de aquellas ratas macilentas del año del hambre y de Emiliano Zapata. Incorporada, me hacía corteses saludos inclinando su hociquillo afilado y abriendo sus manos ganchudas. Se aclaró un poco mi claroscuro y abrí los ojos. Abajo, en el foro, la cara simiesca y las dos manos abiertas seguían dando las gracias, mientras la masa negreante y movediza de fondo, el centenar de fluxes negros, rostros cobrizos e indolentes aztecas, se medio incorporaban a rendir el aplauso atronador. El andante, en efecto, había resultado impecable, y lo único que me hizo falta fue un muelle colchón en mi campo de galería alta. Cuando el director agitó de nuevo su batuta y languidecieron, en suave murmullo, críticos y comentaristas (en la galería también se albergan ¡ay! muchos genios incomprendidos o por comprender), a corta distancia descubrí a mi hombre. Su rostro apoplético, sus colmillos asomando acuminados y blancos, sus ojos garzos y su sonrisa de sacabocado. Lo acompañaban dos dudosas niñas.

"Sangre de chinche" los denomina el pueblo, gráfico. Por eso en F. es más "el Chapeteado" que Ricardito. Sus mofletes no son rosa sino ladrillo mal cocido, dos soles de cajas de cerillos.

"Un muchacho de porvenir —me aseguró don Tiburcio—; no se queda en la calle porque a la sombra de don Blas supo juntar sus dieciocho mil. Pero gira el triple. Engorda de cerdos en Tepatitlán, partida de mulas en Chihuahua, depósito de cereales en Torreón. Sobran quienes pongan dinero en sus manos. Sus ojos están en todo."

—A las siete voy con don Rosario, a las ocho va Ricardito; nos vamos al "Iris".

Recogí sus palabras y a las siete y media don Rosario, muy aliviado y de buen talante, me dio una gran sorpresa. Porque don Rosario es un psicólogo acucioso emboscado tras un vulgar avaro de alto relieve.

A una insinuación mía respondió entre dos silencios recelosos:

—¡La fidelidad de las mujeres!... puede que sí, puede que no. ¿Sabe el cuento del anillo del Diablo? Punto en boca. Bueno, con todo y eso, por ella pondría yo una mano en la lumbre.

En sus ojos de canino selvático danzaron dos fuegos fatuos. Pero me mantuve heroicamente indiferente, casi aburrido, hasta que soltó la lengua.

—Aquí bulle otra cosa. No hay más que pensar ¿quiénes son los interesados en la herencia de don Blas? Desde el segundo ataque lo teníamos encapillado, usted sabe. Aparte su esposa, su hermano don Ricardo: no más. Solución: poner, pues, aparte a la esposa. Primeramente seguir viejas máximas de ebrio (los vinos sólo por corrientes hacen daño). Don Ricardo se encargará, pues, de seleccionar aguardientes, coñacs, champañas, ajenjos, etc. Segundamente: convencer a don Blas de que su consorte lo hace chivo es dar certera puntilla. Un cualquiera se divorcia, se separa, se disimula, se aguanta o se ríe. Para un valiente sólo hay un camino, ¡matar!... Don Blas tenía bien afianzada su fama en cantinas, partiditas, garitos y demás. ¿Comprende ahora? El plan en sí es irreprochable, sólo que como suele decirse a la mejor guisandera se le va un tomate entero. Lo único que se les olvidó fue medir la fuerza del adversario. ¿Quién habría podido imaginarse la escena magnífica, portentosa, el golpe maestro? "Aquí está la pistola, tómala; ahora mátame... si puedes!" Eso, amigo, es sencillamente genial.

Don Rosario, superado, se limpió sus mechones sucios, húmedos de emoción.

Yo me atreví a mover los labios, encantado. ¡La miopía de don Rosario alcanzaba algo más que el brillo de una moneda! ¡Sublime, don Rosario!

Entonces se anunció el otro.

"CONFITEOR DEO"

—Ahora el doctor compra y vende mulada como usted, don Ricardo.

Se dignó mirarme al sesgo. Por lo demás nunca mira de frente.

—Usted comprende, don Ricardo, que con clientes como don Rosario cualquiera se encanta de la profesión.

Yo quería romper los hielos. Pero él siguió hablando de sus negocios. Habla de todo, con acento de auténtico mercader. Da su opinión acerca del tenor Muro en el Miserere del *Trovador*. Posee la expedición del agente viajero aunada al desplante de todo capitalino. Por eso admira con igual entusiasmo el último concierto de la Sinfónica, las notas ultraagudas de la Mendoza y la ascensión del "hombre-mosca" a las torres de la Catedral. ¿Brailowski y un piano automático?... Allí van ellos, casi tablas. En consecuencia no se duerme jamás en ningún concierto. Tan culto que trae a mal traer a un tal Homero (dos tomos empastados, en un peso, entre los pesados libros de contabilidad). Revela haber leído artículos médicos, lo que me hace interrumpirlo:

—Precisamente por inmoral he abandonado mi profesión y ahora soy comerciante.

Inútil. No se digna concederme la menor atención. Por lo que se la espeto a quemarropa:

—Oiga, don Ricardo, ¿qué hubo de cierto en el cuento de Lupe con don Blas?

Su rostro se contrajo con violencia, casi con ferocidad. En sus labios se tendió su voluntad como arco que se rompe. No me respondió.

—Se lo pregunto porque conocí a Martín en el colegio y fuimos condiscípulos.

—¡Pues su amigo y condiscípulo es... un desgraciado!

Conseguí, pues, el daño que me propuse. Casi me miró de frente. Yo respondí inalterable:

—¡Un miserable!... ¡Un canalla!... lo que yo me pensé siempre de él.

—¡Ah!... ¿Entonces usted ha comprendido...?

—Todo... lo conocí a fondo.

Se desmoronó como azúcar mojada. Sus ojos se anegaron en miel virgen. En don Rosario asomó su sonrisa de coyote.

—Don Rosario, adiós, tengo una cita a las ocho.

—Yo también tengo cita en el "Iris".

—Lo invito a tomar antes la copa, don Ricardo.

Don Rosario, escondiendo su maligno regocijo entre sus pelos rígidos de viejo zorro, nos despidió casi festivo.

Apuró de un trago una *doble*, se limpió los labios y ante lo inexorable, dijo:

—Usted sabe, doctor, que como amigo Blas no tenía pero. Que lo digan Jalisco, Michoacán y Zacatecas. ¿Quién no le debía un favor? Lo que lo ponía fuera de sí era que alguien lo contradijera. Y ella dio en esa mala maña. Logró retirárselo, que él le perdiera la voluntad. Todo lo demás invenciones, mentiras. Ella, nadie más que ella, fue la de la culpa. Blas se pasó de bueno. Cuando muy en secreto don Tiburcio le notificó lo que de ella se murmuraba, Blas dio un pujido y ya. Le hicimos ver que le estaba botando el dinero. Servidumbre de sobra, muebles importados, trajes de Francia y de los Estados Unidos. Pues no, señor, nada. No más la redujo a una mesada.

—Prueba irrecusable de que todo eran calumnias.

Se desconcertó un instante; pero luego, apuntando una sonrisa felina y cruel, agregó:

—¡Por algo lo dirán! De que el río suena agua lleva. Los anónimos le llovían a Blas. Lo que don Tiburcio y yo le descubrimos tan a tiempo era bocado favorito en salones, paseos, cantinas y hasta en el mercado. Era humanitario ya tocarle en lo vivo. "Blas, tu fama por el orbe vuela." Respondió sin alzar la frente: "Hay que tener una explicación con ella." ¿Explicación? Ahora la mata. ¡Que Dios lo ayude y lo saque con bien! Pues no, señor, nada. Bien "lleno" fue a buscarla una noche. Ella, como si en la vida hubiese ocurrido nada. Hasta mandó por una cena doble al hotel. Comenzaron a hablar. Blas fue subiendo de tono, pero ella le gritó más fuerte. Levanta la mano para pegarle y ella se le escabulle. Se levantan, corren, logra alcanzarla, cogerla y desenfunda la pistola. Rápida como un relámpago se la quita de las manos. Y aquí va lo mejor del cuento: declaración del criado tal como la rindió en el juzgado. Lupe registra el revólver, le coloca bien el cargador y prepara: "Aquí lo tienes listo; ahora puedes hacer conmigo lo que tus amigos tanto desean. ¿Soy culpable? Dispara, mátame. ¿Voy a que tienes miedo?" Vuelto un idiota, mi hermano Blas se echa a sus pies y le pide perdón... ¡Le pide perdón! Otro día a la hacienda, sin decirle adiós a nadie. ¿Qué tal comedia?...

—La evidencia de la calumnia —pronuncié ronco e impasible.

Se puso como bayeta. Doblemente engañado me devoraba con sus ojos de serpiente. Aún quiso reír, pero su risa sonó como peso falso.

Risa de mascarón. Parapeto del cobarde sin el valor de su propia infamia.

—¡Claro, hombre! Jamás habrá pruebas porque el único que

podría rendirlas, que como caballero y hasta como hombre no más, debería rendirlas, se callará... se callará siempre.

Se puso lívido, se le cayeron las quijadas. Era mío.

—¿Entonces —me preguntó— usted también cree?...

—En F. todo el mundo la acusa del asesinato... Yo no creo nada.

—Pero ¿usted cree posible que yo?...

Mis ojos debían desnudarlo, porque en el paroxismo de su angustia me gritó:

—¡Es mentira!... Le juro a usted que es mentira.

Me despedí al instante. Las piernas me temblaban ligeramente: mi experiencia habría podido acabar en explosión homicida.

VOY A COMPRAR UNA PARTIDA DE MULAS

EN GENERAL, los preparativos nos escapan el objetivo del viaje. El espíritu se hunde también en las muelles felpas escarlata y observamos con beatitud a cada personaje que va entrando con su jirón de mañanita fresca en el carro tibio, casi vacío y muy limpio todavía. Primero un anciano tosigoso de párpados de gualdrapa y redingote de la coronilla a los pies.

Cinco minutos.

Un turista.

Tres minutos.

Otro turista y otro y otro.

Lo más interesante es el manso y amodorrado silencio, roto por los diarios de la mañana al desplegarse.

"Un desayuno... un desayuno... un desayuno..."

Tazas de porcelana, bizcochos y cafeteras humeantes pasan sin premura en su charola. Mientras, nadie vio subir a Colombina (dos curvas al carbón y una al carmín) y a su Pierrot (perrito pelón de Preparatoria), que al extremo del coche y tras un gran *Universal* esconden sus efusiones inacabables.

Amo este bullicio inicial y en crescendo. Al CROM, músculo y aceite, lámpara apagada ya, de regreso por el andén con la llave de tuercas en sus manos de chapopote, la sombra renegrida de la "madrecita" decorosa y trapajosamente ascética que me aclara la mañana (el sudor o el incienso poderosos levantaron los cristales de dos ventanillas. ¡*Deo* Gracias!) A los payos despernancados en tropel desaforado, vomitando ojos, chamacos, maletas, quimiles y bofes, en busca del de "segunda".

Ahora repica una campana como corazón; crujen herrajes,

zumba el vapor y la zozobra agita sus alas blancas. El tren paralelo me baraja cabezas tras el vaho de las ventanillas, y dos ojos femeninos del tamaño de las ventanillas se llevaron el encanto fugaz de lo que se vio un instante y no se verá más en la vida.

Voy a Michoacán a comprar una partida de mulas brutas y casi me siento santo... hasta la caída del bólido a mi lado en la confusión y el barullo del tren lleno.

—Don Canuto, el trigo no tiene precio ahora.

Voz sonora e imperativo categórico. Los magníficos aros de oro asoman al filo del *Excélsior* desplegado.

—No tiene precio el trigo ahora, señor —responde uno de los charros humildes que lo acompañan, casi poniéndose en pie.

¿Un cacique? Todo es posible. Hace veinte años eran gusanera por el haz de la tierra. Aún quedan curiosos ejemplares.

—Don Canuto, los americanos ponen en graves aprietos a México.

"No hagas a otro lo que no quieras para ti." Máxima al cesto. Porque si yo consigo alcanzar la suprema inexistencia en un salón de conciertos, en un teatro o en cualquier otro centro de recreo, y así ofrendo mi filantropía, mi vecino de concierto, de teatro o de tren me ofrenda la fraternal benevolencia de su sabiduría universal a grito abierto.

—En muy graves aprietos ponen los americanos a México; sí, señor.

El carro se llena de humo, de rumores y de mi muda protesta encarnada de repente sobre el asiento frontero, único desocupado. Por principio de cuentas bajo la petaca del amo de don Canuto. El ingeniero agrimensor opina que los asientos son para sentarse. Joyante su albo cuello, joyantes sus carrillos recién afeitados y sus botas amarillas acabadas de lustrar. (—El Gobierno les da garantías a los ladrones, don Canuto. —Les da garantías a los bandidos, señor.) Desabrocha su gabán y respira la *joie de vivre*. El habano entre los labios le da relieve a sus veinticinco años y expande un halo de grave armonía. En un mes no ganará seguramente lo que el pringoso de boñiga de vaca se gana en una hora. El problema de su felicidad plantéaseme al punto, cruel y obsedante. Pero yo sólo voy a la hacienda de San Vicente a comprar una partida de mulas brutas. ¿La hacienda de San Vicente? Sí, éste es asunto que al compás de las bielas, al cambio barométrico y al paisaje unísono (estamos en pleno día) se me recompone y afina.

La cosa es meridiana. Porque si ellos hubiesen sido culpables la sociedad hipócrita no les cierra sus brazos de purificación. Luego su ostracismo es su absolución; luego mi tragedia es la cierta, la tragedia que nadie vio. "Mamá Lenita murió de un cáncer del intestino." Mentira, médicos miopes, su muerte fue sublimado corrosivo que destapa la retina del espíritu para la verdad negra, para la mariposa negra que revoloteará sin misericordia contra las paredes de su cráneo sombrío y hemético. Remordimiento de madre que por el porvenir de su hija la llevó al mercado de la carne fresca y palpitante. ¡Bendita la candorosidad y bendita la estupidez de las madres que murieron sin haber abierto nunca los ojos!

—Don Canuto, ahora sube don Manuel... Una travesura: escóndale los velices... ¡Mi señor don Manuel, dichosos ojos!...

—Señor don Ricardo...

—¿Y Toto?

—¿Y Meche?

—¿Y Queta?

—¿Y Rorro?

—¿Qué tal de labores, señor don Manuel?... Oiga usted, que el tren camina ya y no han subido sus petacas.

—No, señor don Ricardo, yo mismo las he traído... ¡Qué raro! Digo que yo mismo acabo de ponerlas aquí... ¡qué extraño!

—Alguna distracción...

—Pero si yo mismo...

—Entonces algún ratero...

—No es posible, señor don Ricardo. Verdaderamente no me explico...

Cinco minutos de tortura para que las petacas y las orejas de don Canuto asomen por la puertecilla del *water closet*, en un trío de carcajadas.

Me refugio en un asiento que más adelante acaban de desocupar. Precisamente enfrente de la madrecita esfinge-felicidad, cirio pascual, misa de réquiem. El convento les afina el color y la nariz nictálope, pero lo que les da carácter es su calzado bajo y enorme como una eternidad interpuesta entre el cielo y el mundo.

Por la ventanilla, cerros trasquilados y en sus faldas casitas blancas rebrillantes por el baño nocturno; al fondo la serranía con su peluca de algodón cardado y removiente. Pasa un vasto campo de fragancia; bajo la alfombra de flores amarillas, cabezas y lomos de vacas, una charca inmensa. Lluvias de flores de oro y de plata en la escobilla y aceitilla ondulantes, nevadas y aterciopeladas.

Madrecita, paisaje, rumores, aromas y madrecita, paisaje, aromas, rumores y puro paisaje y nada... la vida de dos mujeres, martirio de expiación; Lupe zurciendo comedia con jirones de dos tragedias. "Blas no es un mal hombre, madre; un poquito violento no más. Coquetea como todos los señores de su edad, pero no es lo que se llama un 'mujerero'. Se alegra como todo el mundo, pero no todo el mundo es ebrio consuetudinario. ¡Puras exageraciones tuyas, mamá Lenita! ¿Su educación? Sí, un poco brusco si tanto te empeñas… pero de eso ¿qué culpa tiene él? ¿No fueron así todos los suyos? Son tus nervios excitados que te hacen ver elefantes en los pequeños mosquitos. Sin tu pena perenne yo sería completamente feliz." Pero adentro arde la mecha sórdida, fatal. Cuando mamá Lenita rinde en un lamento final, sus ojos divergentes convergirán por una eternidad en mitad del alma de Lupe.

Fue entonces cuando la jauría no pudo contenerse y se tramó la intriga que habría de acabar en alevoso homicidio. Pero el braví ha menester muletas de aguardiente. Por eso fue a pedirle explicaciones "bien lleno". ¿Y ella? ¡Sublime! "Aquí tienes la explicación que tus amigos necesitan. Toma esta pistola y mátame si puedes."

En la negrura del viento, fina lámina de bronce, un trueno musical; el cielo que se enfosca con rapidez de film; víboras de lumbre se retuercen en el horizonte sonoro.

Y el tren se ha detenido, a las primeras gotas.

—Adiós, señor don Ricardo.

—Adiós, señor don Manuel… Mucho cuidado con sus velices para otra ocasión.

—¡Hasta cuándo se le quitará lo terrible, señor don Ricardo!

Cuatro largas carcajadas como prolongación de cuatro horas de jovialidad angelical. Inteligencias fértiles e imaginaciones fáciles. Adiós no, señor don Manuel, señor don Ricardo; adiós no, sino hasta la vista en el salón… del megaterio.

Ahora es un cañón de verde cálido. La yedra tendida en hamaca de crestón a crestón nos engulle. Salimos. Pedruscos de cristal se estrellan oblicuamente en el cristal. La máquina da un aullido lamentable, resopla con rabia y, abierta la palanca, va a clavarse como saeta en el lomo gris de la tormenta.

Ya ese gris de afuera se nos ha entrado muy hondo cuando una descarga magnífica nos deja ciegos y sordos. Cuando abrimos los ojos, con asombro vemos que nuestro carro no quedó partido de medio a medio.

Y al final un guayín viejo, adornado de rosas mustias. Una pareja de novios con su acompañamiento de aldeanos policromados. En el mismo guayín iré a San Vicente a comprar una partida de mulas brutas.

—¿Y por qué, mejor, no viajan ustedes? Estados Unidos, Sudamérica, Europa...

Su inmensa sorpresa y mi impertinencia me ruborizan retrospectivamente. Debí haber sentido mi instabilidad y mi absurdo. Nada: afronté sin pestañar el volcán de nieve de su mirada. Inmune, por mi inconsciencia omnímoda.

Al mediodía hubo viandas y vinos radioactivos. Se humanizó y me humanizó. Cuando sus mejillas aterciopeladas se motearon de púrpura, luego de otro vaso de vino, se limpió los labios y resopló bajo enorme presión:

—Sí, sé muy bien lo que allá dicen de nosotros... Respiran por la herida. Pero no comprendo por qué no nos dejan solos y en paz.

Una onda fría ascendió a sus mejillas.

En la hacienda de San Vicente nunca hubo más mulas que las de tiro. Me sentí desnudo y atrozmente despierto.

Martín, mascando un magnífico habano, sonreía.

—Yo no hice más que defender mi vida... mi vida y lo que era mío. ¿Comprende usted? Aquello no tenía más que un remedio, quitárselos a mis enemigos. Y no había más que un camino: el alcohol...

Alargó pesadamente uno de sus muslos, dejando asomar a la orilla de su falda una pierna jamona, fofa. Bajo el peso de un R.I.P. mi corazón desfalleció.

Martín sonreía. Martín sonríe sin cesar. Y yo no sé quién soy ni lo que espero aún.

Ella volvió a beber. Bebía para hablar; hablaba para beber.

—Hubo, pues, vino, mucho vino. Creo que hasta nadamos en vino. Treinta y cinco días y treinta y cinco noches. Su cerebro fue frágil y ¡crac! ¿Qué iba yo a hacer?... Los dejé chatos... ¡Ja, ja, ja, ja...!

Su carcajada me lo hizo todo astillas. Entonces la interferencia de mi sorpresa y de mi fracaso sacaron a flote el recuerdo de un malhadado perfume en un tranvía, hace quince o veinte años. Y como entonces me precipité a la ventana en busca de aire.

No había perfume, lo comprendí al instante, pero había huachichile redivivo y avasallador. Ella arrogante de grasa, cuello en dobleces, labios extravertidos, alforjas en los ojos, brazos de box y pies de foca en alpargatas, chapoteando su desolación por los ladrillos. —¿Y tu niña Lupe, Martín? Él también; sus facultades en condensación vinolenta al extremo de su lengua. Un supremo habano, caldos selectos de España, de Italia y de Francia... y quizá su niña Lupe.

Mi inquietud indefinida por incomprendida fue concretándose en la lógica crueldad del decorado y mobiliario. Arrogancia fría, seca y comerciante. Mutación de nombres, substitución de "casas". Nada más. "El Palacio de Hierro" en vez de "Au Bon Marché"; "Pellandini" en vez de "Librería Religiosa". Al desastre de los santos del huachichile sucedió el de las estampas de Martín, naturaleza muerta, cinegética, escena galante y todo lo que nos aprendimos con el padrenuestro. Oposición de dos espíritus planos. ¡Perdón, Martín, abogado consultor y ex-bolchevique! Recompongo intuitivamente la evolución de Martín abogado. Como estudiante lo distinguía su indolencia inquebrantable; sus demás virtudes seguían la pauta del tipo medio y borroso. Por consecuencia, Martín, abogado mediocre, se embarró en la resina del Estado, medianamente entusiasta por las corrientes *renovadoras*. Por consecuencia *la redención de la Raza, el gran dolor del Indio*, etc., no le darán una novela, un cuento, un discurso sociológico, una curul, una gubernatura, un ministerio ni mucho menos una hacienda de cuatro millones de pesos. Por consecuencia si se encuentra en su camino a su ex-niña Lupe, viuda indefensa y casi millonaria además, a ojo cerrado la preferirá al *gran dolor del Indio*, y etcétera.

¿Y la llama azulosa, la lámpara oscilante al pie del gran marco de yeso dorado del Sagrado Corazón? ¿Creencia que regresa? ¿O que no acaba de irse?

Lupe, verborreica, me lo aclaró:

—¡Tonterías! Yo también me río ahora de eso... Pero alguien no se ríe y me dice que sí, que sí y que sí... Bueno, pues mientras mamá Lenita viva aquí... tá... tá... tá... tá... esa lámpara jamás se apagará.

El cielo encapotado comenzó a sollozar. Martín me llamó a distancia:

—Obsérvala... su cerebro...

Nos dejó. No le volví a ver más.

LA VENGANZA DEL HUACHICHILE

La lluvia tamborileaba en los techos. El comedor se había llenado de sombra ceniza y tediosa; pero Lupe miraba, en éxtasis, el oro tierno y fluido de su vasito raso.

"Al principio yo no veía más que oscuridad. ¿Quién podría tener interés en consumar una separación que de hecho existía?

Sólo una mujer. Pero Blas tenía mujeres, mujer ninguna. Su vida no fue un secreto. Y esto duró hasta el día en que por equivocación abrí una carta destinada a él. Un anónimo. De echar las tripas de risa. Se me acusaba de mil monstruosidades. Limpio mi corazón, examiné detenidamente el papel y me quedé sorprendida: el parecido de la letra era asombroso; pero imposible. Para reír también a carcajadas. ¿Cómo suponer siquiera tanta infamia de quien había sido algo más que íntimo confidente, algo más que un hermano querido, al que trataba como a mi propio hijo? Porque cuando mi corazón se quedó vacío por la muerte de mi madre y el abandono de mi esposo, para no morirme de angustia busqué refugio en un cariño inocente, desinteresado, puro... Lo amé como sólo sabe amar una madre, lo cuidé y le di consejos de madre. Creció, y para apartarlo de los sitios peligrosos adonde Blas lo llevaba, procuré relacionarlo y entrar en la mejor sociedad. Todas mis economías fueron desde entonces destinadas a satisfacer las necesidades y caprichos que sus nuevas y altas relaciones le imponían. Nunca le faltó nada. El ejemplo de Blas se lo retorcí. '¡Mira hasta dónde desciende un hombre vicioso! ¡Dónde está ahora aquel Blas robusto y sano que a todos nos daba envidia? Su vida pende no más de un cabello.' ¿Quién no sabía que dos veces se vio a las puertas del sepulcro? Degenerado física y moralmente por las mujeres y el vino."

Un tic de hierro congeló su última palabra, exprimiendo dos lágrimas sobre sus mejillas erectas.

Apuró otra copa llena y la tormenta interior se disipó en una melancólica y bondadosa sonrisa.

"Sí, le conté mi pena inmensa; los celos implacables e inexplicables de Blas; la humillación que me hacía, sujetándome a una miserable mesada. Desde mis primeras palabras Ricardo se turbó tanto que fue entonces a mí a quien faltaron las fuerzas para proseguir. No, no era posible; no podía creerlo... y no quería ceerlo. Hasta que una noche... Jamás las puertas de la casa estuvieron cerradas para él a ninguna hora ni en ningún momento. ¿Por qué en esa madrugada saltó la reja y vino a llamar misteriosamente a la ventana de mi alcoba? Desperté asustada... jamás en mi vida he sentido terror más grande que cuando lo reconocí... a él. '¿Tú, Ricardo?...' Yo no sé qué me respondió, no podía emitir la voz. '¿Qué significa esto, Ricardo?' Se oían los golpes de su corazón. ¡Cobarde hasta en sus infamias! Me habló de amor... Mis dientes entrechocaron hasta hacerme daño. Enfurecida busqué una piedra para machacarle la cabeza a la víbora. Mi bofetada lo hizo perder el equilibrio; rodó por los escalones y se le rompió la frente. Fui por una lámpara para enseñarle la puerta, y entonces vi lo que me faltaba..."

Un tumulto de sollozos la interrumpe. El agua arrecia azotando las vidrieras; pero el sol poniente en la lejanía abría aún un agujero de luz.

"...el portero y otro hombre emboscados entre las madreselvas... Los testigos..., ¿comprende? Y lo demás..."

Se abrió el cielo y bermellón luminoso espolvoreóse sobre árboles, casas, baches y hasta en los bituminosos plumones de nubes. La tarde y su verbosidad habían ido descendiendo en curvas paralelas con fallas de ausencias y repentinas inquietudes, hasta que se puso a roncar.

Volvió el rumor de la lluvia, el cielo se encapotó más negro, perros aullaban muy lejos, mugían las vacas y las ranas imponían su sonata inmensa.

Cuando se encendieron las lámparas, se encendió al instante su angustia.

—¿Quién está allí?... ¿Quién es usted?... ¿Cómo ha entrado?... ¡Ah... ah...! Ahora recuerdo... dispénseme doctor... Pero yo no puedo tolerar tanta luz; vamos a la biblioteca —era ya una voz distinta, con ronquera de vasija de barro reventada.

El sillón de Martín y su ansiedad antagónicos la hicieron vagar de sitio en sitio, densa, automática, sin objeto presumible. Sin embargo, un ángulo sombrío de la alcoba contigua imantó sus pupilas.

En plena rebeldía regresó al sillón *Morris*; pero otra vez la levantó su zozobra inexorable. Su mirada retrocedió hasta clavarse de nuevo en el rincón oscuro de la recámara. Hubo un momento en que su rostro se contrajo como piedra doliente.

—¿Sufre usted, Lupe?

Me miró sin embozo. Miró al intruso, no más que al intruso. Pero su educación pudo más. Dejó caer los brazos, vencida.

—...¡El médico, sí, el médico!... Pero entonces usted sí puede comprender...

O se distrajo de nuevo o no pudo proseguir. Bruscamente se encaminó a uno de los estantes de libros y puso la llave en la chapa. Su voluntad atáxica la venció, sus ojos de nictálope siguieron el terror de un haz luminoso del comedor a la alcoba, hacia el ángulo superior derecho, el más sombrío.

Ella pudo regresar, pero sus ojos eran esclavos.

—¡El Otro!...

Su dedo trémulo y cerúleo se tendió en aquella dirección. Quise comprender. Y me atreví:

74

—¿Allí fue?...

Se me volvió huracanada. Sus miembros de plomo se sacu-
dían como frágiles hierbecillas. Y sin embargo no hubo nada.
Decididamente no podía romperse jamás su fascinación. Incontenibles, sus energías se derivaron otra vez al estante. Con fir-
meza sacó una botella. Bebió.

Dejé de existir hasta su segundo vaso. Volvió la cara y, asom-
brada, exclamó:

—¡Ah, estaba usted aquí?... ¡Ja... ja.... ja!...

Su risa de nieve y un suspiro bajo la presión de un Universo.
Se acercó mucho; sus manos, como tenazas de hierro, hicieron a
la mía seguir la línea que sus enormes pupilas devoraban. Y me
sopló su infierno:

—¡Sus ojos... Mírelos!

LA LUCIÉRNAGA

A Ortega, gran amigo

UN GRIFO

I

Por uno de tantos accidentes inexplicables, él fue disparado de su delantero como taco de cebo de un trabuco, y vino a caer a muchos metros de la hecatombe. ¿A caer? Propiamente, no; porque ni él mismo podría asegurar si se levantó de alguna parte. Impasible, en medio de la muchedumbre horrorizada, veía gendarmes, carteras de notas, brazales blancos y azules, entreverados con autos, coches, carretones y curiosos. Las camillas se abrían paso a viva fuerza. Para él, todo y nada. Un testigo presencial dijo que en el momento *álgido*, el tren de "La Rosa", como en todas las curvas, en la de Buenavista y Puente de Alvarado había disminuido su velocidad, a tal punto, que se hacía inexplicable el choque, sin preconcebida y criminal intención. El camión venía en sentido inverso y en carrera vertiginosa, como esa gente lo acostumbra al grito de: "Ai viene el otro." Un trueno, un alarido unánime, y silencio de estupor. Como bala ciega, el camión había ido derecho a clavarse en un ijar del monstruo colorado, abriéndose en abanico de astillas. Patas arriba, la bestia muerta, salpicada de masa encefálica y cabellos ensangrentados, dejaba oír los débiles gemidos de los que no se acababan de morir adentro de sus entrañas abiertas y entre sus tripas retorcidas. Alguien había gritado: "¡Al asesino..., cójanlo!" Pero el muchacho de la cachucha de hule mugriento, señalado por la multitud, apenas corría ya. A distancia de media cuadra se bamboleaba incierto, zigzagueante, como un beodo, y enfrente de la estatua de Colón dio un salto de fusilado, y se quedó tendido boca abajo.

Precisamente el chafirete que, arrastrando la lengua, le dijo: "Hay que correr, jefe", y escapó, sin esperar respuesta.

El recuerdo alumbró débilmente cuando apenas comenzaba a disiparse la niebla de azufre infernal, cuando los camilleros extraían los cadáveres desquebrajados entre sangre y lodo. Entonces lo vio todo con acuidad macabra. Sereno, salió de entre la multitud y, paso a paso, se alejó del cuadro de horror. Camino de la Alameda, entreverado ya con gentes ajenas al sucedido, cierto de que nadie le veía ni le seguía, apresuró la marcha. De pronto, dos pupilas lo fijaron. Sintió el pánico: "¡Éste lo ha visto todo; éste lo sabe!" La tierra se le vaciaba a sus pies y el cielo se le vaciaba. Irrefrenables, sus piernas echaron a correr. Se habría detenido en la Alameda; pero las banquetas de cantera lo miraban con ojos desorbitados y los pelos de punta. Buscó un refugio. ¡Imposible! Una mirada, un gesto, habrían bastado para denunciarlo. Adentro, los ojos iban, no ya a pares, sino en escuadrones, a compás de cien estallidos por minuto. Jadeante, porque las calles en plano inclinado no acababan nunca, se detuvo ante las piedras grises de la Catedral. Entró. Los muros sombríos, el rumor de las misas, el calor de la hora, lo marearon. La nave central le brindó silencio, soledad y reposo. Tiritando, llegó a una de las bancas de en medio. Respiró al fin. Pero las columnas dóricas y los enormes gajos de cantera de las bóvedas se inclinaron cortésmente. ¡Qué atrocidad! Entonces, al volver su faz lívida hacia el coro, uno de los ángeles que lo sostienen en sus divinos lomos sacó levemente la cabeza y levemente levantó los hombros: los ojos sin luz le hicieron un guiño y la lengua de piedra una mueca.

Lo más práctico sería levantarse y hundirle las narices a puñetazos. Pero hay testigos... y eso resulta "ahora" peligroso. ¡Paciencia! Hay que cambiar de sitio: allí, al pie del altar mayor, por ejemplo.

¿Qué? ¿Los santos de mármol también? El de las llaves de oro se ha removido de su pedestal y los Evangelistas le hacen señas impropias de un lugar sagrado. Cierra los ojos con fuerza; uno de dalmática morada y oro viene recto. Un sudor pegajoso y helado moja su nuca rígida y sus sienes a reventar. Cierra los ojos apretados, apretados, porque toda resistencia es inútil. El destino, implacable, se desploma sobre uno de sus hombros, y lo asombroso es que no lo haya hundido. Calladamente, sin festinación, sin escándalo, alguien lo conduce a las afueras del templo.

Sus ojos se abren, y está solo. Su nariz se dilata en una respiración enorme, que se lleva todo el aire, todo el sol reverberante, coches, trenes, transeúntes, campanadas, rumores, los Pegasos, el Ayuntamiento, los Portales, el Palacio Nacional, todo el Zócalo y todo el cielo que cobija el Zócalo.

"¡Gracias, Señor, gracias!... ¡Bendito sea tu Santo Nombre!"

Y deja de mirar un segundo o una eternidad, hasta que sus ojos, atónitos, reparan en los ojos atónitos de Conchita, de María Cristina, de Sebastián...

—¡Nada, Conchita, te juro que no lo pruebo hace ocho días!...
Pero ahora es preciso... Vé a la esquina por una botella de parras... ¡No puedo, no puedo más!... —y Dionisio se hunde como un Atlas bajo la almohada de su lecho.

La vida y el tiempo retroceden meses, años... ¿Quién? ¿Fraile inquisidor? ¿Portero del infierno?... ¡Ya estará, hermano José María, que no sea tanto!...

José María, varón justo y piadoso, buen vecino de Cieneguilla. Su faz ascética, su gesto grave, sus líneas implacables. Bien, José María, habla, habla...

—Sí; soy el mismo, hermano Dionisio, y lo que te he dicho te lo vuelvo a decir. Por principio, repruebo tu viaje; pero, puesto que ya compraste el boleto, sólo puedo aconsejarte que te lleves una canasta bien repleta de queso fresco; preguntas por un mercado que llaman de la Lagunilla, y allí lo menudeas. Por los informes que tengo, sacas tus gastos siquiera...

—Conchita, el *parritas* va devolviendo la paz a mi alma y el reposo a mi cuerpo. Dame otra copita. Anda, no seas mala...
... Decíamos. ¿Qué decíamos?... ¡Ja, ja, ja!... Así decidiste mi destino, hermano José María. Porque con mi primer viaje a México aprendí. Yo soy comerciante. Saqué mis gastos y regresé a Cieneguilla con doscientos pesos en la cartera y la decisión inquebrantable de radicarme en la capital, gracias a un enjambre de proyectos en mi cerebro globo-indirigible. Globo indirigible porque yo no heredé, con mis quince mil pesos, la pétrea cabeza de mi padre don Bartolo —tu lote, José María—, sino el cerebro a pájaros de mi madre, a quien Dios tenga en su Reino.

—Siento que mi consejo haya resultado adverso a mi propósito; pero te advierto, Dionisio, que te falta experiencia y que te vas a arruinar en dos por tres.

—Por tu edad, saber y gobierno, José María, eres el legítimo sucesor del amo don Bartolo, nuestro padre (Dios lo haya perdonado), pero yo cumplí mis veinticinco, tengo a Conchita mi esposa y a mis hijos, María Cristina, Sebastián y... quien viene por allí en camino. ¿No te parece mal visto, hermano, que siga yo bajo tu tutela, por los siglos de los siglos?... José María, cierro los ojos y, ¡obra de Dios!...

A mí, Dionisio, nada se me da ciertamente con que el sastre, el sacristán, el flautista, el peluquero y el alcahuete hagan lo que yo ahora. Sé que sin más equipo que las canastas y petacas que mis manos puedan sostener en las subidas y bajadas de los trenes y sin más trabajo que ir de Cieneguilla a México y de México a Cieneguilla, el arroz, piloncillo, papa, chile verde, queso fresco, etc., etc., doblarán su valor en el tiempo estricto que dure mi viaje, y con ello mi capital.

¿Polvo? ¿Humo? No; lo único que me faltó fue ojo a tiempo. Un día, el ministro de Hacienda de Carranza amaneció de malas y se aburrió de inundar a México de millones y millonarios..., ¡cataplún!... Cinco mil pesos en plata menos, y, en cambio, tres petaquillas reventando de *infalsificable* y el derecho de pavonearme por el resto de mis días: "Yo fui millonario; pero la revolución me arruinó." ¡Ja..., ja..., ja!...

—Conchita, hija, otro parritas, favor. Y vente a bailar... ¡Ah, a bailar, no!... Bueno, bueno, ya estarás, araña brava... Sí, lo que tú digas, mamacita. Ya sabes: yo soy la carne, tú eres el cuchillo... ¡Ja..., ja..., ja!...

Bueno, pues. José María vino todavía a destilar el bálsamo de sus consuelos:

—No pongas esa cara, Dionisio, que la aflicción es a veces pecado mortal. ¡Dios te lo dio, Dios te lo quitó! ¡Que se haga su Santísima Voluntad!

—Sí, hermano José María, que se haga la voluntad de Dios en los bueyes de mi compadre. ¡Ay!

—No quedó por mí. Te lo advertí. Tú dijiste: "A mí que me toque la plata, quédate tú con las tierritas." La codicia rompe el saco. ¿Qué? Se llevaron mi frijol, mi maíz, mis animales (que Dios se las haga buena); pero las tierritas ni modo de que se las lleven.

—Pero yo ya le había echado el ojo a la hacienda del Burro Manso, ¡ay!; tengo hasta el plano de una casita en México, allá por la colonia de Santo Tomás, y catálogo de muebles del Puerto de Veracruz, ¡ay!

—¿Y qué? Entraste a la lotería, hiciste una lista de lo que habrías de comprarte con el premio mayor. Pero como no te lo sacaste, rompes tus billetes, rompes tu lista y te pones a trabajar como todo fiel cristiano, y te dejas de zarandajas.

—Mi mala suerte... Me faltó ojo a la mera hora; si no...

—En diez años de paciencia, economía y tesón puedes reparar lo que el Malo te hizo perder en diez meses. ¡Qué gusto, hermano Dionisio, qué gusto! Dale gracias a Dios de que te permita desagraviarlo en esta vida y no en las llamas del Purgatorio. Pon un pequeño comercio, y economiza, economiza, economiza.

—¡Qué tono de voz!...

—Tus niños usan lujos que no se avienen con tu situación actual. Pueden, dentro de la casa, andar descalzos. Dicen que eso es bueno hasta para la salud del cuerpo.

—¡Ah!... ¿Y qué más?...

—Tienes costumbre de encender hasta dos velas, y para rezar el rosario y darle gracias a Dios por los beneficios que nos hace, no necesitamos más luz que la de nuestra conciencia tranquila.

—¿Y qué más?

—Parece que mis consejos te incomodan. Dios me sea testigo de que no busco más que la salvación de tu alma y de la mía. Dionisio, oye la oración, párate, vamos rezando. El Ángel del Señor anunció a María... Dios te salve María, llena eres de gracia...

—Santa María, Madre de Dios, ruega, Señora... ¡Ja, ja, ja!... Eso es: su misma voz, José María. Yo no sé por qué hasta ahora lo he notado... No sólo eso: tienes sus mismos ojos y aquel gesto suyo que a todos nos hacía temblar.... ¡Ja..., ja..., ja!... ¿Te acuerdas, José María? Yo corría a encontrarlo y a besarle la mano. Pero, luego que nos daba la espalda, yo le sacaba tamaña lengua... ¡Ja..., ja..., ja!...

—Hablas de nuestro padre, Dionisio.

—Sí, eso es, su misma voz, igual tonadita: "El Ángel del Señor anunció a María..." Y eso todos los días: a las cuatro de la mañana, al mediodía y a la oración de la noche... ¡Ja..., ja..., ja!

—Sus huesos descansan en el camposanto, Dionisio. Yo debería quemarte esa lengua...

—Eso es. Así. Enojado te pareces más a él... Un día, una madrugada..., todo estaba negro, no se oía sino el estrépito de la tormenta. Y en el fragor de la lluvia un rumor sordo que venía de muy lejos, que se acercaba, que llegaba pronto hasta ensordecernos por un momento. ¡La *línea*, José María! Las llantas y las herraduras sacando lumbre de las piedras de la calle; los hachones que se metían en listas de lumbre por las rendijas; insolencias, silbidos agudos, el restallar del látigo... Después, sólo el ruidazo de la tempestad. Y la voz de él —¿cómo pudo oír el toque de las campanas?

"José María, Dionisio, las avemarías... Arriba, holgazanes, a rezar sus oraciones." Yo le dije a mi madre muy quedo: "¿Por qué nos hace madrugar tanto?" Él oyó, y su respuesta elocuente me bañó de sangre la nariz y la boca. "Para que se enseñe a no preguntar lo que no debe." Mi madre lloró en silencio. ¡La educación de los antiguos! ¿Verdad que así quisieras seguirme educando?

—¡Dionisio, basta!

—¡Qué gusto me da verte así! Porque si él me daba miedo..., lo que es tú... ¡Ja..., ja..., ja!...

—¡Blasfemo!...

—No te tapes los oídos que esto no más va contigo. Oye, ¿sabes que me daría mucho gusto que tú quisieras reprenderme como él aquella madrugada?... Y sólo por ver cómo te escurriría la sangre de la boca y de la nariz...

Dionisio siguió pidiendo copitas, cada vez más tarde, hasta que cayó en un sueño de catorce horas, del que habría de despertar con la horrible noticia del diario de mañana.

Llora Conchita, lloran María Cristina, Sebastián, los pequeños Cirilo y Nicolasa, y el perro de doña María, la del 44, aúlla meneando la cola.

Dionisio lee con ojos espantados: "Por la imprudencia de un chofer, el camión número 1,234 se estrelló ayer al mediodía contra un tren de 'La Rosa', en el crucero de Buenavista y Puente de Alvarado. Cuatro pasajeros muertos, dos muy gravemente heridos y el chofer en estado comatoso. Es muy interesante para la ciencia el caso de este joven que, con el cráneo fracturado, ha podido discurrir, echar a correr, después del accidente. ¿Será que la fuga del chofer después de un choque se ha convertido ya en acto primo, meramente instintivo?..."

—¡Arruinados para siempre! —gime Conchita.

—Lo único que nos quedaba —llora María Cristina.

—¡Nuestro camión!... ¡Nuestro camión!...

Densamente pálido, los labios de papel, Dionisio concentra la luz de sus cuencas en las letras del periódico y todo está rojo; el rotograbado tiene reverberaciones de fragua. Mejor una pesadilla. Vivir con una mentira piadosa, pero vivir. En un desdoblamiento de su personalidad hay una lucha de titanes: uno dice a gritos que sí, y el otro responde con los puños y los ojos cerrados que no. Para extinguir, pues, todo resquicio de luz asesina, hay que ahogarlo todo en aguardiente.

De la cantina regresa tambaleándose, y su entrada es un estrago de puertas, sillas, mesas y vidrieras rotas. Las mujeres se refugian en un rincón. Pero allá va él con la navaja de afeitar abierta. La ambliopía de esa sangre que sale a borbotones de los cadáveres que nunca acaban de sacar de entre varillas de acero retorcido y astillas de madera es fuego que consume su cerebro y su corazón y que no se apagará sino con muchos cubos de sangre.

Relampaguea el acero en su mano, no para abrirse su propia nidada de serpientes, sino para rebanar el cuello de su mujer y de sus hijos, que se han precipitado a la puerta pidiendo auxilio a grandes alaridos.

La Divina Providencia, en camiseta y calcetines. Don Antonio, el gachupín del 17, coloso de sudor y de manteca, bigotes a la Káiser, desarma en un santiamén al energúmeno, lo sujeta de las canillas y, a puñetazo limpio, le mete de cabeza en la cama.

—Sin haberse quitado siquiera el puro de la boca. ¡Bravo, don Antonio, ha dejado usted cartel!

—¿Le hizo daño *doña Juanita*? —murmura casi sonriendo.

Y mirando a María Cristina, como un rico manjar en día de ayuno:

—Si algo se les ofrece, vayan a La Carolina.

¿Quién tuvo alientos para decir siquiera: "Gracias, don Antonio"?

Por la ventanuca entra un paisaje opresor: horizontes recortados por cubos calizos, tijeras geométricas de un cielo eternamente turbio de humo y de tierra. Abajo, el patio alongado, los lavaderos de aguas verdinegras y la eterna doña María del 44 paseando su majestad de hipopótamo bajo los palios ondeantes e irónicos de los tendederos.

—¿Qué dijo, María Cristina?

—No oí bien. . .

—¿Doña Juanita? . . .

—Creo que eso. . .

—¿Tú sabes? . . .

—En la vecindad nadie se llama así. . .

—¿Entonces? . . .

Madre e hija se miran, intrigadas.

—Tú lo cuidas, María Cristina, mientras yo voy al mercado.

Del de Tepito, Conchita trae sus exiguos alimentos. Trae también —y gratis— el limo de futuros ayes: elementos dispersos de una gran sinfonía gris que, al cabo de los años, en abandono desolador y en la tristeza del pueblo silencioso, habrá de reconstruirse en un suspiro hondo y amargo, en su grandiosa magnificencia de miseria, de dolor y de angustia. Concierto de notas broncas, tejados podridos y montones de basura alternando con

cuarterones de leguminosas y cerros desmoronables de cereales.
"¡Cincos, son cincos de chilacas!" Cabelleras desgreñadas, croar
de carros detenidos, el golpe del hacha que desgarra carnes olisca-
das, la colmena andrajosa bajo el ardor del sol. "¡Fresca, fresca.... de limón, de piña, de jamaica, joven!..." El lamento secular de la india renca y parda, "chicuilotiiiiii...tos... fritos...", y
la flauta delirante del afilador, perdida en el retumbo de los carros, el resoplar de los camiones y el rumor de la mustia muchedumbre que no supo nunca de un oro que brilla arriba.

II

Sus ojos de monstruo marino parpadeaban a la luz de las siete.
Pedía el diario de la mañana y, no bien María Cristina acababa
de leerle los encabezados, él maldecía de su mujer, de sus hijos
y del universo, presa de su daltonismo homicida. Saltaba de la
cama, dantesco y grotesco, hasta que un piadoso vaso de aguardiente le topaba con dos o tres horas de sueño y de reposo de
cerdo ahíto.

—Por la pistola descompuesta, nadie prestó. Y no queda más.
(Eran las doce y el brasero estaba apagado.)
—Pero don Antonio nos ofreció..., madre.
—¡Ay, sólo por no oírle su boca!...
—Sin embargo, ya ve, es hombre de buen corazón.
—No lo niego; pero... no.
—Nos dio la fianza; le debemos también el aguardiente.
—Que no quiero nada con ese hombre, María Cristina.
—Vamos entonces con don Benito.
—¿Y si está la mujer?
—Nunca la he visto en la botica.
—Puede que digas bien, María Cristina, vamos. Don Benito
nunca nos hizo un feo.

Don Benito, el boticario, estuvo sublime: les prestó cinco
pesos.

El único, el último amigo. Como fue el primero el primer
día, cuando recién llegados a México, muchos paisanos acudieron
al olor de los quince mil pesos de Dionisio. Entre ellos, el boticario Benito. Más simpático, porque fue el primero en hablar sin
rodeos:

—Don Nicho, sé que viene a establecerse y le traigo un buen
negocio: una farmacia en el primer cuadro, clientela segura, con-
diciones ideales.

—Pero si yo nada entiendo de botica, Benito.

—¡Naturalmente! Confíe en mí. Veinte años de práctica y referencias a satisfacción. Le aseguro que si no me he hecho rico ha sido sólo por la falta de capital.

—Lo comprendo, amigo Benito; pero...

—Usted lo aporta, yo mi trabajo y está hecho todo. A mí me sobraría dinero, pero toda mi vida he tenido el santo de espaldas.

En efecto, detrás de Benito, el tío Vicentito hacía señas a Dionisio con ojos, nariz y boca: "¡No..., no..., no!"

Pero ocurrió algo en ese momento que había de afianzar para siempre las relaciones de Dionisio con el boticario. Un empleado del hotel entró con una nota.

—¡La cuenta! —exclamó don Vicentito, sofocado de alegría—. A ver, a ver..., ¿cuánto les cobran por la primera semana?... ¡Eureka!... ¿No se los dije?

Una garra al aire, con la nota de gastos, don Vicentito clamó, ebrio de triunfo:

—¡Ciento ochenta pesos!... ¿No se los dije?

Dionisio, muy descolorido, le quitó el papel y lo releyó:

—Ciento ochenta almácigos de jijos de la... son los que yo les voy a dar.

—¡Dionisio!

—¡Amigo don Nicho!

—No se violente, paisano.

—¿No se los dije? ¿No se los dije?

Medio tragándose las insolencias que le henchían la garganta, sin oír ruegos, súplicas, ni consejos, Dionisio se lanzó furioso al despacho.

—¿No se los dije? Si en este maldecido país todo el mundo, si pudiera, se lo comería a uno crudo.

Y los ojos de don Vicentito se posaron con tal impertinencia sobre Benito, que éste aprovechó el pretexto y salió diciendo que había que defender al paisano.

—¡Una hidra! Mucho cuidado con él. Conchita, tu marido ha caído en un nidero de víboras.

El tío Vicentito tenía la debilidad de todos los sexagenarios. Pero lo que lo exasperaba más era que sus consejos entraban por un oído de Dionisio y por el otro se salían. Brotado de la tierra y dentro del mismo hotel, la mañana que la familia despertó en México, se presentó: "Soy tu tío en quinto grado, Dionisio, pero de todos modos tu tío."

—Comenzamos con muy buena suerte, señor tío —le respondió Dionisio ofreciéndole el asiento que él había ocupado ya.

Sólo que don Vicentito resultó un intolerable intruso. Comenzó por informarse del estado de salud y condición social y pecuniaria de cada uno de los miembros de la familia y de todos los entroncados en común árbol genealógico; supo el nombre y apellido hasta del remendón que en Cieneguilla les ponía los tacones y medias zuelas a los zapatitos de los niños, y todavía le quedaba mucho que preguntar. Visitándolos tres veces al día cuando más falta hacía su ausencia, en veinticuatro horas se hizo pariente no deseable.

—¡Bandidos! —dijo Dionisio en la Administración del hotel. Automáticamente, porque en ocho días de vivir en México las ocasiones de repetir la palabreja no se cuentan ya.

El administrador era un flemático. Sin quitarse el puro de la boca, tomó perezosamente la bocina y pidió un gendarme.

—¡Malo, paisano! —dijo Benito en voz baja—. Sería mejor que pagara luego. Deme dos pesos; yo me encargo de que no lo lleven, además, a pasar la noche a la Comisaría.

—¿Comisaría?

Los ojos de Dionisio saltaron como bolas de hilo. Sacó al instante dos centenarios y los puso en manos del administrador con cortesía cieneguillense.

Pero los empleados bajaban ya con los equipajes, y la familia con tamaña boca abierta.

—¡Cómo!... ¿Qué significa esto?

Dionisio Pólvora puso en manos de Benito dos pesos, y se extinguió sin encenderse. En la gran puerta del hotel acababa de aparecer un agente de la policía.

—Bueno. Pues ahora, Conchita, no nos queda más remedio que pedirle alojamiento a nuestro tío Vicentito, mientras encontramos casa.

—Tu tío no más vio que entraban por los equipajes y haz de cuenta que le nacieron alas en los pies —respondió Conchita.

—Síganla..., que están interrumpiendo el tráfico.

—Oiga usted, señor gendarme, voy a explicarle.

—Adelante con sus triques, o vamos a la Comisaría, y allí dará sus explicaciones.

Dionisio sintió la inminencia de otros dos pesos para Benito y de una vez se resolvió a detener un forcito. Fue entonces cuando Benito se sintió inspirado y ofreció "su pobre casa".

—¡Cómo no! ¡Eres el ángel de mi guarda, querido Benito! Vámonos hablando ya de tú.

La mujer del boticario se llamaba Estrella. Conchita hizo un mohín que quería decir: "Ese nombre me choca"; pero hasta después de comer, cuando, pretextando compras, salieron a la calle, cada quien dio francamente su impresión:

—Es muy simpática y canta como un jilguero —dijo María Cristina.

—A mí no me cae bien. Es muy estirada..., tiene un no sé qué... Y, como luego dicen, lo que repugna hace daño.

Dionisio corroboró al punto el atinado parecer de su esposa:

—A mí, lo que más me llama la atención son sus movimientos. Fíjense. Se tuerce y se retuerce como las culebras.

Y como al decirlo le brillaran los ojos de muy extraño modo, Conchita sintió como que el corazón se le quería salir.

La irrefrenable curiosidad provinciana se desbordó esa misma primera noche en cuanto las tres mujeres estuvieron solas.

—Pues nosotros somos —dijo Conchita marcando el acento de los de Cieneguilla— de las familias más decentes de mi tierra. Dionisio iba a ser millonario; pero la revolución se lo llevó todo. José María quiere ser presidente del Ayuntamiento; pero don Felipe, el chueco, está hecho un veneno: es el tesorero municipal. Porque José María es muy religioso y de mucha conciencia. Dionisio tuvo un choque con José María. Cosas de herencia, ¿sabe? Y también por nuestra venida a México: "Es un pecado mortal, hermano, que lleves a esos inocentes a la boca del lobo. México es la perdición del género humano. ¡Qué aprender ni qué aprender! ¡Más valen burritos en el cielo que sabios en el infierno! Viva la gallina, Dionisio, aunque viva con su pepita." Pero Dionisio dice que, para educar a la familia, México y sólo México. ¿Usted qué piensa, doña Estrella? La señorita de la escuela parroquial dijo que María Cristina tiene voz, y que si la ponemos en el Conservatorio ¡qué la Peralta, ni qué nadie! Tiene dos muñecas muy bonitas y casi de tu tamaño. Todavía calza de veintiuno y medio. A los cinco años le dio el sarampión y dicen que por eso está anémica. Mi papá tiene rancho y casa propia; pero monta en burro porque el gobierno se roba los caballos. Me casé contra su voluntad, y me desheredaron. Dionisio dice que hay que meterles pleito; pero yo digo que no. ¿No le parece, doña Estrella? Este otro es Sebastián; padeció mucho de basca y deposiciones desde que se me hizo chípil de Cirilo y Nicolasa. (Cuates, mujer de

Dios.) Tanto, que todavía le debo a San Pascual su milagrito de plata y su retablo. Yo tengo una cicatriz en un cuadril por una patada de mula. Verá que lo mismo renqueo con el frío que con la humedad. Dionisio es de buen corazón; pero cuando le duelen las muelas dice insolencias y hasta de patadas da.

Estrella, cuando no bostezaba con toda la boca, veía curiosamente a su fenómeno. Y el fenómeno se resolvió de una vez:

—Bueno, ¿y usted es nacida en este México? ¿De qué familia pende? ¿Cómo conoció a don Benito? Oiga, ¿no le da mala vida?

—¡Pst! . . . Yo no sé quién soy, ni adónde voy, ni de dónde vengo. ¿Benito? Maldito lo que me importa saber de él, y mire que ya llevamos seis meses de habernos juntado.

—Casado, dirá —corrigió al punto Conchita, con viva alarma.

—Juntado —ratificó Estrella con resonante voz.

Conchita desparramó sus pupilas. María Cristina no perdía gesto ni palabra. Conchita, en brasas, estiró las cejas, plegó l frente, frunció la nariz, alargó los labios. En Cieneguilla, cualquiera habría entendido. Pero Estrella vio la luz primera en San Antonio Tomatlán. Por lo que hubo de decírselo al oído:

—Eso que no lo oiga la niña María Cristina.

Estrella prorrumpió en una carcajada de San Antonio Tomatlán, y como si le hubieran dado cuerda:

—¡Mentiras, hermosa, no te creas de ellos! ¿Los maridos? Sí, de novios te pusieran en los cuernos de la luna. Tú te crees y, ¡la muy babosa!, llegas a criada sin sueldo, a cocinera muerta de hambre, a lavandera de cursientos, que hasta el sueño te han de quitar. ¿El dinero de tu marido? . . . ¡Para la Otra! Te digo que vale más ser la Otra.

El cielo respondió a la muda y angustiosa plegaria de Conchita. Llamaron y Estrella tuvo que suspender su interesante conferencia.

—Mi primo Ramón Gutiérrez . . . , unas amiguitas. . .

Estrella creció diez centímetros; las de Cieneguilla aminoraron un jeme. Ramón Gutiérrez —insolente, frente acordeonada— apenas reparó en ellas. Y María Cristina susurró al oído de su mamá:

—Ha de ser uno de esos fifíes de la avenida Madero.

Conchita bisbiseaba una jaculatoria.

Cuando Estrella salió a comprar cervezas, Ramón Gutiérrez hizo su pequeño descubrimiento. Orillado a dar conversación a las visitas, vio que bajo los percales mal cortados de María Cristina había "algo". La desnudó con los ojos, y sus ojos, modistos, la vistieron a su gusto. ¡Deliciosa! Y se relamió como los gatos, por anticipado. El altivo fifí se transformó. Y Conchita sintió alegría cuando Estrella regresó a desbaratar un proyecto para dar un paseo por Xochimilco el próximo domingo, todos como en familia. Porque Estrella, pájaro-culebra, era, además, gata. Y la gata embraveció, y el fifí tuvo que salir despedido con tan feas palabras y con maneras tan *ordinarias* que Conchita dudó de que fuera sólo un primo de Estrella. Hizo un acto de contrición y se dijo: "Más merezco, por andar indagando vidas ajenas." Luego se acercó a María Cristina:

—Vé juntando tu ropa, porque esta noche no dormiremos aquí.

Refrenó su ansiedad hasta que Dionisio regresó y pudo contarle en secreto lo que había visto.

Dionisio, joven progresista, se sintió filósofo:

—No te fijes, Conchita; así son las mujeres de México.

Llamó a Benito aparte y le puso un medio hidalgo en la mano.

—Para gastos, paisano.

—¡Qué esperanzas, Nicho! Es tu casa y no tienes más que mandar. Hoy por ti, mañana por mí.

—Pero, Benito..., no es justo...

"En treinta días aquí, quedan desquitados los ciento ochenta pesos del hotel", pensaba Dionisio, casi en éxtasis.

Pero Benito, con crueldad de boticario, le sacó de su error.

—Aunque soy pobre, paisano, para los amigos soy amigo. Sólo que quiero que ustedes vivan aquí con todas las comodidades a que están acostumbrados, a que disfruten de entera libertad, en suma, a que estén como en su misma casa. Préstame, pues, cincuenta pesos, que te devolveré puntualmente en la primera quincena de este mismo mes.

Dionisio se comió un pujido; en vez de medio hidalgo sacó un centenario, y hasta "muchas gracias" dijo.

Por fortuna, al otro día Estrella se emborrachó con otro primo, chofer burdo, insolente y tan bellaco que hasta Dionisio se convenció de la necesidad de abandonar el campo.

—Lo siento mucho, paisano —le respondió Benito, convencido ya de su irrealizable botica—; pero tú sabes que soy pobre y vivo de mi trabajo. Facilítame otros cincuenta pesos, pues me quedé sin un centavo por comprarles el recaudo para todo el mes.

"¡Caramba —pensó Dionisio, como si le hubieran pegado una lumbre—; aquí hasta el Ángel de la Guarda cobra! Cien pesos en veinticuatro horas."

Alternativamente, Benito habría de ser el Ángel de la Guarda y el Enemigo Malo desde aquella vez. Cuando Dionisio llevaba ya diez meses en México, muy mermados sus quince mil pesos y sin salir todavía del período de tanteos y experimentos, ni pasar por las manos de sus cordialísimos paisanos con aquella indecisión de su carácter, que fue el flaco que flaco lo habría de dejar, lo encontró un día Pancho Rodríguez y le dijo:

—¿Quieres un buen negocio, Nicho? Soy cobrador del mercado de la Merced. Por mil pesos de guantes te paso la *chamba*. No te fijes en el sueldo. De veinticinco a treinta pesos diarios de puras *buscas*. Mitad para el inspector, mitad para ti. Naturalmente, con perspectivas de mejorar. Eso ya depende de tus habilidades... ¿Qué dices?... ¡Mejor un negocio honrado! ¿Pues a qué diablos llamas tú honradez?... ¡Ja, ja, ja, ja!... Pero, hombre, te has hecho viejo en México y todavía no puedes tirar el pelo de Cieneguilla. No seas tonto, hermano; aquí se cotiza en dinero sonante y contante la honradez de todo el mundo. ¿Quieres ejemplos? Nuestro honorable paisano el licenciado Carrión, liberal inmaculado del tiempo del Benemérito, porfirista distinguidísimo, maderista puro, ojo chiquito de don Venustiano. Va sobre medio millón de pesos sólo de la desintervención de haciendas del clero que logró por sus influencias. Ahora completa el millón al servicio de los latifundios y petroleros. ¿Conoces a Salvador Fernández, mi primo? ¡Un zonzo! Acaba de denunciar como ladrón, y con pruebas irrecusables, a su jefe. ¿Sabes? Un puntapié a Salvador Fernández en donde se lo mereció y a su jefe ascenso al grado inmediato superior. ¿Por qué? Porque el ladrón, íntimo de un ministro, tiene comprada la honorabilidad del ministro con la... deshonorabilidad de su mujer. ¿Entiendes ahora, fósil de Cieneguilla? No evolucionas. Olerás a polilla *per secula seculorum*.

Dionisio, pensativo, puso plazo. Pero dejó a Pancho Rodríguez para encontrarse con el chato Padilla.

—Hola, Nicho, ¿qué es de tu vida?... Cuando quieras buen negocio será tarde. Acabarás por comerte a ti mismo luego que te hayas comido a tu mujer y a tus hijos. Mira, tengo justamente ahora dos camioncitos como acabados de salir de la fábrica. ¡Una ganga! Cuatro mil pesos, contado neto. Mitad de su valor. De veras. Factura en la mano.

—Vamos a ver tus camiones, chato Padilla.

No más les faltaban las llantas y la carrocería.

—Eso es nada —dijo serenamente el chato—; cuestión de doscientos pesos más o menos. Lo garantizo. Pero dejan una utilidad de veinte pesos diarios.

—Mañana, a las ocho, te resuelvo, chato.

Pero al otro día, a las seis de la mañana, Dionisio abrió los ojos, bostezó, estiró los brazos y las piernas y dijo:

—Soñé agua y eso es malo porque no haré negocio hoy tampoco.

E hizo el menos meditado y el que menos se esperara. Benito, de Enemigo Malo, lo espiaba a la puerta:

—¡Un negocio loco, Nicho!

—¿Qué es ello?

—Acá afuera, que las paredes oyen. Una oportunidad que hay que coger por los cabellos.

En efecto, un negocio bellísimo: un lotecito de mercancía noble sólo por mil pesos oro nacional.

—Pero mil pesos que en una semana van a convertirse en oro molido... Diez mil pesos sin tirar muy alto, Nicho.

—¿Pero qué es ello, pues?

—Morfina, cocaína, heroína, marihuana... la mar...

—La mar con sus pescaditos... Morfina, heroína, cocaína, marihuana. Consejo de Salubridad, multa, Penitenciaría... Gracias, paisano, de veras que no la fumo...

—Atiende a lo que voy a explicarte, Nicho.

Catálogo en mano y con notas rigurosamente precisas, Benito demostró la bondad del negocio, de tal suerte, que Dionisio comenzó a vacilar:

—Pero esto es muy peligroso, Benito.

—Tú nada arriesgas; tú pones el dinero y de lo demás yo me encargo.

—¡Benito!...

—Comprende que no soy un niño de teta; sé la que me juego. Naturalmente, no por el gusto de hacerte rico. Tendremos que partir las utilidades. Por algo me expongo yo solo.

—Es decir, la Penitenciaría para ti y mis mil pesos al demonio, por ejemplo.

—Con doscientos pesos más se puede hacer la operación tan segura como si ahora con un peso en la mano te comprara un pomo de píldoras Ross.

—Ciento cincuenta pesos para el jefe de la Policía y cincuenta de reserva para taparle el hocico a cualquiera otro, si, por desgracia...

—Benito, en esta forma me agrada más el negocio. Pero a mí ¿quién me garantiza?...

—Tú te constituyes en tu propia garantía, porque en tus manos van a quedar las drogas. Después, pomo sacado, pomo pagado. A mí sólo me tocará examinarlas: que no nos den gato por liebre.

—¿Cuándo se hace esta operación?

—Sin falta esta misma noche, a las ocho.

—De acuerdo, Benito, a las ocho en punto.

"Obra de Dios —pensó Dionisio—; hay que hacer algo. Por otra parte, como dice el dicho, el que por su mano se lastima, que no gima."

¡Qué monería de frasquitos! Lacrados y sellados. Benito estaba satisfecho de la operación. Desgraciadamente, cuando se había pagado ya el dinero les *cayó* uno de la Reservada.

—Entréguenme ustedes la mercancía y dense presos.

—Es negocio arreglado —respondió Dionisio con énfasis.

—Sí, allí están en la Inspección general de Policía los doscientos pesos que usted destinó al cohecho. Vamos a que se le devuelvan. Y pronto, amigos míos, porque mañana en la madrugada sale un tren de rateros y toxicómanos para las Islas Marías. Allá se harán ustedes millonarios.

—Amigo, no me perjudique, tengo familia; tenga estos otros doscientos pesos.

"¡Un milagro!", iba diciéndose ya a salvo y camino de su casa. Pero cuando despertó a la medianoche sintió con meridiana claridad que había sido víctima del timo más burdo. Tan burdo que jamás se lo contó a nadie, ni a Conchita misma.

Y por eso Conchita, ese día que Benito tomó cinco pesos únicos del cajón de la venta y, con mucho desenfado, se los puso en la mano para remediar su urgentísima necesidad, lo colmó de bendiciones y hasta le besó la mano.

III

María Cristina recupera su habitual dulzura. El marfil puro de su sonrisa pone un arco iris en las últimas lágrimas que rebrillan en sus negrísimas pestañas de pestañola y en sus carrillos de piñón-carmín. "¡Ole, Morena!" Este don Antonio, cuasi soñador, Sancho-Káiser, mascarón de papalote que enarca sus alacranes de goma y de cosmético. (A gato viejo, ratoncito tierno.) Este don Antonio (no pongas jamás los pies en La Carolina, María Cristina) que ha sido, quieran o no, lluvia bienhechora, lluvia en secana, de arroz, garbanzo, manteca, fideos y dos pesos diarios durante los ocho días de aguardiente y pesadillas de Dionisio.

Tan cierto, que el verdadero problema de la familia, ahora que tan brusca e inopinadamente el ebrio saltó de su cama y pidió su ropa, luego de la lectura del último *Universal*, es el de anunciarle el noviazgo de don Antonio con María Cristina.

Acontecimiento en la vecindad. "Por haber enfermo en casa —dijo aquel día don Antonio—, mi reunión será caserita no más." Moscatel, galletas rellenas y marimba. El doctor Estrada, del 19 (no es recibido, pero muy acertado); la familia Repollo, muy globulosa porque también "fuimos millonarios, pero la revolución nos arruinó". Muchos *paidzanos* cuyas bocazas nada piden ni envidian a la de don Antonio. Naturalmente, doña María, la del cuarenta y cuatro.

La previa dificultad de arreglar a María Cristina quedó allanada por mediación de la portera.

—Doña María... este..., aunque ahora es propietaria de terrenos en Mixcoac... este... y tiene casa propia... este, siempre fue... este... peinadora... Yo me encargo. No importa que no se conozcan... este... yo las presento. Además, les conviene relacionar con ella... este... como amiga, doña María es muy buena; como enemiga... este... es una loba... Fíjense... este... en que toda la vecindad le teme... este...

De las manos de doña María, pues, los diez y ocho años de María Cristina salieron florecientes, reconocidos y ovacionados. Una nueva luz en el 158 de la avenida Jesús Carranza.

Un legítimo triunfo. María Cristina pudo conseguir a otro día, con el doctor Estrada, un plumero para sacudir la sala; con las Repollo, una escalera para colgar la lámpara; con las Conejo, un martillo para apretar la mesa de comedor y el marco del Divino Rostro. Sobre todo, destorcer los cables de músculos y tendones de todos los olímpicos de pantalón parchado, y de las Junos, Minervas y Afroditas de chancla o bota desabrochada y cabellos en estropajo.

Cuando Dionisio "se la corta", él y su familia tienen una nueva y real existencia en el 158.

Trémulo, indeciso, a golpes de agua fría, pone rienda, freno y bozal a sus nervios, que se rebelan.

Es el momento oportuno. Conchita no se atreve; pero María Cristina, sin empacho, le da a tragar la píldora.

—¡Cómo!... ¿Don Antonio, el gachupín?...

Las explicaciones no ameritan réplica, apenas esconder la cara de vergüenza. Pero un pequeño esfuerzo de imaginación remedia a veces los más graves males. Dionisio hincha el pecho, tiende su mano trágicamente y jura que el primer dinero que gane será para don Antonio.

Fuertes llamadas lo interrumpen. Son los agentes de la casa Ford. Dionisio está tan débil que Conchita acude a sostenerlo. La sorpresa es inaudita. Pero los nervios frágiles de Dionisio ni se doblan ni se quiebran. Rehecho, abre las puertas y, a empellones, hace entrar a los agentes, lanzando una tremenda carcajada.

—¡Llévenselo todo! . . .

Su garganta suena ronca y disonante.

Ellos lo miran con recelo. Sus ojos de lumbre, sus líneas crispadas, su rostro mortal. Por lo demás, nada tienen que hacer allí. El mobiliario vale menos que su acarreo.

—Vámonos; no hay qué embargar. . .

En un silencio de expectación, Dionisio se desploma, convulsa la cara, en su lecho revuelto. Rota la máscara, estallan la angustia, el dolor, la desesperación.

¿Los agentes de la casa Ford? ¡La verdad inexorable que le ha caído de repente, como un baño de cieno, en el alma! ¿Qué día? ¿A qué hora? . . . ¡Ah, sí, cuatro horas justas antes de la hecatombe! Dos agentes, con la notificación de embargo del camión, si antes de veinticuatro horas no se han cubierto los abonos vencidos de cuatro meses. "¡El embargo de mi camión! . . . ¡Mi camión! ¡Mi camión! . . . Los restos de mis quince mil pesos. . . La subsistencia de mi pobre hogar."

Porque como resultado del timo del boticario Benito, Dionisio, ardiendo de vergüenza, maldiciendo su eterna indecisión, al despertar otro día, corrió a ver al chato Padilla.

Accidentalmente fui testigo de esa operación. Pero mi conciencia tranquila y tan quieta como si me hubiese abstenido de mediar con mis consejos entre un campo de chilar en flor y una nube preñada de granizo. Conozco a Nicho y conozco al chato Padilla. Dionisio es comerciante, porque en Cieneguilla se es comerciante como se es poeta, por ejemplo, a voluntad. Por eso, durante mis dos años de juez menor de Cieneguilla no hubo 16 de septiembre, 5 de mayo, alumbramiento, matrimonio o epitafio, sin mi musa polifónica. Dionisio sabe muy bien que entre copa y copa le hice versos al lucero del alba. Como él se hizo comerciante a la voz de su hermano José María:

—Pon una tienda, hermano Dionisio, y ahorra, ahorra, ahorra.

—Sigo tu consejo, José María, como un respiro. Esto no va a ser más que mientras crío *sangrita*.

La palanca omnipotente de todas las Cieneguillas del mundo

siempre fue la inercia. El día que Dionisio abrió La Rueda de la Fortuna, don Anselmo, el de enfrente, el de La Divina Providencia, se mesó los cabellos, dijo todas las insolencias que sabía, escupió y pateó. Luego se sentó en un banco a bostezar y a espantar con una cola de puerco las moscas del pan tendido en el mostrador, como venía haciéndolo desde hacía cuarenta años.

—Sí, don Dionisio, en un pueblo como éste la familia no tiene porvenir.

—La educación de la familia es lo primero, Nicho.

Y al cabo de cinco años, el director de la oficial, con ese tino y esa sabiduría que caracteriza a los de la casta, dijo:

—Este Sebastián, don Dionisio, nos está resultando un Arquímedes.

—¿De cuál toma, mi querido don Plutarco?

—Será cinco ceros, don Dionisio.

Y la de sexto de la parroquial:

—¡Qué voz ésta de María Cristina, don Dionisio! ¡Tiene unas disposiciones! . . .

—Conchita, no se te olvide mandarle el guajolote más gordo a la señorita de sexto.

¿Qué *pater familias* no vio en sus pequeños unos germinales de superhombres?

En el mundo hay muchos Dionisios. A Cieneguilla llegó uno que se llamaba Nicanor. Iba no más a hacerse rico, y compró La Rueda de la Fortuna.

—¡A México, Nicho! ¡A México! ¡A México!

Bien. Ya estamos en México. Del restorán del hotel, Dionisio subió aquella primera noche a su departamento, como gato escaldado, arañándose el corazón y sus bolsillos aligerados. "¡Me tomaron el pelo! Dizque cuarenta pesos por una cena no más para cinco personas. ¡Ladrones, no me la harán dos veces!"

Pero la falta de sus dos aztecas quedó bien remunerada por la sobra de resonancia metálica en su cerebro, negociación bancaria, despacho de almacenista, $ $ $. . . Pero no cifras de 5, 10, 20. . ., no, señor; ésos son números vergonzantes de Cieneguilla, números ridículos de poblacho. ¡Bien dicen que "como México, sólo México"! Así, por ejemplo, mi paisano don Alberto:

—Mis bodegas tienen capacidad para cinco mil hectolitros de cereales. En la estación de Nonoalco tengo siete carros de frijol y dos de chile pasilla. Giro doscientos mil pesos en México y al derredor de cincuenta mil en Torreón.

"Y el chato Padilla dijo:

"—Hoy hice una venta regular: cuatro camiones de carga y dos de pasajeros: total, veinte mil pesos. Bonito negocio éste de los camiones. Nemesio López se mantiene muy a gusto con dos carritos chicos. De veinte a treinta pesos diarios.

"Y el chato Padilla sabe lo que dice, porque se está haciendo viejo como agente de la casa Ford. Vicente Gómez, el paisano que desde hace veinte años tiene un puesto de quesos, mantequillas y manteca en la Merced, dice que su negocio da para vivir sin la inseguridad de otros. Allí no hay choques, robos de los choferes, ni deterioro de material. Se sienta uno tras el mostrador a recoger pesos y pesos desde las nueve de la mañana hasta las tres de la tarde. Gira cuarenta mil pesos; pero pronto doblará su capital, pues tiene ofrecimientos de dinero y sólo la elección de un socio de reconocida honorabilidad lo ha detenido para crecer su negocio. ¡Caso curioso! El chato Padilla y Vicente Gómez, los dos paisanos, los dos amigos, los dos mis invitados, casi llegan a las manos sólo por defender la superioridad de su negocio. Yo se los agradezco porque casi lo dicen por mí. Cuando don Alberto me pregunta con qué capital cuento para establecerme en México, mareado, cohibido, por tanto peso y cerveza, doblo. Pero sin efecto. Don Alberto escupe por un colmillo y alza los hombros. Su desdén me lastima. Y no está bien, porque todos somos amigos y paisanos, y además porque yo soy quien los ha invitado y lo pago todo. ¡Mis dos aztecas! Pero no todos son tan soberbios y enfatuados.

"—Con la mitad de lo que traes, Dionisio, puedes vivir cómodamente en México.

"El chato Padilla me consuela, como si hubiese adivinado que esa mitad es justamente todo mi capital. Y Vicente Gómez también me anima:

"—Asóciese con cualquier hombre honrado que conozca bien la plaza y con eso tiene y le sobra, don Dionisio.

"Don Alberto es tan orgulloso que, sin darse por entendido de los consejos de mis paisanos, enmudece y enciende su puro. ¡Ya se ve! ¡Su giro llega a doscientos cincuenta mil pesos! Otros muchos negocios se me han presentado esta tarde —¡bendito sea Dios!—, y si algo me detiene sólo es una bien meditada elección. La verdad es que hasta este momento, Conchita, hemos caminado con muy buena suerte. No falta más que consultarlo con la almohada. ¿Sabes quién estuvo muy frío, distraído e indiferente del todo? Teodomiro, aquel juez menor de Cieneguilla que hizo versos para cada uno de nuestros hijos recién nacidos. No ha de acordarse de que cuando se quedó sin destino lo tuvimos más de seis meses en casa. Sin su decidida afición a la cerveza, no habría aceptado ni la invitación siquiera."

(Dionisio, como todo burgués acomodado, piensa que la estimación se compra con un plato de lentejas.)

Entonces volvió la espalda a su mujer Conchita, y se precipitó en un aeroplano de lana, pesos, pesos, pesos, cervezas, aritmética, las barbas de chivo del antipático don Alberto, los ojos de lechuza de Teodomiro, la negación apendicular del chato Padilla y camiones, tranvías, fragmentos de calles y edificios iluminados, chile pasilla, porcelanas y cabezas bellísimas reproducidas al infinito en un mar de manteles, servilletas y blancos delantales, en los grandes espejos del restorán que se viene abajo de luces, cristalería, voces y meseras. Su cerebro trabaja en la resolución de un problema de alta microscopía matemática e indigestión, hasta la madrugada, en que se desploma en un abismo de cuatro horas de profundo sueño.

Una jarra de agua de la coronilla a la nuca, y listo. "A la Villa de Guadalupe a dar gracias por el éxito de nuestro viaje. Sus vestidos de casimir francés, niños. Conchita, tus zapatillas de raso. Es necesario que le recortes siquiera media vara a la falda de María Cristina. Fíjate en que aquí nadie lleva la ropa hasta los talones. Recórtale también los cabellos del cogote. ¿Te fijaste en la catrina que comió en la misma mesa con nosotros? A la tierra que fueres, hacer lo que vieres."

Los primeros pasos a la Villa están a punto de frustrarse, porque a un tiempo han llegado jadeantes el chato Padilla y Vicente Gómez. Se cruzan miradas del odio más intenso e incomprensible. Los dos piden a Dionisio que les "dispense una palabrita".

—Te tengo un negocio muy bonito, Nicho. Dos camiones grandes de ocasión. Una ganga: ocho mil pesos, contado neto. En números redondos te puedo demostrar una ganancia diaria de cuarenta pesos, como mínimo. No quiero que pierdas tan buena oportunidad. (No te dejes creer de Vicente Gómez, su negocio no llega a quinientos pesos. Desde anoche sospeché que te quiere engaratusar. ¿Cuidadito, eh? ...)

Sigue la audiencia. En turno, Vicente Gómez.

—Paisano, le vengo a avisar que tengo muchos pretendientes para entrar en sociedad; pero me acordé de usted y le doy la preferencia. Naturalmente, a un amigo y a un paisano hay que ayudarle, cuando comienza, sobre todo. Sólo que me urge su resolución, porque no me quiero perjudicar ni perjudicar a los demás interesados. (Ya sé a lo que viene el chato Padilla. Desde anoche malicié que le tiene hartas ganas, don Dionisio. ¡Cuidadito con una estafa! Vende de puro desecho..., fierros viejos, inservibles. Mucho ojo, ¿eh?)

—¿Qué te parecen estos paisanos, Conchita?

—No sé de qué hablarían contigo, Dionisio.

—¡Lástima de mis dos aztecas de anoche! ¡Un par de pillos, hija! ¡Bandidos! De la que me he escapado. Anda, hija, vámonos pronto a la Villa.

Catorce meses después será cuando Dionisio caiga en manos del chato Padilla. Un día después del desastre con Benito por el negocio de las drogas heroicas. Dionisio despertó loco de vergüenza.

—¡Tener más de un año en México y dejarse tomar el pelo todavía!

—Chato Padilla, vengo a decirte que los camiones son míos. Aquí tienes los cuatro mil quinientos pesos.

Lógicamente, los camiones del chato Padilla, antes de cuatro meses, fueron a dar con sus pobres restos a un depósito de fierros viejos.

—¡La de malas, Conchita! Vengo casi llorando de sentimiento con este chato Padilla. Me engañó. Pero no hay cuidado, chato; arrieros somos y en el camino andamos. Me engañaste y no, porque ahora sé cómo se maneja un auto, tengo mi licencia de chofer, conozco los reglamentos del tráfico y sé ahora cómo se pierde y cómo se gana. Cuatro mil quinientos pesos me cuesta todo.

Y mientras Dionisio silba una tonadilla del terruño, porque "también de dolor se canta, cuando llorar no se puede", Conchita y María Cristina oyen, callan y sufren.

—¿Ya le pusieron los tornillos a esa chapa? ¿Cuánto? ¡Setenta y cinco centavos! ¡Bandidos! En este México condenado uno ha de ser todo, si no quiere morirse de hambre: herrero, carpintero, albañil... Menos cuesta el médico, el licenciado, el ingeniero, que cualquiera de estos próceres del día, como les llama mi paisano don Alberto. ¡Ay, hermano José María, qué bien piensas al fin y al cabo!

Entonces le ocurre escribir una carta, implorando el perdón de su hermano "por esa falta tan grave que te cometí, inspirado seguramente por el Maligno. ¡Por el amor de Dios, José María, no te vuelvas a acordar nunca 'de eso! Ven a pasearte a México, ya sabes que aquí tienes una pobre casa. Verás: los negocios, viento en popa: gana uno lo que quiere ganar. Cuéntaselo a todos los amigos y conocidos. Vénganse, vénganse a este México y sabrán lo que es gozar de la vida. Los niños, adelantadísimos. . ."

Aquí la pluma se atora y casi se despunta. ¡Maldecidas rebeldías! Como si uno no estuviera hecho a peores cosas. Sin embargo, esto del adelanto de los niños..., ni por broma. María Cristina no inicia siquiera sus estudios en el Conservatorio, porque aquí todas son dificultades: que el certificado de vacuna, el escolar, el de buena salud, el informe de buena conducta, una solicitud del padre o del tutor y... estampillas, estampillas, estampillas, que es lo que verdaderamente les interesa. En este México bandido hasta por abrir la boca se paga. Sebastián no se examinó de primero de Comercio porque el número de faltas sobrepasa a las que el reglamento tolera. Los pequeños Cirilo y Nicolasa tampoco revelan mayor adelanto. Si en Cieneguilla, a estas horas, sabrían a ciencia cierta que Dios está en el cielo, en la tierra y en todo lugar, con estas eminencias almidonadas de la metrópoli no saben siquiera que México está en la República Mexicana. (El *bluff* de la instrucción capitalina tiene tantos agujeros, que por cualquiera de ellos cabe cualquier Dionisio.) Y esto aparte de las cuotas: cada semana cumple años la directora o alguna de las *señoritas*; siempre se están implantando mejoras que han de subvenir los padres y las madres "progresistas". Y que para el ahorro semanal, para la clase de cocina, para libros y bordados...

Dionisio hace pedazos la carta y pide a Conchita el último dinero. Y como es más fácil gastar lo poco que lo mucho, sin meditarlo ni consultarlo a nadie va y compra un Buick nuevecito de veras.

—¿Qué tal, amigo don Dionisio?

—Buen tal, hombre; se vive, se vive. . .

Dionisio se contonea ya sin aquel aire de babieca que trajo de Cieneguilla, ni aquel gesto idiota del más supremo optimismo. Dionisio parece un hombre al fin. Su barba, sucia y enmarañada, sus manos, renegridas y callosas, sus trapos de mezclilla, aceite y lodo, le dan carácter. Lo único de malo es la memoria. Porque también los camiones nacen, crecen, envejecen y se mueren. Por eso Dionisio se ha quedado estupefacto el día en que el suyo rinde el alma en la avenida Peralvillo, a los ocho meses de una brega brutal.

—No se apure, don Nicho —lo consoló su ayudante—; dese *las tres* con este grifo y verá como no hay mejor remedio.

La mano poderosa del chato Padilla lo salvó esta vez:

—A mí no me eches la culpa, paisano; tú bien sabes que yo sólo entiendo de comprar y de vender. Me compran, vendo; me venden, compro. Te digo, bajo verdad de Dios, que no fue negocio de mala fe, y que si los coches te salieron malos, fui yo quien más perdió en esto. ¡Mi crédito, Nicho, mi clientela! Yo soy pobre, Nicho; pero no quiero nunca que mis hijos me vean bajar la frente. Es la única herencia que les dejo. Considérame. Tú no tienes la culpa ahora de que se te haya ya muerto tu coche. ¡Un Buick! ¿El peor chasís? Debías habérmelo consultado...

A Dionisio ya le daba baile de San Vito.

—Pero para probarte mi buena voluntad, y para que te convenzas de que siempre te he querido bien, vengo a proponerte un Ford escogido por mí mismo en la agencia, entre doscientos que nos acaban de llegar. ¡No, no me digas que no puedes! Sé muy bien que ahora estás mano sobre mano. No importa. Precisamente por eso he venido. Lo pagarás en abonos mensuales, que van a salir del mismo coche. ¿Qué dices?

—¡Chato Padilla!... ¡Chato Padilla!...

—Vamos, Nicho, ¿a qué vienen esas lágrimas ahora?

—Chato Padilla, me has desarmado..., perdóname un juicio temerario y una mala intención... ¡Dame un abrazo! ¡Eres un amigo! Vamos por ese coche.

—En seguidita. Ya sabes que el único requisito para estas compras es un fiador. Exigencias de cajón en toda casa que se respeta, Nicho. A ti no te llame la atención. Fiador te lo hallas en cualquier parte.

—Es por demás que hablemos. No tengo fiador. Vete —le respondió Dionisio, extinta su alegría, seca la garganta y aborregados los ojos.

—Ya te lo tengo: don Antonio, el gachupín de La Carolina...

El rostro de Dionisio se ennegreció.

Lo que no fue obstáculo para que el día siguiente, por agencias de María Cristina, obtuviera la deseada fianza.

Año nuevo, vida nueva. Su primer cuidado fue esquematizar un plan de economías. Para el abono mensual del coche, tanto; para reponerlo nuevo dentro de ocho meses, tanto; "Lo que me sobre, Conchita, para amarrarnos la tripa".

También fue una equivocación, porque cuando Dionisio abrió los ojos fue para cerciorarse de que llevaba a horcajadas a su hija María Cristina, ya en pleno contacto con la civilización, perfecta-

100

mente asimilada a la metrópoli. Era ella ahora quien tenía que decidir los presupuestos.

Así se inició el desastre. Dionisio, muy afligido, todo se lo confiaba a su ayudante.

—Le digo que "doña Juanita" es mi quitapesares, patrón —le respondió éste, liando al punto un cigarro.

Dionisio, pues, al leer el periódico de la mañana y cortarse de golpe la borrachera, se reveló: "El chofer del camión 1,234, que chocó con un tren de 'La Rosa', la semana pasada, falleció anoche en el Hospital General, sin haber salido del estado comatoso, y por consiguiente, sin haber podido declarar."

La última sangre que borra la otra. Eso es todo. La conciencia de Dionisio se inunda de luz, de felicidad. ¡Nadie lo sabe ahora! Porque su temor y su remordimiento todo eran uno. El diario de la mañana realiza un milagro que nadie ha reconocido. Si los agentes de la casa Ford sorprendieron a Dionisio, sólo fue porque una herida acabada de cicatrizar sangra al menor contacto.

Con todo, Dionisio soporta algo más. En plena calle —una mañana de primavera— el cielo es de ópalo y el sol resplandece como un cirio. Las calles tienen ictericia que se refleja, lívida, en los rostros de los transeúntes. Y como Dionisio aún lo duda, escupe, y su boca está seca y horriblemente amarga, y su saliva es amarilla.

No se ha visto en un espejo sus conjuntivas color de canario, con reflejos de esmeralda, y, sin embargo, lo comprende todo:

—¡La maldita bilis!... ¡Como que el susto no ha sido para menos!

El encuentro de unos ojos, además. ¡Esos ojos! ¿En dónde?...

Un hombre, sí, lo miró; vaciló ostensiblemente turbado o sorprendido; pero luego siguió su camino sin volver la cara, y se perdió entre la gente.

—Bien, vamos a ver como estuvo eso...

En nuevo desdoblamiento de su personalidad, la lucha se desencadena con violencia inaudita. Uno quiere decirlo todo, el Otro se obstina en cerrar los oídos. El verdadero problema fuera otro; pero el cerebro frágil de Dionisio puso a un lado, desde luego, al hombre desconocido, al de los ojos acusadores.

—Oirás, mal que te pese!

—¡Qué se me da a mí!

—Los agentes estuvieron en tu casa con la orden de embargo a las ocho de la mañana.

—Yo qué sé...

—A las diez saliste a esperar el paso de tu camión por Donceles... Trepaste y le pediste la *yerba* a tu ayudante.

—Suposiciones...

—Lo apartaste de su sitio, para ocuparlo tú mismo.

—Invenciones... ¡Mientes, canalla!...

El uno irrumpe en cólera, mientras el otro sigue infiltrándose tenuemente, como el rayito de luz que penetra por la rendija de un sepulcro lleno de gusanos.

—Tomaste entonces el volante...

—Mientes, desgraciado...

—Una onda de alegría bañó tu alma y tu cuerpo...

—¡Cállate ya, miserable!...

—Y cuando apareció la cabeza colorada de "La Rosa" te dio un vértigo...

—¡Mientes!... ¡Mientes!... ¡Mientes!...

—Y te lanzaste como la flecha de la muerte.

—¿Qué?... Repite... Basta, tú lo has dicho... Gracias, gracias, porque ahora todo lo veo muy claro. ¡Soy inocente!

Sin ser psicólogo ni moralista, Dionisio ha encontrado en su propio delirio el argumento que lo sincera y que lo salva. Porque es evidente que el que se va a suicidar no es un asesino. ¡Qué va! Si consigo se lleva el Universo.

LA SOGA AL CUELLO

Dionisio regresó del buzón de poner una carta a su hermano José María, y se echó de bruces en su lecho duro, absortos los ojos en los puntos suspensivos de la hora, hasta que el tiempo, inexorable, revivió, materializándole bruscamente la resolución de su problema, en la soga pendiente del techo (restos de la cuna de los pequeños Cirilo y Nicolasa), que imperceptible, oscilaba su inutilidad con atracciones de abismo. La cabeza de Dionisio giró en círculos horizontales, sus pies, vacío abajo, y sus manos se tendieron en grifo para palpar la escalofriante realidad o una posible y deseable alucinación.

Conchita, desde la cocina, lo salvó:

—Ya está el desayuno, Dionisio.

"¡Bendita seas, mujer! ¡Bendita una y mil veces tu voz quebrada por el dolor y la tristeza, que sólo deberían ser míos! ¡Bendito el atole y las tortillas de Dios, el sol de mi ventana y el azul

102

encajonado que me está mirando desde arriba! Y bendita la vida, que es como panal de abejas."

Al mismo tiempo, por un fenómeno de criptestesia, por una simple pesadilla quizá, José María, en su cama, en su casa, en Cieneguilla, a trescientos kilómetros de México, tuvo una visión de líneas, planos y colores, ensombrecidos y empobrecidos por sus reminiscencias de avaro peregrino en una vecindad de Santa Julia. (Cuando uno va a visitar a la Santísima Virgen de Guadalupe, se aloja, con otra docena de paisanos, en el cuarto único de algún compasivo y piadoso paisano allá radicado. ¡Cuesta todo tanto en ese México!) Y en aquel cuarto sombrío y salitroso, Dionisio, su mujer Conchita, María Cristina, Sebastián y los pequeños, apelotonados en repugnante promiscuidad, tiritando de frío y sin un trapo que esconda sus vergüenzas. Entonces, María Cristina (así, sin transición) saltó sobre una mesa, aérea, luminosa, provocativa, en una tempestad de risas, aplausos, manteles, ojos, cristales y cuchillos. En un deslumbramiento feérico de farolillos de papel crepé, poderosos reflectores, juegos voltaicos en el agua: asaeteada por millares de pupilas incandescentes, se mecía a los compases de una danza lúbrica; se esponjaba en el mar de olas de seda que desnudaban lo que deberían cubrir.

Exageraciones del cine en el sueño de un cerebro virgen, por supuesto.

María Cristina sustentará el peso de la familia en la potencia sólida y marmórea de sus piernas; pero igual que su tío José María, a la fecha no conoce más *cabarets* que los de la pantalla.

Y Dionisio dice: "¿Qué hace ahora José María? Seguramente sigue encerrado contando y admirando todo el oro que logró reunir. ¡Quién fuera él!"

Porque José María no contesta; pero si su silencio obstinado ahoga una esperanza de Dionisio, apresura el reventar de un renuevo. María Cristina, taquígrafa de La Carolina, cubre penosamente los gastos de la alimentación más exigua. Pero, por artes que nadie sabe, resulta de repente empleada de un alto jefe del Gobierno. El vaciar íntegra su primera quincena la eximió de vaciar su corazón. Dionisio y Conchita se miraron cohibidos. Cosas del atavismo y de la educación. Pero peor es no comer.

Después vino una pianola con luz, amistades, alegría y la bendición de Dios.

El primer abono, de quinientos pesos, después cincuenta no más cada mes.

Dionisio tomó su partido: dormir de día, después de haber

dormido toda la noche. Eclipse total de su entendimiento y de su voluntad. ¡Lástima! Se había hecho ya tan listo, tan audaz, tan práctico. Desde el primer intento, logró armar un *diablito* y capturar la electricidad de paso por su puerta a la de los vecinos. Un magnífico queso grande vino invisiblemente y sin esfuerzos del comedor de enfrente, del de un filósofo muy distraído. Porque nada afina mejor los sentidos que un estómago vacío.

Y un mal acarrea otro mal y éste un bien a veces. Dionisio vio que los *rails* de su camino elegido se reblandecían como velas de sebo al rayo del sol. Duerme y engorda. Pero alguna vez ha de acordarse de su hermano José María y de su tierra Cieneguilla. La sangre hierve en su pecho entonces, su educación lo galvaniza. Tonante se levanta de su cama y pide una explicación concreta e inmediata.

—¿Mi piano? Es el producto de una rifa —responde María Cristina, dándose manicure.

—¿...?

—Un anillo de brillantes...

—¿Falsos?...

—¿De a quinientos pesos...?

—No comprendo...

—Me lo prestó una amiguita.

—Comprendo menos ahora...

—Una combinación.

—¿Y cuando se haga la rifa?

—No se hará nunca.

—Entonces, una estafa...

—Usted está chapado a la antigua. Tome el dinero, y cállese. Qué entiende usted de estas cosas.

Así se esculpió María Cristina, indiscutible, definitiva.

Porque, cerebro moderno e intuitivo, se asimiló a México, como México se la asimiló. Bien sabe que no es el brillo de un brillante, falso o auténtico, lo que sedujo y atrajo a sus compañeros de oficina a la compra de boletos de su rifa, sino el indiscutible de sus propios ojos. Porque María Cristina dejó de ser la nota discordante que rompe el color y la línea de ese mundo bullicioso femenino que impone su ambiente vital en trenes, coches, camiones y peatones convergentes y divergentes del Zócalo, a la hora de los clarines de Palacio: el mundo de la *Oliver*.

Por eso, Dionisio y Conchita sonríen llamándola la bolchevique.

Sonrisa que lo pone a uno perplejo. ¿Mueca que se desgrana en carcajada? ¿Gesto que va a reventar en llanto?

¡Allá ellos!

LA LUCIÉRNAGA

I

JOSÉ MARÍA despertó con fuertes palpitaciones, húmeda la frente y respirando un penoso y entrecortado *Señor mío, Jesucristo, Dios y Hombre verdadero*...

"Mis primeros pasos serán a la Casa de Correos, a poner un giro de cien pesos para Dionisio. ¡No permita Dios que por mi desidia se pierda algún alma de su Reino!"

Se persignó otra vez, dio vuelta sobre un costado y rumoró: "Por supuesto, que será después de misa." Y se quedó profundamente dormido. No tan profundamente como sus buenas intenciones, porque otro día y otros ocho días regresó de la parroquia, y hasta sus ojos se obstinaron en ignorar la Casa de Correos.

Por fortuna, el dolor remueve nuestra ciénega. Entonces nos sentimos buenos. Un catarro con treinta y nueve grados saca a flote los plausibles deseos de José María, y hasta sus acres remordimientos por la lenidad de su amor fraterno. "Mañana, irremisiblemente, con la primera luz abriré esa carta." Una de Dionisio, vieja ya de dos semanas; la que le dio la pesadilla, pero no la gana de leerla siquiera.

Al otro día, le faltaron los alientos para abandonar el lecho. Sobre el empedrado de borra de su colchón, hecho un ovillo, en el cuarto sofocado, oliente a corambre, salitre, transpiración humana, sepultura abierta, exclamó:

—¡Es mi cuelga! ¡Bendito sea Dios!

Cumplía, en efecto, treinta y cinco años; pero sus cabellos, ralos y sucios, sus huesos y tendones, en relieve bajo la pelambre arrugada y como miniada de pequeños granos de pólvora —fobia del agua y del jabón—, le mermaban o le crecían la edad: podía ser un adolescente caquéctico o un decrépito convaleciente.

La fiebre le alimentó sus carnes y sus nervios y le robó las horas. Pero, más potentes que sus necesidades biológicas, las campanadas de la oración de la tarde le incorporaron bruscamente: "El Ángel del Señor anunció a María..." Sus mejillas se arrebolaron en un golpe de tos y el rezo se rompió a flor de sus labios en una burbuja sanguinosa. "¡Es mi cuelga! ¡Bendito sea Dios!"

Siguió el desfile. En extraña sinfonía de matracas, panderos y

105

campanas, una procesión de momias, esqueletos, fantasmas. Dionisio, Conchita, María Cristina, Sebastián, Cirilo y Nicolasa, y hasta "el Sereno", el difunto perro del difunto don Bartolo.

Se restregó los ojos y acabó, por fin, de despertar. "¿Qué?... ¡Ah, sí..., Dionisio! ¡Ese Dionisio! ¿En dónde está su carta? ¡Esta memoria! Me parece que en el cajón de los *tiliches*". Una vela de Nuestro Amo, dos naranjas del monumento de Jueves Santo, caja de cerillos, cuaderno de papel pequeño ministro, un lápiz... y la carta.

Su lectura es larga, fatigosa, un verdadero calvario. Uno que no sabe escribir y otro que no sabe leer. Cuando acierta a descifrar el jeroglífico, perlas minúsculas se expanden en su frente de *bouvard*, y exclama indignado: "¡Imposible! ¡Está primero la salvación de mi alma!"

Su sofisma enciende otra fiebre y las dos se juntan en sus manos angustiadas sobre la medalla milagrosa, la Virgen de la Merced, Nuestra Señora del Carmen, todos los escapularios y una taleguita de hidalgos, aztecas y centenarios que penden en común de su cuello, enclenque y tendinoso.

Resuelto, comienza la respuesta. En verdad, la tarea podría reducirse a un No seco y rotundo; pero hasta para trazar un monosílabo sus dedos tienen incertidumbres de kínder. Después, la rebeldía del lápiz que se atora antes de acabar el primer renglón. Y eso sobrepasa los límites de la más cristiana paciencia. Por lo que sus brazos, fláccidos, se levantan al cielo en protesta impía, en gesto casi amenazador.

Sus brazos, ellos no más. Por eso José María, al instante, desciñe el cordón de San Francisco de su cintura y con él los castiga hasta la sangre, hasta caer rendido en tierra:

—Señor, pequé, ten compasión de mí, pecamos y nos pesa, habed misericordia de nosotros.

Sus rodillas se cierran, sus mechones barren el polvo y sus labios acartonados lo besan.

Pero el hombre de orden ha de rebelarse cabalmente en los trances más solemnes de su vida. Con quietud y método, José María dobla la hoja de papel pequeño ministro, pone el guardapunta al lápiz, apaga la vela de Nuestro Amo y vuelven todas las cosas a su sitio.

Ya alto el sol, entreábrese la puerta suavemente y asoma una cabeza pequeña, de cabellos cortos y erectos, una nariz roma y unos ojos vivos y prontos.

—¡Ah, eres tú, niño! ¡Dios te lo pague! Entra, muchachito,

106

toma este *níquel*. Tres de leche y mi semita de a dos centavos. ¡Espera, tengo una idea! Sí, bendito sea Dios... Llegas de paso a casa del padre Romero y le dices que estoy muy malo, que me haga la caridad de venir.

Irreverente, el populacho de Cieneguilla le puso por apodo *don Chema Miserias*. Porque el populacho de Cieneguilla, que no entiende la ley del oro, ni la de los hombres de "mucha conciencia", dice: "Así son ellos: Dios te lo pague. ¡Hazme la caridad!" "Mañas piadosas para proveérselo todo gratis." "Pero la miseria y la ruindad de estas gentes constituye propiamente su razón de vivir", explica en la cantina el secretario del Ayuntamiento, a quien llaman *el Hilachas*. Restos de razas fuertes, de ellas sólo les quedan los restos de sus fortunas. Su radio de acción se limita a la máxima elemental de sus mayores: "Cuando te vendan, compra; cuando te compren, vende." Lo único que supieron leer en interlínea. Unos vivirán penosamente de su moneda menuda, destiladera paciente y exasperante de imposibles economías; otros, de los ayes de los ahorcados en sus cadenas de pesos. Pero, los más, son como las arañas, impasibles en medio de su tela, esperando horas, días y meses al mosquito incauto que, indefectiblemente, caerá, para atizarles su hipertrofia pasiva."

—Eso era antes —observa un bolchevique de calzón blanco—; pero lo que es ahora..., como las oscuras golondrinas...

Cierto es que, para el relieve de un José María, el alma dulce del pueblo arraiga en su iglesia secular, en su caserío blanco y luminoso, en sus apretadas e impasibles arboledas y en su cielo hondo e infinito. Para la monotonía de sus sentidos miopes, garrulean bandas de latrofacciosos *bucheamarillos* en los maizales de oro; se aburren de tristeza las torcaces y las palomas pintas en los nopales; brota la hierba entre las piedras, y entre la hierba, los conejos, las lagartijas y las perdices. Las mariposas liban miel en el corazón de otras mariposas; él liba cobre en su propio corazón. Por eso, todo le sabe a cobre. "¡Ay, con esta helada! Mañana amanece la leche a un centavo más el litro. Y tener que comprarla. Las contribuciones, dicen los comerciantes. ¿Adónde iremos a parar con esta gavilla de ladrones del Gobierno? ¿Por qué se asomaría anoche mi vecino a su ventana, después de haber cerrado el zaguán? Debo averiguarlo. Ahí va pasando uno de levita, ¿quién será? No puede ser más que el secretario del Ayuntamiento. Sólo *el Hilachas* se pone levita. ¡El Hilachas! No me puede ver ni pintado. ¡Dios se lo perdone, porque yo no tuve la culpa! Yo venía de pagar una manda a la Madre Santísima de

San Juan. Ellos en el mismo coche. Uno dijo: '¿Sabes quién es ahora secretario del Ayuntamiento de Cieneguilla? ¡El Hilachas! De aquellos de Guadalajara; les llamaban así porque se mantenían juntando trapos viejos de los muladares para una fábrica de papel. Han subido mucho con la revolución: uno es gobernador de un Estado del Golfo, otro diputado al Congreso de la Unión y éste, el más chico, ya llegó a secretario del Ayuntamiento.' Como lo oí, lo conté. Luego todos se soltaron como si les hubiesen dado cuerda: el Hilachas, por aquí y el Hilachas por ahí y el Hilachas por todas partes."

Lo bello se odia por sistema. El sol, la juventud, la alegría y la vida misma son pecados. La mujer, ave de paso, también pecado. Por eso, a los quince años, si no la acapara el matrimonio, le echa garra el convento o la sacristía. Resultado igual: faldas sacerdotales, caderas en barril, lengua filosa, lanceta de avispa y libre pasaporte al cielo por conducto de la cofradía de las *familias decentes*.

Efecto de la mala noche, del dolor físico, del miedo a la muerte tal vez, esa mañana el espíritu de José María giraba a vientos opuestos.

Como siempre, el pequeño simio esperaba en cuclillas las migajas del desayuno, con el pudor de su hambre en los labios descoloridos, pero no en sus ojos voraces.

"Sí, en efecto —pensó José María—; tiene la nariz aplastada, muy abiertas las orejas y las cejas encontradas. ¡Todo a su padre! ¡Jem!... Fue mi hermano Dionisio, ¿quién lo creyera?, el que propaló la especie calumniosa, y la madre la prohijó, ¿cómo no? Desde entonces, para darle más consistencia de verdad, me lo envía todos los días, dizque a ver qué se me ofrece. Yo lo recibo porque es la mejor manera de taparle la boca a la maledicencia. Y si no lo consigo, debo recibirlo también porque es bueno purgar de alguna manera nuestros pecados en este mundo. ¿La verdad? ¿Con una mujer de ésas, quién puede saber la verdad? ¡Sólo Dios!

—¿Y tu madre, niño?

Así, exabrupto.

Hubo que repetirle la pregunta, porque él no más abría la boca y los ojos, llenos de asombro. Sin embargo, el tono de su voz, lo conmovido del gesto, no daban lugar a duda. El muchacho dijo entonces su vida trivial y amarga. La madre hemipléjica; él haciendo mandados "por lo que sea su voluntad". (Las almas buenas y caritativas de Cieneguilla.) A diario, tortillas duras con frijoles acedos; de tarde en tarde, un pan duro de ocho días y, como acontecimiento extraordinario, una moneda de cobre.

Lo más conmovedor era el retintín de su voz. Resonancia de atmósfera electrificada.

La vulgar tragedia puso un nudo en la garganta de José María. Con los ojos rasos se levantó; bamboleante todavía, fue a la repisa que sustentara su vajilla: un vaso de vidrio verde remendado con flores de esmalte rojo, ollas y platos de barro engretado y un vitroso tazón de Guanajuato. De ahí sacó una moneda de plata, negruzca, le quitó el polvo con su manga y, con mano temblorosa, la tendió al niño.

—Para ti..., sí..., para tu madre...

Asombrado, el pequeño no se atrevía. Fue preciso que le abriera los dedos y se la metiera entre ellos.

Iba a partir ya, loco de alegría, cuando la voz doliente y atiplada le detuvo. Desolado, el niño le tendió la moneda.

—No, no te la quito... No te llamo para eso... Quiero decirte que no se ha de saber, que nadie debe saberlo..., ni tu misma madre..., ella menos que nadie...

José María se dejó caer, aniquilado, en su derrengada silla de tule. Dilatado su pecho, le rebrincaba el corazón, como pájaro montaraz. Giraron sus ojos con azoro de los muros desconchados a los troncos de encino del techo, al polvo suelto del piso.

"¡Qué vergüenza! ¡Otra vez, y a mi edad!"

Acontecimiento tan grave como ése le había ocurrido ya. Una ocasión recorría las calles, dando de gritos, una mujer del pueblo. De la curva de sus espaldas pendía un niño, otro iba prendido a sus piltrafas.

"¡Mi marido! ¡Mi hijo!" Nada, que Obregón acababa de fusilar a dos desertores villistas, sorprendidos por la soldadesca en un jacalucho del pueblo. Y la desventurada partía el alma, ignorante de que esas cosas "obras son de las épocas y no de los hombres". José María sufrió un arrebato inexplicable en su clase, en su raza y en su medio; verdadera ofuscación de un cerebro avisado y de un corazón bien puesto. Detuvo a la mujer, le dio dos pesos de plata. ¡Dos pesos! Naturalmente, huyó despavorido, como ahora, avergonzado, como ahora, y presa de acres remordimientos lloró su aberración. "¿Qué va a ser de mí? Yo no digo que sea malo hacer el bien; pero la caridad bien entendida debe comenzar por uno mismo." Ese día comenzó a circular la especie de que *don Chema Miserias* se estaba volviendo loco.

Pero en esta reincidencia José María hizo algo más: se castigó imponiéndose el ahorro de un centavo diario hasta reparar el daño material, hasta completar el tostón, y una vela de a real para el Señor de la Buena Muerte, en desagravio por tanta fragilidad.

Y, por carambola, a Dionisio le alcanzó el golpe. Con mano firme, José María escribe esa misma noche: "...la codicia rompe el saco. Dios me es testigo de que en dos ocasiones he querido enviarte mi auxilio. Sí, mi voluntad es grande; pero tus pretensiones son más grandes aún. Lo que me pides pone a riesgo la propia salvación de mi alma. ¡Y eso, Dionisio, nunca! ¿Quieres que te lo diga más claro? Lo que tu espíritu atribulado necesita —¡óyelo bien!— no es dinero, sino un buen consejo. Confiésate y arrepiéntete de tus pecados."

Suponer que José María, en su estado normal, necesitara auxilios humanos o divinos para responder a Dionisio con un simple "no" de remache, sería tanto como suponer la propia catástrofe de José María, la disolución de su personalidad. Fueron los dos días de fiebre y la noche de sudor copioso los que, agotando sus energías en rudo combate espiritual, le inspiraron de improviso la idea de llamar al confesor. La pérdida de sus cincuenta centavos le había producido una saludable reacción, y en su alma atribulada resplandeció la luz. En su entedimiento se reconstruyeron los hechos, perfilando el verdadero conflicto. Su problema estriba en encontrar un argumento sólido, incontrovertible, que lo justifique ante su conciencia y ante la opinión de los hombres de "conciencia" de Cieneguilla (visto bueno ante los tribunales de Dios). No es, por tanto, el No lo que le intriga, sino el porqué del No.

"Supongamos que la taleguita que pende de mi cuello y las que tengo escondidas entre la borra de mi colchón y sirven de penitencia a esta mi carne pecadora, deducidos los gastos en lo que de vida me resta, ajusten apenas para mis honras fúnebres y las misas de San Gregorio, que el padre Romero ha de aplicar por el eterno descanso de mi alma, ¿qué pecado cometo negándole a mi hermano lo que tengo apenas para mí?"

Entonces fue cuando la sotana del padre Romero ensombreció el claro de la puerta entreabierta.

—¿Por qué diablos me llama tan temprano?... ¿Qué, se está ya muriendo? ¿O qué?...

Es fama que el padre Romero gasta un genio endemoniado antes de decir su misa de siete, antes de que la Gracia Divina descienda en las vinajeras llenas. Hay bichos así: tienen su fuerza en su fealdad. La insolencia de un cambio de altura es a menudo simplemente máscara de ignorancia, debilidad o tontería. El pueblo, por ejemplo, manda al Seminario un vendedor de cebollas; el Seminario le devuelve un conductor de marranos.

"No hay derecho", comenta José María, casi indignado.

—Creí que me faltaría la fuerza para llegar a la parroquia, padre; pero nunca pensé que Su Reverencia vendría antes de decir la misa.

La sotana se cuadra con aires de comadre. De un saco mugriento sale una estola mantecosa.

—Rece, pues, el *Yo Pecador*...

—No, eso no, padre... Un consejo es lo que yo quisiera de su Paternidad... Hágame la caridad de leer esta carta.

—"... hermano José María: ya sé que estás muy rico, que te hallaste un tesoro y que por eso hasta el rancho vendiste..."

El sacerdote se detiene, sofocado.

—Son mentiras, padre... Invenciones de la gente sin quehacer...

—¡Hum!... "Yo, bien; la familia, sin novedad; los negocios, viento en popa. Pero, como lo has de saber, hermano, el comercio atraviesa ahora por una crisis muy grave. Estamos con el Jesí en la boca, no más por la escasez de numerario. José María, tú has sido mi segundo padre, tú serás mi salvador. Préstame mil pesos que necesito con mucha urgencia..." ¡Bah, ya pareció el peine: mándame dinero que estoy ganando...!

José María observa no más. En su criterio oblicuo patinan las pupilas del padre Romero con más sonoridad que las monedas de oro que acaricia contra su pecho tiernamente.

—Por fortuna, ese dinero, don José María, está fuera de peligro, desde el momento en que va usted a donarlo a la Iglesia.

Las culebrillas de la frente de José María se ahogan ondulando en un mar de sudores.

—Lo más conveniente es que me lo entregue de una vez.

Para mantenerse en equilibrio, José María ha de cubrirse los ojos.

—¡Se ha puesto muy pálido, don José María!... ¿Se siente mal?... Vamos, dígame, ¿en dónde tiene algo de alcohol, éter?...

—¡Ya pasó, padre!... Un vértigo..., como me dan todos los días... No, no es nada, padrecito...

—Vea usted, nuestra vida está pendiente de un cabello. Le aconsejo que, para tranquilidad de su alma, me entregue ese dinero. En manos de la Iglesia no correrá peligro.

—¿Peligro mi dinero, padrecito?... ¡Ji, ji, ji!...

Su risa, sus dientes largos y amarillos tras el cobertizo de sus cerdas negras y untuosas, son más que una revelación. El topo ensancha sus pupilas y las clava con ferocidad en el guiñapo de hombre. Pero José María sostiene la mirada con la suya, fría, incolora, inerte: mirada de maqueta. ¿Por qué, en vez de mirar al ministro de Dios, está viendo al hijo del vendedor de hortaliza de la plaza?

"Sí, yo tengo la culpa, porque lo llamé. ¿Pero qué podía hacer en mi estado, con tres pulmonías al año, este catarro y esta tos que no me paran?"

La historia verdadera fue otra:

Un día (etapa Cabrera-Carranza), José María recibió, en pago de diez carneros padres de su rancho del Capulín, diez mil pesos *resellados de Veracruz*. "Lo que ya está de Dios —pensó José María, aleteando el corazón de gusto—; hoy mismo se vence la hipoteca del Capulín."

De lo que no se acordó fue de una cláusula expresa del contrato: "Diez mil pesos oro o plata del cuño nacional, con exclusión de todo papel moneda creado o por crear."

A Dios no se le dio vela en este entierro, porque con los máuseres carrancistas hubo y bastó para obligar a don Onofre, el prestamista, a cancelar la hipoteca.

Parece que don Onofre dijo mal de José María, de los beatos, del clero y hasta de Dios. ¿Qué de extraño que una semana más tarde hubiera reventado por blasfemo y no de la bilis, como lo aseguraron los malévolos?

No pasó mucho tiempo sin que José María, muy alarmado, solicitara audiencia del señor cura. Un militarcillo rapaz, jefe de armas del pueblo, se apoderó de dos bienes de un *latifundio* de Cieneguilla (diez fanegas de labor de temporal y media caballería de agostadero).

—Sí, don José María: ¡los bolcheviques! Venda sus bienes y enciérrese en su casa a comerse siquiera lo suyo.

—¿Cierto?

—La bandera del judío dice: "¡Guerra al latifundio! ¡Muera la religión!"

José María regresa muy pensativo a su cuarto. Previo registro minucioso de piso, muros y techos —que en dondequiera suele haber oídos—, puso fuego al Calles de *El Universal* en que se envolvía las seis semitas de la semana. A su tiempo lo hizo con Obregón, con Carranza y con Madero. Con Madero también "porque mi rasero no entiende de distingos ni diferencias".

Cuando vino el reparto de ejidos quedó tomado su último reducto. Vendió el Capulín en lo que un general quiso darle por él, y se encerró en su casa a "comerse siquiera lo suyo".

Acontecimiento que debería desbordar la capacidad craneana de la clientela del billar, de la cantina, de la botica, de la sacristía, cuanto y más la de las mujeres que van al río a lavar, tender la ropa y confeccionar también la opinión pública.

"Don José María está loco; se halló dinero y vendió su rancho. Por eso ahora se encierra a contar y recontar su oro de día y de noche."

Especie que alcanzará la fuerza radífera suficiente para llegar hasta los oídos hiperacústicos de Dionisio, inspirándole una doliente carta.

José María nada sabe. Ajeno a chismes, ajusta su vida al Evangelio. Puesto que ella pende como de un cabello, encaminémosla a su fin único: la salvación de nuestra alma.

Comiendo y durmiendo en la paz del Señor y de una conciencia tranquila, deja pasar los días como balsas de mercurio, en espera de una buena muerte, hasta que, una madrugada, despierta, ahogándose, presa de angustia y opresión tremendas. Un acceso de tos le llena la boca de un líquido caliente y horriblemente salado, al mismo tiempo que algo como la punta aguda de un cuchillo se le clava en la espalda. Ocho días de fiebre. Ocho de mirar, tanto en la luz como en la oscuridad, los ojos de un buho en las tinieblas del alma. Sí, él: don Onofre, el prestamista, con sus dos mil pesos de papel resellado en Veracruz.

Y hasta su convalecencia descansará del acusador inoportuno. Algo queda con todo: "No hagas a otro lo que no quieras para ti", máxima-obsesión, especie de dolor de muelas. "Donaré, pues, todos mis bienes a los pobres; pero que pase, Señor, que pase pronto por mí este cáliz de amargura."

En cuanto recuperó su salud, naturalmente se le refrescaron la inteligencia y la sensibilidad. Hubo un nuevo y fácil arreglo con Dios y su conciencia, poniendo a salvo sus derechos legítimamente adquiridos. Su fino olfato lo puso sobre una pista cierta. Un día llamó a su casa el padre Romero, en solicitud de los diez centavitos semanarios para la edificación del Santuario de Nuestra Señora de Guadalupe. José María lo siguió con los ojos, muy preocupado, hasta verlo desaparecer. "He aquí a mi hombre", debió haberse dicho; pero la verdad es que no lo pensó siquiera. Mejor que eso, el mismo día le envió un canastito de panelas, quesos frescos y mantequillas en panojas de elote. Al siguiente, un pla-

113

tón de tunas mansas, peladas en la misma penca, antes de la salida del sol.

El padre Romero se encontró, pues, sin salida:

—Dígame, don José María, ¿ese don Onofre de que me habla no fue el presidente municipal cuando las hordas villistas?

—Precisamente...

—¡Sí, un jacobino!... Enemigo de Dios y de la Iglesia, verdugo de los sacerdotes... ¡Don José María, lo que usted hizo con él ni a pecado venial llega!...

Los dientes, menudos y blanquísimos, del padre Romero evocaron, resplandecientes, la parábola del perro muerto.

—Usted debía dinero. Pagó dinero.

—Pero... es que yo debía...

—Plata fuerte, entendido, y pagó con bilimbiques de Carranza, con la moneda creada por ellos, con la moneda que ellos hicieron circular a balazos, con la que han arruinado a México... ¡Los enemigos de la Religión! Esto quiere decir que usted sólo ha sido un instrumento del Altísimo para aplastar la soberbia de Satanás! ¿Entiende?

Como el especialista que realiza un diagnóstico delicadísimo, el padre Romero se frotó las manos. "Lo tengo", pensó, y comenzó al punto una obra de larga paciencia, que ahora daba al traste, sólo por una debilidad de su carácter, arrebatado e intemperante.

—¿Peligrar mi dinero? —repitió José María—. Hoy menos que nunca, padrecito. Yo no sé cómo será esto. Pero a la hora de mi muerte no han de sobrarme más que los cuarenta pesos para las cuarenta misas de San Gregorio.

—Supongo que no va usted a...

—¿Tendría corazón para dejar perecer en la miseria a un hermano, a una familia que lleva mi propia sangre, teniendo el dinero que...? ¡Bah! ¿Por qué me deja con la palabra en la boca, padrecito?... ¡Uy, qué modales!... ¡Jesucristo, qué lengua!... Dios le perdone tantas insolencias, como yo se las perdono, amén.

Exuberante, se puso de rodillas a darle las gracias a Dios porque lo había iluminado no sólo para defenderse de las asechanzas de Dionisio, sino también de las garras de su propio confesor.

Su dialéctica interior fue siempre su fuerza. Fuerza de familia. La misma con que Dionisio se lavó de toda responsabilidad, cuando el desastre de su camión.

114

Un acto primo puso a José María a los pies de la Santísima Virgen; pero, apenas acabó su rezo, sintió la falta de su fiador.

Problema insoluble: ninguno de los ministros de la Parroquia, porque tropieza desde luego con la suspicacia de su propio espíritu, meticuloso y desconfiado. Tampoco el señor cura, porque desde la postrera entrevista le dejó un resabio que, lejos de amenguarse con el tiempo, se afirma y se afina en manifiesta antipatía, atizada ora por un silencio recíproco, preñado de ponzoña, ora por un gesto despectivo, una mirada indiferente, una palabra ambigua: todas esas naderías que engendran odios irreconciliables. En alivio de su conciencia, José María reconoce que, para cerrar las puertas a toda mala pasión, evita, cuanto puede, sus encuentros con el párroco.

Tal vez todo haya sido cuestión de malas inteligencias. Fue ello una simple invitación a "la obra grandiosa de Restauración Social que Nos iniciamos y en la que os hemos señalado vuestro puesto en la muy Honorable Orden de los Caballeros de Colón, cuota mensual adelantada y en oro nacional. . ."

No, no y no. Porque José María baja a diario su caballo al río, compra en la plaza el recaudo para toda la semana, barre y riega su calle, siempre que a ello es requerido por el césar de macana de su barrio. No serán pecados de vanidad ni de soberbia (el no codearse con las gentes de alta alcurnia de su pueblo) lo que a él le quite el sueño. No pudiendo, por otra parte, ser acejotemero ni dama católica, tiene que optar forzosamente por la Adoración Perpetua, que no cuesta ni un centavo y apenas el trabajo (voluntario) de llevar un petate y una almohada cada ocho días a la sacristía de la Parroquia.

Ladino, el cura atrapó un no sé qué de inconsistente en las palabras y en el gesto de José María, que lo obligó a desnudarlo. Hay sospechas temerarias. Todo hombre de criterio abomina de las hablillas del populacho. Porque ese pueblerino de ojos cándidos, angelical, ingenuo y bonachón, que blasona de buena fe y de su lealtad a todas horas y a los cuatro vientos, tiene su música encerrada. Algo más que boca de infierno es la suya. En sus interminables horas de ocio, su diversión favorita es colgarle un sambenito a cada sabandija del Señor. Y si José María se ha defendido de ellos, ha sido en gracia a su frecuentación de los sacramentos, su asiduidad en las prácticas piadosas y, sobre todo, su respeto y sumisión al parecer de los hombres de "mucha conciencia". En análogas circunstancias, las hablillas de la gente encontraron en el señor cura un veto inexorable. Pero ahora surgía la sospecha tan clara, tan apremiante, que fue imposible dejarla de lado.

Un juego fácil de confesonario. Una pregunta capciosa. Pero José María, lejos de turbarse, cuando vio el anzuelo, paró el golpe, admirando a su sabio y prudente párroco.

—Es posible que sea como usted dice, señor cura: ¡es tan frágil la naturaleza humana! Yo allá solo, abandonado, con mi reumatismo y sin alma viviente en el rancho a quien clamar. ¿Quién va a recordar lo que dijo o no dijo en momentos de angustia, cuando se siente el frío de una reata en el pescuezo?

—¿Tanto así, don José María?...

—Quisieron llevarse mi caballo tordillo, que era lo mismo que quitarme la vida.

—¡Su caballo tordillo!

—Sí, mis pies, mis manos y mi todo. Lo único que yo recuerdo de aquella noche horrible son sus maldiciones para pedirme el dinero, el crujir de los gatillos, sus caras de condenados. "¡Madre mía de San Juan, te prometo entrar de rodillas a tu Santuario con una vela de a peso y un milagrito de plata! ¡Socórreme en esta grave necesidad!"

El cura reparaba, más que en el significado de las palabras, en aquel acento tan pasmosamente parecido al de los criminales que confiesan a medias un pecado, con la convicción más íntima de su inocencia.

—Líbreme Dios de ofender a nadie, ni mucho menos a los señores eclesiásticos; pero cuando se dijo que las avanzadas de los revolucionarios venían sobre esta plaza, los primeros que salieron de estampido fueron sus reverencias. Bueno. ¡Muy bien hecho! Hicimos rogativas porque el Señor los llevara por buen camino y los pusiera sanos y salvos en sus destinos. A ustedes los siguieron las personas de mayores comodidades: unos, a México; otros, a Guadalajara, y algunos hasta los Estados Unidos. ¡Paciencia! Nos quedamos con el corazón en un puño y esperando no más la voluntad de Dios. ¿Qué más podíamos hacer? Nos defendimos con nuestras propias uñas y como Su Divina Majestad nos lo dio a entender.

—Su dialéctica es admirable, don José María. ¡Basta! ¡Que Dios le ilumine así su alma en la hora de su muerte! ¡Vaya en paz, hijo!

Irreprochable, ¿verdad? ¿Por qué entonces José María sintió

116

esa extraña inquietud, ese sobresalto y esa angustia confusa e inexplicable que sucede a muchos de nuestros actos equívocos y precisamente cuando nuestra razón se obstina en demostrarnos lo irreprochable de nuestra conducta? Desazón muy parecida a la de nuestra verídica fotografía. Porque somos entonces nosotros mismos y no lo que hemos pretendido ser o lo que los demás han querido que seamos. La tranquilidad del hombre honrado y la buena digestión del burgués enriquecido son de igual ley. El hombre honrado ha de controlar a cada instante su bella imagen. Que robe, que viole, que mate; pero que tales actos, como malos actos, no caigan bajo el dominio de los demás, para que no moleste ni el remordimiento más insignificante.

"En efecto —pensó José María—, yo pude incurrir muy bien en la debilidad de denunciar el sitio en donde, entre el señor cura y yo, escondimos la custodia y los vasos sagrados. Pero de ese oro ¿qué se me quedó en las manos? Salvé mi vida, salvé mi caballo tordillo y me salvé de morir sin confesión y en pecado mortal. Más ventajas terrenales supieron sacar otros y yo no sé que eso le haya parecido mal a nadie. Ahí está, sin ir tan lejos, mi compadre Tranquilino Sanromán: casó a su hermana con dos generales; del primero, le quedaron doscientas cabezas de ganado mayor, y del segundo, cuatro caballerías de riego, que agregó ya a su terreno. Crescencio, el de El Gran Emporio, la atinó mejor, porque su hija se quedó viuda en los combates de Celaya, y ahora, entre los dos, disfrutan de la pensión del Gobierno. ¿Y el escribiente del curato? Se va a México porque el tarambana de Rosendo llegó a diputado ya y le ha conseguido muy buen destino a su padre. El señor cura hace mal en buscarme con sus preguntas. Si hubo robo sacrílego, eso ya es cuenta de otro rosario. Pero tengo para mí que no es el sacrilegio lo que más apura al señor cura, sino el oro que se perdió. ¡El oro! ¡Maldito sea el dinero! ¡Perdición de nuestras almas y causa de nuestras desgracias!"

Automáticamente, su esternón de avestruz se juntó amorosamente con la taleguilla de monedas de oro.

Sucedió, poco tiempo más tarde, que el Estado Silabario se caló el gorro frigio acedo y remendado y desconoció a su legítima abuela, la Cogulla. Y cuando comenzó la persecución religiosa más imbécil de este siglo, José María lió un cigarro de hoja y tabaco *macuche* y entre bocanada y bocanada de humo le dio gracias a Dios por haberlo iluminado tan a tiempo para no meterse en líos ni compromisos con nadie, ni en peligro con el Gobierno.

Por la falta, pues, de su fiador, esa noche José María tuvo un sueño muy agitado: don Onofre, el prestamista, otra vez con sus maldecidos *resellados de Veracruz*, María Cristina, bailando un tango en el *cabaret*, el padre Romero y su carota de *bulldog*, y Dionisio (¡oh, Dionisio, póngote la cruz!), con un cayado y un saco de pordiosero.

El concierto matutino de gallos, vacas y borricos alabando a Dios no logró sacarlo de su ensimismamiento, pero sí algo como una sombra negra que se detuvo en la puerta. ¿Una sotana? ¿El señor cura? Nada, que su imaginación calenturienta ya le convierte en ave negra y fatídica hasta al mensajero del telégrafo.

Urgente. Respuesta pagada. "Hermano: hoy estuve a punto de suicidarme. Auxilio."

No es bueno ser supersticioso; pero evidentemente hay días malos. No debería uno salir de su casa y ni levantarse siquiera. ¡Bah, si posible fuera, ni despertar!

Consternado, abre las arcas de su corazón. Sobre la tilma ruedan chismosas monedas de oro. Las cuenta con ansiedad, sin quitar los ojos de la puerta, doblemente atrancada. Ni falta, ni sobra. Hay, por tanto, que separar dos *centenarios* para Dionisio. ¿Qué no es uno capaz de hacer por un hermano? ¡Dos centenarios! Pero Dionisio es la oveja descarriada que hay que arrebatarle de las manos a Satanás. En consecuencia, es urgente un giro postal por cien pesos.

¿Urgente? Tanto como eso, no. ¿Por qué se han de exagerar las cosas? Además, los trenes no pasan para México a la hora que nos da la gana, ni el Correo está abierto de día y de noche. En tercer lugar, uno necesita reponerse de las sorpresas para que no le hagan tanto daño. Dionisio ha estado a punto de suicidarse. ¡Pobre Dionisio y pobre familia, perdidos en esa Babilonia!... ¡Hum!... Pero ¿quién dijo, pobre José María? ¿José María, agobiado por las enfermedades, por las penas de estos tiempos calamitosos y hasta por las penas ajenas? No, él bien puede morirse como el perro; que no faltará algún vecino compasivo que, tapándose las narices, vaya a dar parte de una pestilencia a las autoridades.

Su piel se achina de frío.

"No, decididamente ahora estoy muy débil para llegar hasta el Correo. Lo dejaré para mañana. ¿Quién aguantó un año la dura prueba que no pueda esperarse dos días más? Las determinaciones más acertadas son las que se toman con mayor reflexión. Y si uno lo consulta con la almohada, miel sobre hojuelas."

La sabiduría de la almohada fue infalible e inefable. "Vas a fomentar vicios y holganzas. Lo vas a engreír. Hoy son dos centenarios, ¡qué gusto!, mañana no ajustará con cuatro."

"No —se responde José María—; de que yo me propongo una cosa, la llevo a cabo, dé donde diere. Lo dicho, hecho. Sólo habrá que avenir la caridad con la justicia. Reduzcamos el giro: veinte pesos son más que suficientes en caso de necesidad muy grave. Centavos menos, porque no he de ser yo quien pague papel, sobre, estampillas, giro postal, etc. Que sean dieciocho pesos en números redondos. Más vale que sobre y no que falte."

Esa noche José María durmió satisfecho, no sólo de hacer el bien, sino de hacerlo bien.

Pero dicen que de buenas intenciones están apretados los infiernos. José María despertó al son de las campanas a vuelo, músicas de viento, cámaras y cohetes. Alegría tricolor, regocijo municipal, viva el *Curidalgo* y viva México. (A Dionisio le persigue el destino.) El espíritu de José María se contagia de tan profano regocijo, el sol matutino le da esperanzas, otra vez, de un restablecimiento completo de su salud. Y vamos de nuevo a hacer rectificaciones: "¿Por qué sufre el desventurado de mi hermano? Por su desobediencia, por su orgullo, por sus caprichos. ¡Por sus pecados! Entonces, ¿dónde será preferible que los compurgue, en las penas irrisorias de esta vida o en las llamas ardientes del purgatorio? ¡Apenas se puede creer que tú, José María, hombre de conciencia y de estudio, pretendas privar a tu hermano de esa cruz que Nuestro Señor ha puesto sobre sus hombros, que te atrevas a quitarle los beneficios inefables de la vida verdadera! ¿Suicidio? Ganzúa para sacarme el dinero."

José María declina, paulatina, irremisiblemente.

Ahora, al salir de la Parroquia, se ha encontrado con un excondiscípulo de la escuela, ausente del pueblo ha largos años. "¡Cómo! . . . ¿Eres José María o la sombra de José María? . . . No, hermano, no son los años, tenemos la misma edad. O estás enfermo, o sufres muchas penas. Vamos, cuéntame tu vida."

José María mostró sus dientes de perro viejo, echando llave y candado a todo conato de confidencias.

"¡Qué le importa! Se asusta de verme, porque no sabe que nuestro mejor espejo es la cara del amigo que volvemos a ver después de una larga ausencia. ¿Enfermo? Sí. . . y todo el mundo me fastidia con el consejo de que consulte con un médico. ¡Como si yo no supiera que los médicos viven de mantenerle a uno las enfermedades! ¡Tuvieran temor de Dios! No, señor: dinero, dinero y dinero. Y cuando voy a la consulta gratis, me recetan puro carbonato y me roba el boticario. ¡Muchas gracias! ¡Maldito sea el dinero!"

Y maldito el que fue a removerle sus grandes torturas con la clarinada de una pronta rendición de cuentas.

Pero no. José María no entra en la etapa de la muerte, apenas va a comenzar a vivir. Poco importa un segundo o un siglo: hubo quienes no vivieron nunca.

José María va a nacer. Y Cieneguilla delira después de su conmoción cerebral. La puerta mustia del cuarto de José María come y vomita hace cuatro horas, enlutados por temperamento, simulación o duelo. El pueblo bajo se percata, y como los señores decentes que entran y salen cambian frases sin importancia, no más para afirmarse en el sitio que les corresponde en la escala zoológica, se forja su propia versión:

"*Pepe Miserias* está loco. *Pepe Miserias* se habrá ahorcado y amanecería con la lengua fuera, pendiente de una estaca y sus ojos de las monedas de oro regadas por su cuarto. ¡Mejor!"

El mutismo de los señores decentes no podía haber empollado una liebre, por ejemplo.

El mancebo de la botica, que entre un bote de sebo de coyote y un quinto de *polvos juanes* instaló su observatorio, dice:

—Yo vi también que el padre Paredes, el doctor Salsipuedes y el señor cura salieron callados y compungidos; pero entre las arrugas de su desolación les retozaba una sonrisilla demostrativa de que, si don José María no está muerto, cuando menos agoniza ya a estas horas.

Lo que a José María le ocurre puede ser eso o precisamente lo contrario: a gusto de nuestros anteojos. Después de haber sido descaparazonado con sádica piedad por sus enlutados colegas, los hombres de "mucha conciencia", ahora se hace su propia autopsia. Y no más de sentirse en cueros su hielo y su gelatina, se retuerce de angustia. Pudo revestirse de fortaleza·cristiana: "¡Dios mío, yo te ofrezco este sacrificio, estas humillaciones y este dolor, el dolor más grande de mi vida, en descargo de mis culpas!" Pero aún es un catecúmeno y pronuncia:

—Señores, favor de que esto no se sepa, que no pase de entre nosotros.

Cuatro horas de ruda disciplina son compatibles con la vida; pero no cuatro horas en la mañana y cuatro horas en la tarde por cuatro días. No todos nacimos para héroes.

120

Lo peor es que ya la mecha se encendió. Minúscula. Pero un cerillo basta para la conflagración de un bosque.

En efecto, en cada eslabón de la cadena que tienen aprisionado a José María hay un brevete, cualquier cosa, una manchita roja al pie del encabezado inicuo. A la luz de un cerillo, José María reparó en la mancha de tinta roja de *El Universal* de uno de sus visitantes; a la luz de una vela de a centavo, encontró la misma mancha y en el mismo sitio de los *Universales* que sus condolientes le siguieron mostrando. No es creíble que en Cieneguilla haya tanto lector del diario. La sospecha salta sus diques y camina en progresión geométrica hasta coger el *machote* de los rostros compungidos, las manos abaciales, las espaldas eremitas: todo incompatible con el más elemental espíritu cristiano.

"¡Que esto no se sepa!" Y el mismo periódico va de mano en mano, propalando la infamante nueva.

"¿Éstos son mis amigos, mis correligionarios, los hombres de 'mucha conciencia', que mis padres me dejaron como norma y ejemplo? ¿Quién seré yo entonces?"

La tremenda interrogación se esboza así, en la sombra difusa, y tan fugazmente que no da tiempo ni para aterrorizarse. Porque es de lo más tosco de lo que nuestros sentidos hacen luego presa.

"Han sido como unos asesinos que vinieran con el crucifijo en una mano y el puñal en la otra. Primero me muestran el encabezado, que es como si me cogieran por el cuello y me enterraran en el cieno. Cuando en mis ansias de asfixia pido aire y luz, ellos, con voz unciosa, me siguen clavando los cuchillos de cada párrafo, acentuando las frases más hirientes. ¡Dios se los pague! Yo quisiera hacer de mi pañuelo el antro más impenetrable del universo y apenas me forjo una visera. A sus preguntas capciosas respondí con mi buena fe y con mi silencio de angustia, sin saber siquiera lo que ellos sabían demasiado. Salen de mi casa alegres y confiados. ¡Así salgan de sus tumbas al toque de la trompeta del Juicio Final! ¡Temerarios! Dios les perdone el daño que me han hecho como yo se los perdono, amén."

Dos balas, supongamos, se encuentran en un chispazo de luz. En él se le queman las alas a José María. Muy bien: más malo es no haberlas tenido nunca. Por un lado, la gracia de Dios, o la tuberculosis en último grado, responsables de la nitidez repentina de un espíritu nacido miope; por el otro lado, el tremendo noticíón: "María Cristina asesinada en una casa de mala nota, en una orgía de altos personajes del Gobierno."

María Cristina. Su nombre, su apellido, su origen, su nacimiento. Todo bien detallado para que a nadie le queden dudas. Un baño de chapopote, ¿eh?

Y bien, José María salió del choque como antorcha que se retuerce en su propia ignición. Fuerte e inmenso. Salta el encabezado infame, salta el mamposte de falacia e hipocresía de sus cofrades y, por último, da el salto mortal a que pocos se aventuraron: "¿Quién soy yo, entonces?"

Dentro de la lógica más severa, caben sus lágrimas casi femeninas. Llora, pero sin calcular ni remotamente el alcance de su acuidad visual.

Es un sentido nuevo, y los niños caminan primero a tropezones. Llora y descansa, como si de repente se hubiese arrancado una tenaza de hierro de en medio del corazón. Una verdad deslumbradora lo ofusca:

"¡Soy ladrón!"

Y su máquina, ya con jadeos de agonizante, todavía puede darle gracias a Dios.

Desde luego, la contabilidad está turbia. Hay que revisarlo todo, desde la partición hereditaria. Es tan fácil dar oídos a las sirenas togadas, proveerse de papeles con sellos y estampillas y echarse al bolsillo a cualquier magistrado microfilólogo.

Lo que verdaderamente resulta imposible es tapar el sol con un agujero. "Porque Dios sigue allá arriba, y mi conciencia es una criba." Un mensaje urgente (comienza el calvario); mejor pensado, una carta. Dice uno todo lo que quiere decir... y hasta lo que no quiere, y es menos dispendioso. Porque esto va a ser prólogo, preámbulo, introducción de la obra magna: la restitución.

¿Restitución? Los púdicos tímpanos de José María rebotan la palabreja y se tapan de vergüenza en una escala de platillos ascendente hasta el vértigo. Pero no hay otra palabra y no queda, por tanto, más camino que el de la resignación y el del más humilde *confiteor Deo*.

"Hermano Dionisio, el Espíritu de las tinieblas nos acecha y vela por la perdición de nuestras almas. Si el justo, con ser justo, peca siete veces al día, ¿qué será de nosotros, los encenagados en el mundo y sus tentaciones? Esto quiere decir que debemos estar siempre alerta. ¿Te has visto ya en el espejo? ¿Te pusiste la mano sobre el corazón y no te has sentido abochornado? ¿A qué llamas tú virtud? A la audacia. Ciertamente que no te has colocado entre los aventureros de la revolución, gentes levantadas de los muladares, que ahora nos gobiernan; pero a ello deben tender todos tus esfuerzos. Yo sé que la meta de tus ambiciones es el dinero y tú sabes muy bien cuál es el camino cierto para adquirirlo, hoy con hoy. El apetito desordenado de hacienda es el mal del siglo. Perdóname lo crudo de mis palabras; pero sería yo un criminal si te escondiera el fondo de mi alma, ahora que siento temblar el frío de la muerte hasta en el aire que respiro, hasta en la luz que nos alumbra. Pronto a comparecer ante la presencia de Dios, tengo que arreglar mis cuentas, y debo pedir perdón a todos aquellos a quienes haya ofendido de alguna manera o dañado de cualquier modo. Sí, hermano Dionisio, soy un pecador que de rodillas imploro tu perdón, dispuesto a reparar mis faltas..."

—¡Admirable —dice en voz alta José María, puesto de pie y secándose la frente húmeda y caliente—, he tocado lo más sensible de la llaga y no me ha hecho daño!

"No quiera Dios, hermano de mi alma, que en estas palabras sientas intención mala ni mucho menos; pero bueno es que sepas que el castigo del Señor para todos los que pusieron sus ojos exclusivamente en los bienes terrenales es dejarlos ciegos para todo lo que no sea una moneda miserable. ¡Alerta, Dionisio; en el reloj de los tiempos ha sonado nuestra hora; tú, para el mundo y sus engañifas; yo, para la eternidad... Ven, por fin, a saciar tu sed de oro y de riquezas; ven por dos mil quinientos sesenta y ocho pesos, trece centavos, que, en justicia, son tuyos, que te tengo aquí guardados..."

¡Bendito sea Dios! Así, de un tirón y conteniendo el aliento. Es uno de esos actos heroicos y grandiosos de la vida diaria, que ignorará siempre este mundo de vanidad de vanidades.

Los músculos de José María sollozan; sólo sus pupilas dilatadas se mantienen quietas, inmóviles, en control y cabalgando sobre la joroba de pesos de su colchón.

Pero al pasar sus labios húmedos por el sobre engomado, algo como un escrúpulo le sube de lo más hondo de su estómago. ¿Conque si al calor de la improvisación se le ha escapado alguna frase o palabra inconveniente?

Relee la carta y, de pronto, ya cerca de las últimas líneas, su rostro se contrae violentamente. Acaba con las manos crispadas y haciendo la señal de la cruz:

"¡Ave María Purísima del Refugio!"

José María ha reconocido su propia imagen en muchos rasgos de su carta: su soberbia, su gazmoñería.

"El Demonio ha estado presente; él ha guiado mi mano... ¡Pero yo te venceré, maldito! ..."

Ilusiones. Está aún tierno. Su demonio le posee, escondido en el laberinto de sus circunvoluciones cerebrales.

Si los días son tolerables, las noches se prolongan como eternidad. José María se desdobla en luchas tremendas. Al hervor de sus cuarenta grados, suben y bajan cadáveres galvanizados de su panteón. Por ejemplo, el robo de la custodia y de los vasos sagrados de la parroquia. "Porque es mentira eso de que alguien me hubiese obligado a denunciarlos.

"Lo hice por flaqueza, por cobardía, por adulación servil. Porque siempre me humillé a los pies del poderoso, por necesidad y sin ella. Soy villano y soy felón. Y no tengo el valor ni de mis propios actos.

"Pero si no lo hubieses hecho así, se llevan tu caballo tordillo. Cierto. Y no sólo eso: ¿mi reumatismo? ¿El abandono en que me dejaban?

"Lo único vituperable es eso de que con los vasos sagrados y la custodia se quedaron también cuatrocientos pesos en monedas de oro.

"¡Ave María Purísima del Refugio! Sin pecado original concebida. ¡El Enemigo Malo!.. Sí, ese dinero me lo llevé a mi casa porque estuviera más seguro. ¿Y por qué no más el dinero?

"Porque es un sacrilegio tocar las cosas sagradas."

José María ha dado un salto de tigre herido de muerte.

"¡Admirable! Sólo que esos cuatrocientos pesos no vuelven todavía al curato."

Aterrado, José María no sabe ya qué responderse. Pero sale del paso con la ilusión de que está soñando, de que sufre un ataque de delirio febril y de que al día siguiente no se acordará más de ello. Y, en efecto, no se vuelve a acordar de los cuatrocientos pesos del cura ni al otro día ni a ninguno. Pero de una pesadilla salta a otra peor.

Ahora es María Cristina, ardiendo en los profundos infiernos. "Y todo por culpa tuya, tío tacaño, despiadado y criminal. Una condenada de catorce años por sostener a una familia a quien tú cerraste las puertas. Una pobre muchacha que se entregó a los placeres del mundo, pero sin dejar cláusulas en blanco para gozar de la otra vida también. Giros contra Dios y al portador. De morirse uno de risa, tío, si los garabatos de mi padre Dionisio no se te hubieran enterrado en el alma como garfios de hierro candente: *José María, nuestras almas corren peligro... ¡María Cristina, por piedad, José María!*

"Suponiendo que yo fuera como cualquier otro individuo, un monstruo de egoísmo, María Cristina tiene siempre razón, ¿por qué no le pagué a Dionisio lo que de su herencia sustraje?"

"Tampoco de eso eres culpable, porque cuando Dionisio te pidió dinero, ni vagamente existía en tu memoria esa deuda pendiente."

Olvidos pueriles, al parecer. Al parecer, sí, porque sólo los ladrones de profesión tienen conciencia de ser ladrones.

Casuística del Demonio la de José María. Y verdad irrefutable, además. Porque si en aquel entonces alguno le hubiese llamado ladrón, él ni siquiera se habría detenido en su camino. Sereno y solemne, como la luna al ladrar de los perros.

"Pero estoy perdiendo el tiempo en disquisiciones ociosas y mis fuerzas se extinguen. Cada día está más cerca el fin y aún no tengo algo que poner en mi haber, en la balanza del Supremo Juez...

"Con un acto de contrición te basta."

¿Por qué sus lacios cabellos se han encrespado y su propio cadáver se ha puesto en pie con horror? "¡El Demonio otra vez aquí! Póngote la Cruz... ¡Ave María Purísima...!"

Pero cuando, acribillado de dolor, en el paroxismo de su delirio siente el Infierno, llega una idea blanca de salvación. "Si hay un fuego que purifique los cuerpos, debe haber también un fuego que purifique las almas." Y José María susurra con alborozo: "Sí, sí, y yo sé cuál es."

Otro día, al abrir los ojos, pide el notario.

Pero el piadoso vecino que acudió a informarse por su salud le advierte prudentemente que más falta le hace un sacerdote.

—Que venga...

—¿Quién?...

José María avanza prodigiosamente. Dice que A es igual a B y que uno es igual a dos.

III

PROBABLEMENTE, ni Francisco de Asís ni Vicente de Paúl nos están esperando al voltear de la esquina. Oro dublé para sus camareros, son oro en greña para los demás: oro escondido en el fulgor que hierve de las entrañas de la tierra y que nos ciega. (Oro que me hallé en una tarde de desolación y de derrota entre los muros cordiales de un convento. La estolidez carrancista lo tenía recluido en aprendiz de relojero. Bebí en esa fuente: sus propias manos me sirvieron el pan y el agua. Mi veneración besa su recuerdo cada vez que se desflora.) No, el que vino fue un loyolano del hatajo. Con la impudicia del quiero y del puedo.

Confesión general. Vida-mentira. Las llamas del infierno parecen arder en las miradas y en los labios del penitente. A tal punto, que el ministro de Cristo lo interrumpió, alarmado:

—Cuidado... Uno de los más hábiles disfraces del demonio es ese con que ahora lo tiene a usted cogido. Se ha apoderado de su inteligencia para perderlo. Sus pecados son grandes; pero el pecado mayor es dudar de la misericordia de Dios.

—¡Gracias, padre mío, gracias! ...

Anegado en llanto, José María se abate, coge las manos suaves del sacerdote y se las besa con ardiente efusión.

—El delirio de la calentura lo ha privado de su voluntad. Todos somos pecadores, todos tenemos algo que purgar; nacimos con el estigma del Paraíso. Confíe en Dios, encomiéndese a su Santísima Madre y, por intercesión de ella, se le abrirán las puertas celestiales.

—¡Padre mío! ...

—Pero, antes de abandonar las miserias de este mundo perverso, es preciso que deje sus negocios totalmente terminados. Advierta que tanto el Gobierno como su hermano don Dionisio están pendientes de su herencia...

José María aterriza tan bruscamente que ha perdido la palabra y el sentido cuando el sacerdote acaba de hablar.

—¡Un paroxismo! ... Pronto aquí..., agua fría..., alcohol..., éter... ¡Pronto, que se muere! ... Don José María..., ¡qué le ha sucedido? ... ¡Bah, bendito sea Dios, que le devuelve la vida! ... En el acto regreso con el notario, hijo..., tenga fortaleza..., unos minutos no más...

—No es necesario, padre..., ya no es necesario...

En su desolación, José María se encuentra de nuevo con la pupila dilatada por la codicia, con la máscara impúdica y ansiosa que tan bien conoce. ¿Qué importa saber quién la lleva?

—Gracias, padre. No recibiré ahora a Nuestro Señor... He pensado de otro modo... De todos modos, muchas gracias...

Son inútiles las imprecaciones, las injurias y las amenazas. Los oídos de José María están inmunes ya "a las penas del infierno".

Lo que es evidente es que su mal se agrava. Y aprovecha la visita del pequeño, que sigue llevándole su semita y su leche, para llamar al notario.

"¿Quién soy yo, pues?" La pregunta implacable se formula

desnuda. Una multitud de hechos escondidos, olvidados en los sótanos, acuden sin que nadie los llame. La pesadilla de don Onofre con los doscientos mil *resellados de Veracruz* a cuestas va resultando ya no más una mampara miserable para que él se esconda de sí mismo. María Cristina, un armiño, que, con el nombre de José María, se mancha. La víctima de un ladrón cobarde: de los de la peor especie, de los que hacen el daño y del daño se lavan en seguida con un Señor mío, Jesucristo. ¡Horror al pecado es a la palabra pecado!

Y como José María se da golpes de pecho, las puertas de la casuística, que no más están esperando coyuntura, se abren de par en par.

"El Demonio se ha apoderado de su inteligencia", dijo el padre jesuita. José María lo recuerda y se apronta a la defensa. Si no forma con su mano la señal de la cruz, es por miedo de arder en su propio azufre. La casuística fatal, la tenaza de hierro que él creyó arrancarse de su corazón el día que tuvo la temeridad de decirse: "¡Soy ladrón!"

"De todos modos, no puede negarse que, si eres culpable, sólo lo eres en mínima parte. ¿Seleccionaste la sangre que corre por tus venas? ¿Quién te pidió la venia para echarte al mundo? Si en vez de heredar de tus mayores, como norma de conducta, a tus hombres de mucha conciencia, te hubiesen dejado de guías a los seres abyectos de las cuadras, del monte, del bosque, del agua o del aire, no tendrías ahora de qué arrepentirte, ni por qué pedirle perdón a nadie. ¿Quiénes son tus hombres de mucha conciencia? Los que te han puesto en la miserable condición en que te encuentras. Los que te abrieron las puertas del infierno. ¡Sin pecar, claro está! ¡Es su formidable secreto! ¿Es pecado interesarse por las dolencias que afligen a nuestros prójimos? ¿Es pecado consolar al amigo y aconsejarle la resignación cristiana? ¿Es pecado comunicar a los cofrades la pena de algún hermano, para compartirla en común y en común implorar el consuelo del cielo? ¿Pecaron los clérigos, las hermanas de la Caridad y las señoras virtuosas que vinieron a ponderarte tus grandes méritos de cristiano, para que mejor resaltase la conducta infame de tu sobrina desventurada?

"¡Cierto y mil veces cierto! Hicieron el daño más grave que se le puede hacer a un alma; pero ¡no pecaron! . . ."

Ahora no le sorprende el haber confundido por algunos minutos al jesuita con el padre Romero. Pidió un ministro a quien confiar el cuidado de su alma y un enviado de Dios acudió a cuidar sobre todo de su oro, de lo que Jesucristo más despreció con su palabra y con su obra.

De aquí a pensar que Dios no necesita dinero no hay un abismo. José María lo franquea con facilidad y felicidad. Porque en su calvario de renovación no alcanza a distinguir a su diablo agazapado entre las talegas de pesos que él empolla, dizque a título de penitencia.

—Don Federico, lo he hecho venir para que haga mi última disposición... A mi hermano Dionisio, dos mil quinientos setenta y ocho pesos, trece centavos... Lo demás, para los pobres.

—¿En qué forma, don José María?...

—Calle, no lo he pensado siquiera.

Se estudia el caso. La fiebre ilumina un camino fácil:

—Todo lo dejo a la Beneficencia.

—¿A la Beneficencia Pública, don José María?... ¿Lo ha pensado bien? ¿Sabe adónde van a parar esos bienes?

—Pues a los pobres, don Federico.

—A los pobres por las manos del Gobierno...

—¡Horror!...

—Los bienes de la Beneficencia Pública, don José María, es decir, muchos millones de pesos donados de tiempo inmemorial para expósitos, hospitales, hospicios, etc., etc., nunca han servido más que para hartar a los advenedizos, muertos de hambre, que se han apoderado de los más altos puestos de la nación. ¿No sabe usted que los establecimientos de la Beneficencia Pública se sostienen en la actualidad con la explotación del vicio? Hoy es el juego; mañana, tal vez, el prostíbulo... ¡qué sé yo!

—¡Por piedad, don Federico!... ¡Míreme cómo estoy!...

—Es mi deber...

—Sí... ya lo meditaré, don Federico. Vuelva mañana...

Sus quijadas y sus huesos se agitan en danza funambulesca. De risa y de llanto. Si su enfermedad no le diera frecuentes decepciones, ahora juraría que estaba curado del todo. Débil, un poco débil, no más.

Pero ¿quién no va a estarlo con una semita y una ollita de leche por todo alimento en el día? "¡Estos comerciantes, señor! ¡Ya no le subieron otro centavo más al litro de leche! Es bochornoso verdaderamente el afán inmoderado de lucro que se ha apoderado de la sociedad moderna. Efectos de la revolución y castigo de Dios para todos los que no supimos ni quisimos oponernos a sus estragos."

Encaminadas ya sus ideas por el viejo carril, van haciéndose

128

cada vez más inconexas y confusas, hasta sumirlo en el sopor de su caquexia. Habría soñado con un faraón en su espléndido sepulcro, laberinto bien escondido de la codicia humana, defendido por sutiles venenos de gran actividad. Él, José María, ahí tendido sobre sus talegas de centenarios, aztecas e hidalgos, por los siglos de los siglos. Pero como su egiptología se limitaba a la leyenda bíblica, de haberse soñado en Egipto habría sido quizá reencarnando alguna de las vacas flacas de las siete plagas.

En un negro y violento despertar, tuvo la vaga sensación de que el cerebro se le vaciaba y de que su pecho se estaba llenando a reventar. Apenas el tiempo preciso para pensarlo, porque una bocanada de sangre lo medio ahogó y luego le zumbaron los oídos a extremo de catástrofe universal. Y nada más. Es decir, nada más el vacío.

Pero algo debió seguir trabajando en el silencio de su cuerpo exangüe, porque, cuando abrió los ojos otra vez, sintió densa desolación en el aire y en la luz.

Sin padres, hermanos ni parientes, sin amistades. Sin un sacerdote que siquiera le diga: ¡Jesús!...

Un rayo de luna cortó de repente las tinieblas y la puerta se entreabrió. Una visita extraña: una bellísima gata encinta. Sus ojos de esmeralda ardiendo en una luz de marfil; sus bigotes de porcelana estirándose en un gesto casi humano.

José María va muy arriba. En vez de aterrorizarse, su corazón desborda gratitud:

—Miche... michito...

Abierta la cola en palmera, el animal da un salto a la calle.

—¡Bah! Ahora es él quien se asusta de mí. ¡Ave María Purísima del Refugio!...

Su macabra ironía se quiebra en el pitido largo, agudo, furiosamente melancólico del sereno.

"Me moriré como un perro. Vendrán a sacarme cuando algún transeúnte, al hedor de mi cuerpo descompuesto, vaya a dar parte a la Policía."

No. Aún no es hora. Todavía el sol le vuelve a ver la cara, entrando con dos sombras que casi se atropellan.

—No, señor; usted primero...

—Primero, usted...

—A usted le corresponde...

Los dos entran y, por un momento, se miran frente a frente. El cura ve muy por encima de su hombro al médico: desde las cumbres de la sabiduría infusa, privilegio de los elegidos. El médico mira al cura como algo infinitamente menor que un punto de su microscopio: la ciencia positiva, inaccesible a los ignorantes. Y la sotana y el sobretodo se hinchan, se hinchan, hasta reventar en una burbuja a flor de labios: la sonrisa aprendida en el Carreño.

—Comience usted...

—Si usted me lo permite...

La Ciencia se asoma por las pupilas dilatadas de unos párpados incoloros y acartonados, toma un pulso que no existe y, con la infinita suficiencia de sí misma, traza un gran gesto en el espacio: "¡Ya es tarde!"

Y tarde se le hace al cura que el sabio salga a seguir prodigando los dones de su saber.

—Don José María, ¿no quiere usted reconciliarse con Dios?

El cura sale desolado, porque el enfermo no da más señales de vida.

Y minutos después entra enfurecido, imprecando y amenazando, el padre Romero.

Entonces, el esqueleto forrado de una piel como bota de vino vacía y enjuta puede enderezarse. Se echa a los pies del sacerdote, crujiendo como canasto viejo. ¿Qué quiere? Besar la orla de la sotana, las manos burdas del ex-frutero, bañarlas de lágrimas. No protesta. Lejos de eso, presa de una inmensa compasión, se echa a los pies del hombre en quien acaba de verse como en un espejo. Ahora no se ha horrorizado, porque sabe ya que el horror es inhumano. ¿Quién leyó en los abismos del codicioso, ni del ladrón, ni del ebrio, ni del asesino?

El padre Romero sale frenético de impotencia y de humillación, a tiempo que entra el niño con el notario, con la leche y la semita. Como iluminado, de repente, José María lanza un grito:

—¡Bendita sea la misericordia del Señor! Escriba usted, señor escribano: "En el nombre de Dios Todopoderoso, criador del cielo y de la tierra... Yo, José María Valdivieso, de treinta y seis años de edad, hijo legítimo de... vecino de Cieneguilla... declaro que nací, viví y muero en el seno de Nuestra Santa Madre Iglesia, católica, apostólica y romana, y, delante de Dios, ante cuyo Supremo Tribunal tengo que comparecer, declaro que es mi última voluntad..."

—Tú, niño, sal y espera en la calle hasta que yo te llame.

Don Federico no acierta a escribir las palabras que José María le dicta. Y duda: ¿estará todavía en sus cabales?

Y José María, ya con las quijadas caídas y tiesas, articula apenas, ratificando su última voluntad:

—A él... todo..., es mi hijo...

Se queda con el tiempo inmedible. Rememora aún sus recaídas y tiene lágrimas todavía. Arraigó la idea de que el dolor, y sólo el dolor que quema el alma, llegará a dejarla limpia. A él se entrega con frenesí. Y como a medida que su vida se extingue sus penas aminoran, pide a Dios, como una suprema gracia, más dolor. Dios lo escucha. "Tengo que irme ahora y no hay quien me dé mi ropa."

No obstante que su laringe de cartón se obstina en negarle paso al aire y que sus labios se niegan a moverse, que el frío extraño agarrota sus brazos y sus piernas, comienza a sentirse pasmosamente sano. Sus oídos adquieren una acuidad extraordinaria. Por eso en la voz del que se detiene en su puerta reconoce al instante algo que le pertenece. Sí, algo muy suyo. ¿Qué se le ofrece? "¡Ah, eres tú! Lo siento. Llegaste tarde. Bien, favor de darme mi ropa. ¿Sabes que ahora emprendo un viaje?... Sí, largo, bastante largo..."

Podría vacilar entre su clavijero ambulante y Dionisio. Pero es su misma voz y son sus maneras de siempre. No cabe duda. ¡Pobre Dionisio! ¡Tan burdo como toda la vida! ¡Qué culpa tiene! Así nació, así se educó. Nunca le cupieron en la cabeza las reglas más elementales de la urbanidad. Por eso, casi se le ha echado encima. "¡Ay, hermano...! ¿qué?... ¡esperar!... ¡Bah, te saliste con la tuya!... ¡Sea por Dios!"

Pero Dionisio no está satisfecho. Haciendo una mueca de sayón, espumeantes los labios, se acerca a las orejas de granizo:

—Lo demás, miserable ladrón... ¿en dónde lo tienes escondido?...

Es un fogonazo de magnesio para dejarle a uno la negativa indeleble en el cerebro. ¡A la buena hora!

—¡Gracias, Señor, gracias!...

José María no puede discernir si el borbotón de injurias viene de la boca de su hermano o es un desbordamiento de su propia conciencia. Pero da lo mismo.

Con suprema alegría apura las heces de la vida. *Ego te absolvo a pecatis tuis*... En el silencio. En la paz, sus párpados de plomo son lámparas de Crokes para una luz tan intensa que sólo con los ojos cerrados se puede mirar. Como una pradera inmensa olorosa a tomillo, a tierra mojada. Como una paloma blanca que batiera sus alas de armiño. Como el bienestar inefable del viajero rendido que encontró de pronto muelle lecho donde descansar sus carnes magulladas y sus huesos rotos.

LOS OFIDIOS

I

La tienda abrió sus ojos, se miró y se remiró como muchacha bonita que acaba de salir del baño. Sus muros frescos, su mostrador encerado, sus duelas aceitadas y la saliente advertencia de manta: "No se pinte."

—Sí, está bien —observó un viejo vecino entrando el primero—; pero aquí es costumbre poner música.

Dos pistones, un trombón y la indispensable batería la hicieron de *Tanglefoot*.

—Un vermouth con soda —pidió el primer cliente.

—No es cantina —respondió la tienda, casi ofendida.

—Eso no está bien —habló el viejo—, porque aquí se acostumbra que en los estanquillos haya desde un clavo hasta una locomotora.

—¿Estanquillo? —la tienda se ruborizó; pero el instinto de conservación, más poderoso que la vanidad, anotó en la pizarra: "Vinos y licores."

Con la matiné de rebuznos de latón y tamborazos, la barriada comenzó a rendir el pulso de sus posibilidades. A tal punto, que a las diecisiete no quedaba negrito en la pizarra para anotar más faltas. Cuestión de dos o tres mil pesos no más. Porque es claro que, si compra uno por mayor, mayores serán las ganancias.

El balance de la primera noche arrojó un saldo deudor de veinte pesos, multa por la música sin licencia.

—Es lo de menos —dijo el viejo, gratuito consejero—; siempre fueron los mejores generales los que comenzaron perdiendo las mejores batallas.

Al otro día, la tienda amaneció como payaso de feria: licencia del Ayuntamiento, licencia del Gobierno del Distrito, boleta del Timbre, tarjeta de salud, *income tax*, etc., etc., etc.

Un cliente quiere una caja de cigarros.

—Muy buenos. Ahora enséñeme usted su licencia de tabacos.

—Escoja lo que guste de esa colección —responde la tienda con soberano desdén.

—¡Admirable! Pero la especial de tabacos no está aquí.

—¿Especial de tabacos?... Yo qué voy a saber...

—Tan bien lo va a saber que no se le olvidará en su vida, porque ahora le decomiso todo su cigarro, a reserva de la multa correspondiente.

Y antes de que la tienda salga de su estupor entra un desconocido ofreciendo arreglar la infracción, sólo por veinticinco pesos.

—¿Y se me devuelve mi cigarro? ...

—¡Todo absolutamente!

—Lo han estafado —observa el viejo, testigo de las dos operaciones—. Ha dado usted dinero a gente que no conoce.

Los ojos de la tienda son del tamaño de sus puertas. Pero falta algo mejor. Decomisación de vinos y licores, de grasas y jabones, de conservas alimenticias, de pan, de botella cerrada. Para la venta de cada artículo se necesita licencia especial.

—¿Pero en dónde diablos existen todas esas leyes para poder uno encontrarlas? —exclama la tienda, desfallecida de bien purgada.

—Hay una biblioteca de tratados donde todo esto viene muy bien explicado: los artículos de la Ley y la manera de cumplir con ellos. Sólo que, como la Ley cambia cada semana, se necesita consagrar la mitad de la vida al estudio de las reformas de la Ley y todo el presupuesto a la compra de la biblioteca del perfecto observante de la Ley. Y no basta: hay que contar con el factor personal. La opinión de dos empleados, interpretando la Ley, es igual a la opinión de dos médicos con un enfermo.

El viejo muestra la sonrisa cruel de sus cuatro dientes solitarios.

—¡Las multas, hija, las multas! Nada; que todos tenemos nuestra maquinita de robar, que no salimos todavía de la etapa de "la bolsa o la vida". Conténtese con que no le haya tocado la de encontrárselos en despoblado. ¡Y todavía quién sabe!

El vejete reaccionario no termina su cantinela lírica, cuando entra el último *mordelón*. Busca ansioso y en vano. Descorazonado, porque sus colegas le tomaron la delantera, ya se dispone a marcharse, cuando de pronto algo mira que hace brillar intensamente sus ojos.

—¿Y eso? ...

—Un bote abollado de hoja de lata para regar la calle.

—Eso es una medida de gasolina.

—Lo que haya sido poco me importa a mí.

—A mí tampoco, pero siendo medida de gasolina y no teniendo usted licencia especial para venderla, levanto la infracción.

—Ahora sólo le falta pagar las multas, hija. Habrá, por tanto, que cerrar o poner un dependiente, porque para pagar y conseguir todas las licencias necesarias tendrá que hacer colas por las ventanillas, hasta que a los dioses de petate, tonantes detrás de ellas, se les pegue la gana de hacerle caso —previa *untada* de mano.

—Y espérese todavía; que ya inventaron un aparato para esterilizar la atmósfera y vender el aire por metros cúbicos. Pero no tenga cuidado; yo le compro toda la mercancía con descuento de cincuenta por ciento y la garantizo con las propias existencias.

No hubo necesidad de tanto. El Gobierno se encargó también de liquidar el negocio. Embargo de la mercancía por no poder pagar doscientos pesos de multa.

—¿Doscientos pesos?

—Por una estampilla falsificada que se encontró en la boleta —dijo olímpico el fiscal.

—Timbre que se vendió en la misma oficina central.

—El Fisco nunca se equivoca, ni pierde tampoco nunca.

O, lo que es igual, la estafa de uno de sus empleados le convierte al Fisco los centavos en pesos y los tostones en centenarios. Y ¡viva México!

—Tal es la historia de mi tienda —dijo Dionisio—. Y todavía me dan ganas de arrancarme los cabellos.

—Pues si no le sirve la lección, péguese mejor un tiro —le respondió la Generala, apresurando el paso, porque un pelantrín se les pegaba.

Les servía de guía el parpadeo de la caseta del guarda fiscal, porque las estrellas estaban despiertas todavía. Una hilachera se removió sobre el cemento, bajo las techumbres de cinc de las bodegas.

—Es preciso —dijo ella— que se fije mucho en el desembarque, porque ahí deben comenzar las raterías y los fraudes. Yo no sé qué le ven a usted en la cara, que a todo el mundo le gusta para morderlo. Y ha de ser precisamente lo contrario o... nos hundimos...

Los trenes pulqueros se deshilaban uno a uno de la madeja de góndolas, jaulas de ganado, carros de carga, plataformas, coches de pasajeros y máquinas muertas, llenando, con sus respiraciones de monstruos ahítos y su bramar desvaído, los patios de Nonoalco.

—¡Cuánto dinero! —habló tras ellos el desconocido con voz ronca y aguardentosa—. Carranza se propuso acabar con el pulque y jamás lo consiguió. Ni el Consejo Superior de Salubridad, la niña de mis ojos, ¡cómo no! ... Sabios debidamente gratificados opinan que el pulque puede hacer daño o puede no lo hacer.

134

La Generala hizo un gesto de impaciencia, tiró del brazo de Dionisio, apresurando el paso, para alejar al impertinente.

La turba mugrienta comenzaba ya a desperezarse; estiráronse brazos de bronce, irguiéronse cabezas enmarañadas; otras, con las cachuchas incrustadas. Después, poco a poco, en grupos, se desperdigaron rumbo a la doble fila de carromatos, autocamiones, grandes carros de carga tirados por potentes troncos, paralelamente a la vía, donde se iban engarzando los trenes de pulque. Y se escuchaba el retumbo fragoroso de más carros por el empedrado de Santiago Tlaltelolco.

—¡Qué pena y qué vergüenza... o desvergüenza —gangoreó de nuevo el desconocido borrachín, dándoles alcance— que estos mismos que me despacharon a mudar temperamento a las Islas Marías, dizque por envenenador público —una inocente horchata de semillas de cáñamo—, sean los que exploten el embrutecimiento ideal de nuestra raza. ¡La Redención del Indio! ¡La regeneración de la Raza!... Pero que no se toque nuestra cosecha o se ponga en peligro nuestra sacratísima personalidad, porque entonces despachamos al diablo la literatura y a nuestro hermano el Indio le enviamos una flotilla de aeroplanos y ametralladoras, y a nuestros otros hermanos, a los sótanos de la Inspección de Policía o a las Islas Marías...

Exasperada, la Generala se detuvo, y volvió su rostro encendido en direcciones opuestas.

—Es inútil, señora —dijo el ebrio con cínica cortesía—; los señores *técnicos* tienen buen dormir.

Dionisio se volvió con ánimo agresivo. Pero la luz de un foco pegó de lleno en la cara del pelantrín en ese mismo instante.

—¡Benito!... ¡Mi paisano Benito!...

—No más que quería tantearte, hermano...

—Pero ¿en estas trazas?...

—Un año en las Islas Marías, porque "doña Juanita" no encuentra todavía madrina. ¡Mi enorme delito, cuate!... ¡Por vida de...! —con perdón de la señorita...—, Nicho, tú sabes que soy persona decente..., pero cuando en un pueblo son los pillos los que dan lecciones de moral. En resumen, paisano, necesito cincuenta centavos para desayunarme.

Hondamente conmovido, Dionisio puso una moneda de oro en las manos de Benito que, de tanto gusto, olvidó hasta el despedirse, y corrió hacia uno de los puestos donde vaporizaban la barbacoa y el café con aguardiente, de cada lado del portón de la Aduana de Santiago.

—Es un tarambana —dijo Benito—; pero muy buena gente de veras. Un día me estafó quinientos pesos, pero otro día se quitó la camisa y me la dio. Cuando supo que yo había amanecido sin un centavo para el desayuno de mi mujer y de mis hijos. Entonces ya no me quedaba qué llevar al montepío ni al baratillo. No me decidía a pedir prestado. Mis amigos y mis paisanos me huían como al cólera. Hablamos mucho mi mujer y yo: no había más esperanzas qué las del tío Vicentito y de Teodomiro, que tantos favores nos debe. Pero el viejo, todo fue comenzar a cantarle el miserere, y él a torcer el hocico en un gesto más reseco que su alma. Consejos, muchos consejos. ¡Dejaría de ser de mi familia! Me fui a ver a Teodomiro y lo encontré contando su decena. Materialmente no pudo negarme cinco pesos; pero ¡qué cara, señor, qué cara! Como si yo no le hubiese gorreado casa, alimentos y hasta ropa cuando se quedó sin empleo. Lo mejor quedó para el otro día. Nadie se levantaba, cuando echaban la puerta abajo. Asustado, salí en paños menores. "¿Qué te pasa, amigo Teodomiro? ¿Tú tan de mañana por acá?" "Dispensa, Nicho, pero como me ofreciste que ahora mismo me devolverías los cinco pesos..." Una escena bochornosa de veras. Pero cuando él tuvo los tres únicos pesos que me quedaban, en sus manos, le relampaguearon los ojos de gusto y salió prometiéndome volver por sus dos pesos al siguiente día y aconsejándome más ponderación en mis maneras. "¿Y ahora qué nos vamos a desayunar, Conchita?..." ¡La muina!...

—Vé con el paisano Benito, es hombre de buen corazón. Cuando estuviste en cama, un día que amanecimos sin un centavo él me prestó veinte reales.

Me comí una sonrisa más amarga que el acíbar. Me acordé del negocio de las drogas heroicas. Pero un perdido a todas va.

—Nada pierdes —insistió Conchita—, él cuando menos no te hará un mal modo como ese meco de Teodomiro.

Yo acababa de acordarme del doctor Romero, mi paisano, condiscípulo de escuela, a quien jamás había pedido ningún favor. Es de los médicos de más fama y tiene su consultorio por Madero. Cuando entré en la sala de espera, no llegaban todavía los clientes. "¡Magnífico! —pensé—. Voy a ser el primero." Tomé asiento al mismo tiempo que vi una motocicleta en un rincón. Dirá usted que soy loco; pero yo no puedo ver una motocicleta sin pensar en un hombre grosero, egoísta, fatuo, incapaz de hacerle un servicio ni a Dios ni al Diablo.

—Adelante, caballero...

136

La puerta de su despacho se abrió como para desmentir mis sospechas.

—¡Qué caballero, ni qué caballero! Soy Nicho, el Coyote de Cieneguilla. ¿No te acuerdas, pues, de mí, Monchito?

Como que le chocó el apelativo, los alacranes se le arriscaron; pero me dio una palmadita en un hombro y un apretoncito de manos casi femenino. "Demasiado persona decente para hacerle favor alguno ni a Dios ni al Diablo." Volví a mirar la motocicleta y ni siquiera le dije más. Le tembló de nuevo su bigotito encerado; pero ahora de gusto y agradecimiento por la brevísima e inútil visita de su condiscípulo.

Y dije: "Ahora vamos con Benito", como si hubiera dicho: "¡Ahora vamos con el demonio!" Dos "planillas" menos; más bien dicho, la última. Lo que me significaba una caminata a pie desde las Trancas de Guerrero hasta las calles del Aluminio. Bien. La botica de Benito era algo más que una botica y algo menos que una botica. Frascos de barro engretado de Guanajuato, carbonato de magnesia y sal inglesa, una botella de tequila y una baraja. Además, cinco pesos disponibles para taparle el hocico al *morde-lón*. Con los ojos abotagados de lumbre, la barriga sobre el mostrador, Benito me reconoció con dos insolencias y un abrazo despanzurrante. "¡Ahora te quedas a tomar la copa conmigo, Nicho. Me acabo de sacar cincuenta pesos en La Nacional!"

—¡Bendita seas, Conchita, y bendita la hora en que te conocí, Benito! Ésos son los amigos.

—Paisano —me dijo—, llévate esos veinticinco pesos que me quedan todavía. Tu familia tiene hambre. Hoy por ti, mañana por mí.

Salí arrastrándome y hasta el anochecer di con mi casa; pero con los veinticinco pesos cabalitos en la bolsa. ¡Qué injusta es la vida! Benito es un buen hombre y el Gobierno lo ha convertido en el golfo más infeliz. ¿Por qué son tan tiranos? Tienen unas leyes que no puedo explicarme.

—Ni yo tampoco, son gente muy difícil —respondió la Generala—. Cuando estuvimos en Eagle Pass, tuve la idea de hacer el negocio de la marihuana en gran escala y en la debida forma, como ahora vamos a hacer el del pulque. Mi marido tenía un magnífico empleo en la Aduana, ¡imagínese! Pero nunca pude convencer a los de arriba. Hay momentos en que esa gente tiene la cabeza de piedra. ¿No han reglamentado ya y cobran impuestos por el pulque, el vino, el juego, los burdeles...? Pero no les hable usted de la "Juanita" de la "coca"... ¡Jesús!... ¡La Moral!...

¡La regeneración de la Raza!... ¡Ja, ja, ja!... ¡Cuánta razón, de veras, tiene su amigo!

De furgones hediondos a estiércol en fermentación, hombres sucios y descalzos bajaban enormes barricas de pulque que, al caer, hacían bambolear los carros. Se estremecían las mulas y las maderas y los herrajes crujían. Un barril fue rodado hasta la caseta del fiscal. Se le ajustó una llave de madera, y un piojoso fue el primero en recibir entre sus gruesos belfos el chorro blanquecino y glutinoso. Luego la multitud se aglomeró en fraternal ágape: humildes mecapaleros, gendarmes, empleados de la estación y hasta algún señor pulquero de automóvil a la puerta.

Dionisio y la Generala se entregaron a sus investigaciones hasta que el sol comenzó a brillar oblicuamente en los pretiles.

Cuando regresaron en el auto flamante de la Generala, rumbo a La Noche Buena, ella le dijo:

—No pagar un centavo de renta. No se le olvide. Entreténgalos hasta que se le pongan materialmente imposibles. Entonces me manda y yo sabré divertirlos, por un año cuando menos, de comisaría en comisaría y de juzgado en juzgado.

—Un poco duro...

—Usted mirando montañas y precipicios como toda la vida. ¡Lástima de hombre!... Mire, no me ponga esa carota: el negocio nos dará más tarde, no digo para pagar renta, contribuciones, multas y *mordelones*, sino hasta para morirnos muy arrepentidos de nuestros pecados y en gracia de Dios...

Resopló el auto y no fueron a parar sino hasta las puertas de La Noche Buena. Allí la Generala dejó a Dionisio pensativo y perplejo unos instantes. Pero luego el barullo de la pulquería se lo tragó.

II

Cuando Dionisio regresó de Cieneguilla con los bolsillos apretados de dinero y un volcán en la cabeza, tuvo un calosfrío de terror retrospectivo que provocó una autoconsulta inmediata y urgente.

"Sí, tienes razón en espantarte —le respondió el otro Dionisio, el borrachín experimentado por todas las flaquezas y felonías de la vida—. Con sus cuatro cabezas, Ayuntamiento, Gobierno del Distrito, Timbre y Consejo Superior de Salubridad, y con sus novísimos procedimientos de fiscalización individual (Libertad, Igualdad y Fraternidad, o Salud y Revolución Social; bandera tricolor o rojinegra), el Gobierno tiene su ordeña de comerciantes, agricultores, mineros, petroleros, profesionistas, industriales y demás *fuerzas vivas* del país, y les exprime hasta la última gota en su tonel sin fondo que comienza en el remozado palacio de Cortés y no se acaba en el último tugurio de la República o 'agencia de contribuciones'.

"Muy bien —respondió el Dionisio dueño de treinta mil pesos oro nacional—; de toda esa literatura saco en limpio que si hay despojados hay despojos, o lo que es lo mismo, que en la cruel disyuntiva tendré que decidirme por el odioso papel del lobo. Yo sé bien que si, en vez de haberme venido a México con un canasto de quesos en cada mano, entro con un fusil en las dos, a estas horas no sería precisamente el dueño de todo el algodón, de todo el arroz, de todo el garbanzo de México, por ejemplo; pero cuando menos sí de alguna hacienda no despreciable. ¡Lástima que me falte el espíritu militar! Pero trasunto otros caminos buenos también. Dicen que en México sólo los políticos y los rateros están exentos de contribuciones. Y José María me dijo un día: 'Si quieres hacer dinero pronto, arrímate a quienes lo sepan hacer pronto; hazte ladrón o métete al Gobierno, que es lo mismo'."

Dionisio tenía muy olvidado tan sabio consejo; pero se lo recordó el Chirino, estafador de profesión, asesino en casos de absoluta necesidad, como cuando, por ejemplo, se interpone un tonto entre *el Santo Niño* y la caja fuerte. Caso concreto: el asalto a una casa bancaria por Isabel la Católica, a las tres de la tarde. En la intimidad de La Noche Buena, se cantó la epopeya y se rumoraron detalles cuando se habían apagado ya las luces. Benito, el Homero del Chirino, dijo:

—¡Un bravo muchacho! No es profesional, pero cuando se necesita... Tiene golpes maestros.

—¿Y se había dado ya *las tres*? —preguntó el incorregible ingenuo Dionisio.

—No te prueba jamás el vino, Nicho: cuanto y menos oler la yerba siquiera.

Dionisio acabó de cerrar la pulquería y se fue a su casa chinito de frío: ¡un hombre que roba y mata sin haberse puesto *grifo*! Desde ese día el Chirino le causaba la aversión más invencible. Sin embargo, por empeño de Benito, tuvieron que hacerse amigos:

—Un carácter, paisano; no tiene más defecto que ser un poco beato y no probarte jamás el vino.

El Chirino tendió su mano como hilacha. Con su cara de serafín y su voz aguda y estridente que mejor lo acreditara como tránsfuga de algún coro de catedral que como uno de nuestros futuros hombres de estado, daba la sensación de un cristal que se rompe.

—Un carácter —insistió Benito con terquedad—. Debes saber, Dionisio, que el carácter es nuestro cuervo nácar. Con los dedos te lo cuento: la mitad del lado del Gobierno en los puestos más encumbrados. . .

—¡Jem! —gruñó don Chole.

—¿Decía usted, don Chole?

—No. . . siga. . . siga usted. . .; pero me imagino que la mata revolucionaria nos resultó mata de calabazas.

—Calabacillas locas —comentó el Chirino con aguda risilla.

—¡Pero qué corteza! . . .

—Un género nuevo, amigo Benito: la calabaza-acorazado —repuso don Chole, y su risa fue hueca y huera.

El Chirino escupió al sesgo.

—La otra mitad está acá —reanudó Benito echando un brazo a la espalda del Chirino.

—Sólo que entre ellos y ustedes hay una diferencia radical. Ellos son traidores a su educación, a su medio y a su origen; pero traicionan también a los que los han llevado al poder. ¡La Constitución! Los últimos defensores de la Constitución son ustedes.

Don Chole acabó con otro jem que hizo asomar a los labios de Benito una sonrisa conmiserativa.

Dionisio, vagamente inquieto por el "ustedes", dilataba sus pupilas más por incomprensión que por admiración.

—La razzia que el Gobierno ha hecho con los nuestros —dijo el Chirino animándose de pronto— es una infamia. Somos hermanos. Nunca les hemos estorbado y cuando nos han necesitado siempre hemos estado con ellos. Su panino está en nuestro gremio: en los casos apurados siempre acudieron a nosotros.

Por enésima vez don Chole hizo jem y contrajo la frente. Era su tic. El gesto de repugnancia de Dionisio se hizo tan ostensible que el Chirino lo advirtió:

—¡Tranquilícese! —le dijo—. Sí; usted también es de los nuestros. De otra suerte, no hablaríamos aquí. Usted comienza por ser un puente, por decirlo así. Conozco a la Generala, aunque ella no me conoce. Es necesario que me presente. Me puede ser muy útil para mi próxima campaña electoral.

Como siempre que los *principios* de don Chole sufrían un rudo choque, le atacaba un acceso de tos asmática y salvadora. Las palabras se rompían, las frases se ahogaban incompletas, in-

inteligibles, en la tormenta de sus oídos y en el fracaso de sus pulmones averiados.

—Todos los asesinatos que se están perpetrando en los sótanos de la Inspección de Policía, todas las deportaciones en masa de los nuestros a las Islas Marías, son algo más que actos de opresión y represión. En el fondo se esconde una contienda política, una lucha social. Como en los tiempos del general Díaz: ¡carro completo! ¿Entienden ustedes?

—Lucha, naturalmente, entre ustedes y la policía, ¿no es así? —inquirió el candoroso de Dionisio.

—No ustedes, nosotros —tronó el Chirino.

Su voz resonó como moneda falsa; sus ojos azules ardieron como azufre.

—Nosotros representamos al ciudadano mexicano en el goce íntegro de los derechos que nuestra Constitución le otorga. Somos los guardianes últimos de la Libertad y de la misma dignidad humana. ¡Don Porfirio! ¡Victoriano Huerta! ¡Dictadores de barro de Tlaquepaque! Usted no puede satisfacer la más elemental de sus necesidades físicas sin el visto bueno del Consejo Superior de Salubridad; usted no puede tener luz en su casa sin autorización escrita del Gobierno; usted no puede obtener trabajo si no se sindicaliza, si no se deja castrar previamente por la mano del gran Cebador. ¡Nuestras libertades! Ganado, hatajo, piara, rebaño, manada. Monstruoso, ¿verdad? "Artículo Cuarto: A ninguna persona podrá impedirse que se dedique a la profesión, industria, comercio o trabajo que le acomode..." Y el ciudadano mexicano se ha quedado con el solo derecho de pegarse un tiro y de morirse luego luego, porque si no se muere se lo llevan a la Penitenciaría. ¡Ja, ja, ja! La libertad de trabajo existe porque existimos nosotros. Los únicos que no necesitamos licencia para ejercer la profesión. Para nosotros no hay impuestos, multas, *mordelones*, sindicatos...

Dionisio lo interrumpió con el aplauso más fervoroso.

—¡Chist!...

—Es que hasta ahora comprendo por qué dice usted *nosotros*.

—El Chirino —dijo modestamente el boticario— destripó de segundo año de Leyes. Fuimos compañeros en las Islas Marías y a él le debo la poca cultura que tengo.

—Pues bien, la ley y los magistrados existen porque existimos nosotros —prosiguió el Chirino, casi disgustado por las interrupciones de sus admiradores—. Extinguir nuestro mundo sería igual a determinar una crisis tremenda, automáticamente desaparecerían muchas instituciones que cuentan con millares de empleados. ¿Comprenden ahora la solemne tontería de esta persecución? Puros celos y envidias. Nos temen. Nos admiran, además. Y a nadie le gusta que le hagan sombra. Ahí está todo el secreto del asesinato de Pancho Villa. Inconscientes, pierden los bártulos: no soportan el aire de las alturas.

Sólo que, antes de conocer la opinión del Chirino y antes de tener conciencia plena de *su negocio*, Dionisio, guiado no más que por su poderosa intuición, resolvió su problema: "Pongo todo mi haber en la carta del Infierno. ¡Corra! . . ."

Y fue su intuición la que lo puso en el camino. Porque él, que jamás habría dejado su categoría de bagre en el raudal de la codicia metropolitana, buscó el arrimo de un tiburón que lo convirtiera en lagarto. Mejor dicho, de una tiburona. Si alguien le pregunta por qué se asoció con la Generala, responderá convencido y convincente: "Porque sí." Y con la Generala comienza una nueva vida, en contraste tan filoso como una *gillete*. Holgura, satisfacciones múltiples. "Ayer, ensayos, fracasos, hambres, bochornos, el dolor y la muerte misma en casa (todo al amparo de la Divina Providencia); ahora, buena comida, vinos importados, cine noche a noche, y el Buick que nos llega la semana que entra, Conchita (todo al amparo de la Ciencia.

Así, con mayúscula, para evitarse uno el bochorno de las explicaciones. Un imbécil cambia de situación social y económica y se siente al instante espíritu superior; abandona, entre otras, su religión hereditaria, por ejemplo. Es un espíritu fuerte. Sólo que desplomado en el abismo de su propia imbecilidad. El horror de su vacío lo hace entonces teósofo, espiritista, protestante, lo que esté más de moda. Y eso le da carácter. "Mi credo filosófico", dirá, hinchado como globo de papel de estraza. Sólo que el vacío que Dios dejó, expulsado del corazón de Dionisio, vino a llenarse con otro vacío a quien él llamó: La Ciencia. Dionisio, sin capataz, tiene miedo e implora gracia al cielo. Júpiter le arrojó un zoquete a su charca y Dionisio, exuberante, clamó: ¡La Ciencia! Sumar, restar, multiplicar. Listas, libro de correspondencia, libro de cheques, contabilidad general. Después la Ciencia se perfecciona con recortes de todas las panaceas anunciadas en los periódicos. Sigue un botiquín homeopático. Y ascendiendo de escalón en escalón, pasa de las píldoras de Ross a las inyecciones de glándulas de chivo. "¡Como quien dice nada, Conchita! ¡La vida en nuestras propias manos! Porque si el dinero no sirve para esto —como dice la Generala—, lástima del trabajo de ganarlo."

Pero Conchita no está de acuerdo con las nuevas doctrinas. Se aprieta las manos y eleva sus ojos al cielo:

—¡Dionisio, me das miedo! No vas a misa, no rezas tus oraciones, y ya ni te persignas siquiera.

Dionisio mete entonces a Conchita bajo la aplanadora de La Noche Buena, Pulques Finos y Curados:

—Desde que la llave del dinero está en manos de la Ciencia, hija, Dios tiene cerrado su banco. Con rezos, ya sabes adónde hemos llegado; con la Ciencia, tienes el dinero que me pidas.

—Me da horror oírte hablar así.

—¡Perdónalos, Señor! Tienen ojos y no ven, tienen oídos y no oyen.

Dionisio sacude fuertemente un bolsillo de su chaleco y el retintín de las monedas de oro acaricia sus oídos.

Pero su mujer se queda helada.

Y bien, todo es mentira. Si durante el día Dinoisio se ahoga en el bullicio de La Noche Buena, apenas pone la cabeza en la almohada comienza una danza maldita. Entonces es urgente un anís o un aguardiente. Noche sin alcohol, noche de tormentos. Procesión de ojos acusadores: los del hombre misterioso del camión encontrados de tarde en tarde (y su sonrisa inescrutable); las dos llamitas inextinguibles en las cuencas de una calavera, "¡mi hermano José María!"; los ojos de la Generala perforantes como un sacabocado, "¡maldita sea la hora en que yo te conocí!"; los dulcemente cerrados de María Cristina, alabastro yacente en una mesa de anfiteatro. ¿Miedo al infierno?

—No, son los puros nervios —opinó la Generala haciendo prodigios de continencia para no arrojarlo a puntapiés de su casa.

"¿Es posible que este lloricón sea el coloso que yo me imaginé y que he elegido como socio?"

Ciertamente, que el día que la Generala lo conoció le fue tan interesante como cualquiera de las burbujas de su champaña. ¿Supo siquiera quién se lo presentó ni cuándo? Tampoco le hizo mucha falta saberlo para comenzar su obra inconsciente. "No fueron sus palabras —ha dicho Dionisio en un arranque de espontaneidad exasperante—, fueron sus ojos extraños los que me hicieron obedecerla, los que me obligan a hacer lo que le da su gana." En efecto. Por lo rudo, por lo recio, por lo brusco, la primera impresión tenía que ser de dolor físico, de repugnancia invencible. Con su cabellos cortados a la moda, cerdas de cepillo, sus ojos de kohol, el carmín de su boca en vertedera, sus pupilas como brasas en rescoldo, propiamente era un esquimal de tifo en su cenit, autoinsulto de Indio Verde de bronce y líneas chatas. Pero en lo primero que reparó Dionisio fue en su suéter charlestón y en la profusión de oro, dublé y vidritos de colores. Cuando sospechó la verdad en el brillo ofidio de sus pupilas, era tarde para correr. ¿Por qué? Una de tantas interrogaciones de esas que nos constriñen con sus cuerpos de boas y que dejamos siempre sin respuesta. Esa primera vez, cuando el baile y los anises comenzaron a acabar de desnudar a las hetairas y a los de corbata blanca y smoking a desnudarse el cerebro y el corazón, se sentían náuseas, asco invencible: cuando menos horror.

Dionisio, no por perversión sino por simple espíritu de simio, cantó lo suyo. Y como su vida estaba llena de sombras, la Generala quiso aclarársela con un poco de champaña.

—Pero si el niño se obstina en llorar, entonces que mejor lo lleven a su cuna.

Sordo de remate, sordo a todas las voces, a todas las risas, Dionisio apuró el vino.

Fusión de planos en uno solo, turbio de abejorros borrachos de carne y de alcohol, donde sólo su voz alumbra: "...una manchita quemada en el cuello y ¡nada más!... ¡Su cuello tan blanco, tan blanco!... ¡Horrible, señora, verdaderamente horrible! Pero juré vengarla. Y está vengada. Oh, no se asuste usted, el verdadero asesino fue el otro... Sí, su propio tío. Debió haber sido en una casa como ésta, en una reunión como ésta... ¡Mi María Cristina!..."

—Prefiero el bataclán a las tragedias del Hidalgo —lo interrumpió la Generala.

Inútilmente.

"...sí, fue José María... Y yo mismo no sé cómo decirlo Creo que llegué en la noche, o era esta misma noche que traigo acá dentro desde entonces. ¿Terrible, verdad? Lo cierto es que no me explico todavía cómo pude... ¡yo mismo! Creo que entré en su cuarto. Sí, eso: una calavera con dos llamitas en sus cuencas y las sábanas blancas, muy blancas en la noche: ¡nada más! ¡Espantoso! Le juro que yo mismo no sé... Es decir, él me respondió algo. Pero yo bebía, bebía y fumaba desde entonces."

La Generala había dejado bruscamente de reír. Sus ojos de taladro patinaban en las pupilas de vidrio del ebrio.

"... juro ante Dios y ante los hombres que soy inocente. No sé lo que hice, ni cómo lo hice. ¡Mi propio hermano!... ¡Me miró con aquellos ojos! ¿Es usted capaz, señora, de imaginarse los ojos vivos de un muerto?... Odio los ojos: los de él, los del otro, los de usted... sí, he dicho los de usted. Si yo pudiera se los arrancaría como a una víbora. Deje usted de mirarme así; me hace un daño atroz. Yo soy persona decente; pertenezco a una de las familias más honorables de mi tierra. ¡Cuidado con juzgarme! Se lo prohibo a usted y al universo. Ponga su mano sobre mi corazón: ¿verdad que si le hice algún daño, Dios me lo perdonará porque él sabe que yo estaba fuera de mí?... Creo que me eché sobre él y le arranqué una taleguita del pescuezo. Sí, le juro que así fue. Y parece que quiso defenderse. Una lucha terriblemente ridícula, ¿comprende?... ¡Ja, ja, ja!... Estoy seguro de que le derribé de la cama y de que allí mismo se estiró... ¡Ja, ja, ja!..."

—¿...?

—Sepa usted, señora, que en asuntos de mi vida privada no tolero...

—Es que yo lo encuentro sencillamente admirable.

—¿A quién le he dado yo derecho de...?

—Era su hermano..., usted el legítimo heredero...

La Generala hablaba con voz firme, con la audacia de las ocasiones únicas. Y el efecto fue inmediato:

—¡Ah, entonces usted lo ha comprendido todo?... ¿Usted me absuelve también?

—Usted sólo exigía su derecho.

—Sí, señora, y sólo en estado de... así como yo iba... pude haberlo exigido en esa forma... ¡Gracias, Dios mío!... Yo daré una buena limosna a la Iglesia. Se dirán muchas misas y se rezarán muchos responsos...

El gesto desabrido de la Generala chocó con un rictus de angustiosa gratitud de Dionisio.

Luego vino el acetato de amoniaco y el agua fría. A renglón seguido se planteó el negocio de La Noche Buena.

Dionisio irguió, alarmado, su joroba de tanteos, experimentos y fracasos. Una muralla inaccesible.

—Garantizo ganancia líquida de cincuenta pesos diarios.

Relampagueante, Dionisio paró el golpe:

—¿Y para impuestos, multas, inspectores y demás *mordelones*?

—Corren de mi cuenta.

Al gesto de estupefacción de Dionisio, la Generala respondió cogiéndolo de un brazo:

—Aún no lo presento con mis amistades. Acompáñeme.

Diputados, munícipes, militares de alta graduación, jefes de las Secretarías de Estado, miembros prominentes del Consejo Superior de Salubridad.

—Aporto veinte mil pesos al negocio —resolvió Dionisio, con una tempestad en la cabeza.

La Generala era un volcán cerrado y sin base de sustentación (el General, un inválido de cuerpo y alma, no por las balas, sino por el alcohol y la avería). Dionisio, fuerza pasiva, enorme como la base de un volcán. No les faltaba, pues, más que encontrarse para completarse.

Pero ahora que el coloso que desvalijó a su propio hermano en el lecho de muerte se quitaba la máscara, la Generala se fue de espaldas. ¡Un lloricón vulgar!

Sin embargo, había un argumento poderoso que lo defendía: las pingües utilidades de La Noche Buena.

"No, no es un pelele. Lo que le falta es carácter, y ése yo se lo daré."

—Son los nervios, don Dionisio. Consulte con un neurólogo para que lo inyecte. Fíjese, tenemos que trabajar duro, porque si cuando Calles suelte la silla no nos hemos juntado con medio millón de pesos siquiera, en premio a su atolondramiento, le pongo una bala entre las cejas. ¡Así, como se lo digo!

¡Los malditos ojos de ofidio! ¡Cómo le brillan a veces!

Por lo demás, el cañonazo de medio millón de pesos no le dejó oír apenas la amenaza.

III

—Sebastián está malo, Dionisio. Hoy desgarró sangre.

—Que no sea tanto, Conchita. Para exagerar, las mujeres. ¿Ya le registraste bien las encías? Ha de ser catarro constipado, no te alarmes.

—Es la tercera vez que le sucede; pero esa pulquería de mis pecados no te deja hacernos caso, Dionisio.

—¡Maldita pulquería, verdad! Y dime, hija, ¿cuánto dinero has pedido que esa pulquería de mis pecados no te haya dado?

—No necesitamos dinero; pero mis hijos quieren padre y yo esposo.

—Nunca me hablaste en ese tono y lo siento mucho de veras, porque con tus recriminaciones todo lo echarás a perder. Vamos, pues, ahí están esos veinte pesos para que Sebastián vaya a ver a un médico.

Y tarde se le hizo salir de su casa.

Obsesionado por el brillo sulfuroso e inextinguible de las pupilas de sus muertos y de sus vivos, se retraía al turbio ambiente del pulque y, de las ocho de la noche en adelante, al del anís. Felicidad en tono menor, aclarada de tarde en tarde, allá como por travesura —y que no lo sepa la Generala—, por la llama cárdena de un cigarro de marihuana, que generalmente se apaga en escándalo, comisaría y cincuenta pesos de multa. Pero pulque, *yerba* y dinero lo circundan de una aureola de popularidad en la simpática barriada. Surge su nombre: "El Marihuano de La Noche Buena." Y su fama traspasa los umbrales del bravo Tepito, el día que, descalzo, sin sombrero, vidriosos los ojos, erectos los cabellos, irrumpe en la Comisaría:

—Vengo a entregarme a la Justicia. Yo mero fui ese que estrelló su camión contra un tren de "La Rosa". Sí, señor comisario, un crimen horrible: seis pasajeros muertos y mi pobre chafirete... Permítame explicarle... yo llevaba el volante, bueno... mi chafirete... ¡oh, un montón de astillas, de carne, de sesos...!

El comisario, que se pasa de listo, a las primeras no se dignó suspender la lectura de su Pardaillán; pero la insistencia de Dionisio hace que atienda a la trágica relación. Astuto, pide la lista de partes, se comunica con la Inspección General.

—No es chofer ni tiene ningún camión. Lo conozco de vista: le dicen "El Marihuano de La Noche Buena".

—Por ahí debíamos haber comenzado, señor escribiente.

Todas las insolencias con C mayúscula, cincuenta pesos de multa y a reanudar el importantísimo capítulo de los Pardaillán.

Nadie se arrepiente de lo que no ha hecho. Dionisio supo que en la Comisaría le arrancaron cincuenta pesos; pero no el porqué. Sin embargo, ello existe y tan bien arraigado, que algunos meses más tarde surgirá del bajo fondo, no en las nebulosidades de la embriaguez, sino a la frígida claridad de una *cruda*.

Ocurrió una mañana dominical de alegría rojinegra.

Para que mejor se sintiera la existencia de la CROM —racimos bamboleantes, aglomerados en camiones-zahurdas, camiones-pulquerías, trenes burgueses y fotingos reaccionarios; gallardetes, banderas, pabellones y botoncitos rojinegros—, los balcones de las grandes avenidas cerraron muy apretados sus ojos, como si el claro sol se los lastimara, y en las colonias ondearon corbatas negras, no sé si de luto o de vergüenza.

Desde temprano la Generala mandó su auto a Dionisio con precisas instrucciones de pasar por ella, que deseaba concurrir, de china poblana, a la gran manifestación de obreros, empleados públicos y simpatizadores del Gobierno.

—La clausura de las iglesias se le ha indigestado al Gobierno —gangoreó don Chole—. Ahora necesita de una lavativa salvadora. ¡Que vengan a respaldar mis actos! —exclama dando pujidos.

Dionisio, ennegrecido por la cólera, como siempre que había que cerrar La Noche Buena, levantó de paso, no a la Generala, sino a sus tres prestigios de pulquería: el Chirino, ratero decente; Benito, el boticario sin título, huésped de las Islas Marías, y don Chole, un pobre diablo ex-millonario por obra y gracia de los zapatistas.

—Es usted nuestro último romántico —le dijo el boticario, verdaderamente inspirado.

—En efecto —replicó don Chole subiendo a duras penas al coche su reumatismo, enclenque y astroso, anquilosado por los años, las hembras y las hambres—. A mí nadie me enseñó a trabajar, ni incurrí jamás en tan ridícula costumbre. Si algo aprendí en el colegio, juro que no fue de intento, sino por la fuerza de las cosas que a la fuerza se me metieron en la cabeza. Parece, sin embargo, que no logré ser un perfecto idiota. Sólo que las doctrinas modernas se me atoran. Mis hijos, que echan la lengua en el sol —limonadas de piña, de jamaica, de limón, joven—, dicen que el que trabaja no come. ¡Tonterías! Por otra parte, ¿quién a los cincuenta años entró a la escuela?

—La pulquería sí la aprendió de primera intención, don Chole —observó bruscamente filoso el Chirino.

Brutal e injusto. Porque para don Chole la pulquería ha sido algo más que un simple entrenamiento de humildad cristiana.

Pero no a todos les fue dada la penetración de un Benito.

—¡Jem! —tosió don Chole.

Y Benito le respondió:

—Ese jem vale un poema. Yo le llamaría el Poema del Dolor Resignado.

Parece que, en efecto, su jem arrastroso y sofocado es la huella de una lucha: la vida de crápula, y los principios de moral y religión conservados en capullo; la íntima tragedia estrangulada en el silencio. Los reyes del azúcar y las cantinas de lujo trocados por los Dionisios, los Benitos, los Chirinos, las Noches Buenas y la bellaquería sin trapujos. Y su ¡jem! inexpresivo e inadvertido para la turba, el tic señal de una derrota resignada.

—¿Y esos que van allí como almas que se lleva el diablo? —preguntó Dionisio, sintiendo la necesidad repentina de cerciorarse de su existencia.

—Los camioneros: homicidas por temperamento y asesinos por *sport*.

Por fortuna, el auto tropezó con un hoyanco y nadie se percató de otro atrancón brutal, el del corazón hiperestesiado de Dionisio. El Chirino apenas sí reparó en que se ponía muy pálido y le dijo:

—¿Va malo?

—La desvelada —rumoró Dionisio tragándose su cólera.

—Atención a ese mar de mugre... Los manifestantes con todo y crías.

—Lo de siempre —dogmatizó don Chole—. Cambio de nombres. Ahora el papa es un cebador de marranos. ¿No lo dijo ya Calles? "Entre las mazorcas que nosotros le ofrecemos al pueblo y la vida eterna que les prometen los curas, el puebo opta por seguirnos a nosotros."

Su cara de ladrillo poroso se encendió, sus carrillos granujientos y cerdosos se pusieron como corales de guajolote.

El auto se detuvo porque la aglomeración de vehículos y peatones, en el costado sur de la Alameda, les hizo imposible avanzar o retroceder.

—Ahora el mar negro —dijo Benito—. Los empleados del Gobierno. Para éstos ni trenes, ni camiones, ni fotingos. ¿Para qué? De rodillas habrían venido por obedecer la consigna.

El desfile se inició imponente por su número, la disciplina y el silencio más extraños. Las únicas notas de color y alegría dábanlas con su dudosa belleza de nictálopes las cómicas y bailarinas de los teatros. Se desplegaron grandes cartelones: "¡Viva Juárez!... ¡Viva Calles!"

—¿Y por qué no también ¡viva Porfirio Díaz!? Decididamente la revolución ha fracasado en la literatura de las barberías.

Benito, liberal clásico, se enfrascaba ahora en una discusión de principios con el irreductible reaccionario, cuando Dionisio dio un salto violentamente del coche y se perdió entre la multitud.

"¡Un gendarme! ¡Un gendarme!... Lo que es ahora no te me escapas, miserable... Favor, señor *técnico*... Se trata de un grave delito... Deténgalo usted; un crimen, sí, señor... No, no puedo dar aquí ningún detalle; vamos los tres a la Comisaría. Mucho ojo, señor gendarme, que el hombre es muy listo."

Antes de decidirse, Dionisio vaciló. ¿No sería acaso más bien su remordimiento encarnado en alucinación, para revivirle el castigo de Dios, *leit motiv* de su vida atormentada, en la reconstrucción periódica y cada vez más cruel de la catástrofe?

149

Y mientras esto pensaba, los ojos seguían mirándolo con insistencia. Y luego, lo mismo que las otras veces; una sonrisa demente, sonrisa de idiota o de demonio. ¡Exasperante! E igual que siempre: donde menos se le espera, cuando menos se le espera "Por sí o por no." Y saltó del coche y se echó tras él.

Borracho de triunfo entró en la Comisaría:

—Ahora, sí, señor comisario; aquí le traigo las pruebas. Éste es el único testigo presencial. Diga, individuo, cómo me conoció, en dónde me conoció... Diga todo lo que usted sepa... Nada tiene que temer de mí. Yo se lo mando, y si es necesario se lo exijo... No me pele tanto los ojos... Que no me lo he de comer, miserable. Habla, o lo estrangulo...

Fue necesaria la intervención de la policía.

Historia que, naturalmente, el señor comisario se hará pagar con cincuenta pesos de multa. A su oficina nadie va a burlarse de él. Porque Dionisio, que entró como un emperador, salió con el rabo entre las piernas.

—Sí, lo conozco —dijo el aprehendido temblando como un azogado—: es don Dionisio. En Cieneguilla nos daba mucha guerra a los policías, porque tenía la mala maña de arrebatarles sus mercancías a los dulceros, a los pasteleros, a los fruteros. Travesuras de muchacho; su padre, don Bartolomé, lo pagaba todo... y no sé más.

—¿Entonces no fue usted..., allá por la Alameda...?

A Dionisio se le fue la sangre hasta los pies.

—Sí, un día lo encontré por la Alameda y lo quise conocer... ¡cómo no!... Los mismos ojos del amo don José María, las mismas narices del amo don Bartolo... Lo conocí tamañito así... Le pusimos por mal nombre *el Coyotito*...

Aliviado, por tanto, de una buena parte de sus remordimientos, se dijo: "Desde mañana, vida nueva. Yo debo corregirme de esta fea costumbre de la bebida, que parece que se me está arraigando."

Al otro día, se levantó tarde y no fue a Nonoalco. Esperó pacientemente a que todos despertaran.

—Conchita, desde hoy queda implantado aquí el estado seco No más Pizás, Berreteagas, ni el demonio; vas a traer vinos generosos y medicinales y una botella de emulsión para Sebastián, que está quedando ya como un charal.

El notición no fue bastante para calmar la honda pena de Conchita:

—Tú no nos haces caso, Dionisio; Sebastián sigue muy mal

—No será por falta de dinero, hija.

—El médico lo ha recetado, y como a la pared...

—Habrán ido con curanderos de a uno y dos pesos consulta. Sebastián, ahora mismo te llevo con las notabilidades de la Ciencia. Si tu padre gana harto dinero, es para eso, para nuestra salud, para nuestro bienestar. Si no fuera así, maldito sea el dinero. Vístete pronto. Lo que se necesita es no pararse en precios. ¡Gracias a que estamos en México y no en nuestro pueblo infeliz, donde si uno se enferma sólo al sepulturero le da quehacer! ¡Aquí hay médicos, lo que se llama médicos!

La elocuencia de su chaleco, reventando de pesos, no tuvo eco. En los ojos de Sebastián se extendía algo como una telilla de cebolla. Conchita prorrumpió en llanto y dijo:

—Lo que esté de Dios, y que se haga su Santísima voluntad...

—Dejaste a Cieneguilla, vieja; pero Cieneguilla no se te apea de la joroba. Mira, a Dios aquí lo traigo en la bolsa y nunca me dice que no.

—¡Dionisio, no lo hagas por mí!... ¡Siquiera por él! ¡Cállate!

Al cabo de una semana, Dionisio mojó su estado seco con diez litros de pulque.

—¡Bandidos, me han estafado! Idas y venidas de consultorio en consultorio. Examen del gargajo, de los orines, reacción de quién sabe qué diablos, rayos X por delante, por detrás y de costado, cuatro tremendos arañazos en los brazos, y respire y diga treinta y tres, treinta y tres... Total: cuatrocientos pesos...

—Mucho dinero —observó la indita de la cocina, que no creía en la Ciencia porque nunca la había ni olido—; mucho dinero por decirles lo que yo le adiviné al niño Sebastián desde que lo vi. Llévenselo a mi pueblo, que allí no se da el tisis.

Hasta en el tratamiento concidió la indita de la cocina con el parecer de los sabios que se queman las pestañas para tener automóviles de gran lujo y residencias en las colonias de los aristócratas.

—Nos estafaron por poco precavidos. Pero hoy mismo me informo de quién es el mejor médico de México para llevarte, Sebastián. No te aflijas. Con dinero, baila el perro.

—Si fueras con nosotros a la iglesia, a rogarle a Dios por él.

Dionisio giró bruscamente sobre los talones y salió para evitar una escena de violencia. Sebastián, recostado en su lecho, caída la cabeza, entrecerrados los ojos, permanecía indiferente.

En la pulquería hubo divergencia de pareceres. Cada parroquiano tenía su eminencia a quien recomendar; desde el especialista que cobra veinte pesos por consulta y hace esperar dos o tres días, hasta el de los globulitos, que por veinte centavos lo da todo: el remedio y el trapito.

—En cuestión de éxitos —dijo Benito, hombre conocedor, como del mismo oficio—, no hay uno que no los tenga. Todos hacen milagros. Prefiere, pues, a los de los globulitos: te robarán menos y el resultado será igual.

—Yo estuve tuberculoso —dice don Chole carraspeando fuerte para limpiarse la voz—, escupí sangre muchas veces y el doctor Torres Borrego me dejó bueno.

—Peor que nuevo, ya se ve —comentó un desarrapado sin educación.

Pero Dionisio fue oídos sólo para don Chole.

—¿Dónde vive? ¿Quién es él?...

—Uno de nuestros sabios más eminentes; profesor de la Escuela de Medicina, miembro honorario de la Academia de Medicina. Su nombre anda hasta en el extranjero. Y no cura otra cosa: su especialidad es la tuberculosis pulmonar.

Dionisio lo dejó con las palabras en la boca y detuvo el primer coche que pasó. "Sí, le hablaré muy claro y cortito. Señor doctor, examíneme muy bien a este muchacho; lo han visto ya muy buenos médicos, pero nadie le atina a su enfermedad. Cúremelo pronto, por lo que me cueste. Y para que no estemos perdiendo el tiempo, yo le pago en un día lo que tenga que cobrarme en un año, o lo que sea, con tal de que en un día me lo deje bueno."

Sólo que ahora es Sebastián el que dice resueltamente que no.

Inusitada indisciplina. Dionisio da un paso atrás, alza la voz y hasta una mano levanta. Pero sus ojos tropiezan con los ojos vivos de un muerto. ¡Los mismos! ¡Los mismos! La horrible imagen lo agarrota por momentos. José María, su piel reseca y untada a los huesos, sus pómulos que le agujerean, las cuencas oscuras y el brillo indeciso de lo que arde adentro. Y su mismo rictus final...

Enajenado sale en pos del médico. En su precipitación, al bajar del auto, medio derriba a un transeúnte; pero sin tiempo para explicaciones, ni humor para disculpas, ni oídos para insolencias, desaparece en seguida dentro de un enorme edificio.

—¿El despacho del doctor Torres Borrego?

Como si el portero hubiese intentado esquivar el bulto. Pero

Dionisio, en lucha decidida con los elementos universales adversos, repite, trémulo de ira:

—Pregunto el número del despacho del doctor Torres Borrego, don Alberto.

En ocasión diferente, Dionisio habría encontrado chocante que su paisano don Alberto (mis bodegas tienen capacidad para cinco mil hectolitros de cereales; en Nonoalco tengo siete carros de frijol y dos de chile pasilla) resultara simplemente el portero de una casa de despachos; pero ahora le importaba tanto como el pizarrón del zaguán de donde había desaparecido el nombre del doctor Torres Borrego.

—Mi hijo Sebastián se muere y necesito con urgencia al médico para que al momento me lo vaya a ver.

—Puede que no sea eso tan fácil —respondió con sorna y con una sonrisa casi insultante el portero.

—Sé perfectamente que tiene mucha clientela y no acostumbra hacer visitas; pero que no más cobre su trabajo... Yo no regateo diez ni cien pesos.

Fanfarrón e insolente, Dionisio sacudió el dinero del bolsillo más ventrudo de su chaleco.

—Yo le aconsejaría, paisano, que mejor fuera entonces a la Clínica del doctor Charcot. Pues es el único, que yo sepa, que baje a curar en espíritu.

Dionisio se sintió ofendido, pero como no llevaba ánimo de pelear con nadie bruscamente dio media vuelta.

—Oiga..., espérese...

Imperativa y groseramente. Con el raro dominio, la seguridad y la plena confianza en sí que ciertas gentes tienen sobre otras, no importen las diferencias sociales, ni los cambios de fortuna.

Incuestionablemente que para don Alberto —en reacción por la sorpresa muy desagradable— Dionisio seguía siendo el coyote de Cieneguilla o el baboso paisano desplumado; indudablemente que para Dionisio, don Alberto seguía siendo ahora, no el portero infeliz de una casa de despachos, sino el finchado e imaginario magnate a quien convidó a cenar su primera noche en México ("giro doscientos mil pesos en México y cincuenta mil en Torreón").

Por eso, la altivez del pulquero rico declinó al punto en sonrisa de resignación cobarde, de pobreza espiritual sin remedio. Y no supo arrancarse de las solapas la garra que lo mantenía fijo y quieto.

Y hasta el propio don Alberto sintió compasión:

153

—Pero ¿se ha vuelto loco, amigo don Nicho? Al doctor Torres Borrego lo enterramos hace tres semanas. . .

—¿El doctor Torres Borrego, especialista en enfermedades del pulmón?

—Y muerto de tisis por más señas, don Dionisio.

Si alguien hubiese dicho a Dionisio que Dios había muerto de tisis, se habría sorprendido menos. La noticia fue un derrumbe en su cerebro, de proporciones de catástrofe. La catástrofe de la Ciencia.

Y prorrumpió en llanto.

Y don Alberto dejó de sentir lástima por él. Con asco, con aversión invencible lo acabó de rematar:

—Ahora suéncme otra vez su *maiz podrido*.

Al entierro concurrieron el Chirino, don Chole y el boticario Benito.

—Si yo hubiese llevado a Sebastián a Alemania, a Francia o a los Estados Unidos siquiera. . .

Benito concilió una sonrisa despectiva con el gesto pertinente de su condolencia.

—Dicen que en México la ciencia está muy atrasada todavía.

—Nicho, para tu consuelo, es bueno que sepas que las lumbreras de la Ciencia sólo te sabrán hacer una clasificación admirable de tu enfermedad para que te mueras decentemente, lujosamente, según tus posibilidades pecuniarias. Tú te vas de todos modos, pero no de mosca, sino con tu boleto de *pullman* y con un certificado médico que dejará al Padre Eterno con tamaña boca de admiración. Ésa es toda la diferencia de estos hombres.

Regresa del entierro derritiéndose en efusiones hogareñas y propósitos píos. Primero, buscar un sacerdote que me diga todas las misas y responsos necesarios para que el alma de José María deje de penar en las llamas del Purgatorio. "¿He dicho Purgatorio? Así como lo estás oyendo, Conchita. ¡Qué gusto te da ver a la oveja descarriada que torna a su aprisco! ¿Verdad? Otro primero: clausurar La Noche Buena, origen de esta mala maña que he cogido de beber. Mala maña no más, porque a vicio no llega. Compromisos con los amigos muchas veces, con un cliente interesante allá de tarde en tarde, ora porque uno tiene un buen gusto o un mal susto, ora por olvidar simplemente los errores de la vida. ¿Quién no los ha tenido? Pero visto tengo que cuando digo: 'Hoy no tomo', ni siquiera lo pruebo. ¡Y no me hace falta ni tantito así! Mi verdadero problema es otro: quebrar con la Generala. . . ¡Vieja jija de un. . .! Yo soy el que trabajo y ella la que viene a llevarse, mes a mes, la mitad de las utilidades. ¿Por qué?... Pero ahora estoy decidido. Noche Buena, noche de rendir la cuenta anual, y hasta aquí no más. ¿Que la pongo en un periquete? ¡A mí qué! Con los ahorros que tengo en la caja me sobra y me basta. Viviré decentemente, honradamente, me reconciliaré con Dios y con la santa religión de mis padres. Viviremos todos una vida honesta y muy lejos de este barrio maldito, para no tener ni pretexto ni ocasiones de pecar. Me dedicaré a la más esmerada educación de mi familia. Cirilo y Nicolasa serán orgullo y galardón de sus padres. Conchita descansará. ¡Pobrecilla de Conchita, víctima inocente de mis malos pasos!..."

Conchita ha sido hasta ese instante el margen blanco de una página empastelada. Su llanto humedeció las almohadas cuando abandonaron su pueblo natal, las mojó cuando comenzaron los malos negocios y hasta llegar a la miseria y a la mendicidad. ¿Quién lo supo? Sólo Dios. El día que le llevaron la noticia de María Cristina muerta en un centro de perdición, sufrió un síncope, por el esfuerzo espantoso para no llorar a gritos. Sumisa y obediente, es más que una criada y menos que una criada. Discreta en el dolor, por respeto al dolor de los demás; discreta en la alegría —alegría que se fue ha muchos años—, por no lastimar la alegría de los demás. Una escoba, una silla, cualquier mueble que uno mira al pasar —si es que acaso lo mira--. El sol llena con su luz la casa y con su ausencia todo lo llena de sombra. Pero como ha de salir al otro día, nadie lo extraña ni se lo agradece. "¿Por qué, Dios mío, hasta ahora me estoy dando cuenta del tesoro que me has dado? ¡Mi esposa abnegada y estoica! ¡Yo sabré levantarte un altar aquí, en mi propio corazón! Enjuga ya tu llanto, bendita esposa; la muerte de nuestro hijo es castigo para el rico y salvación para el padre y el esposo ofuscado. Nuestro pobrecito Sebastián está arrodillado a los pies de Nuestro Señor, pidiéndole por nosotros. ¡Qué consuelo tan grande para esta nuestra aflicción!"

Y Dionisio tiene la visión más clara de su esposa, toda blanca, toda bañada de una luz sobrenatural, sin darse cuenta de que hace un largo cuarto de hora está llamando a la puerta de su casa, y de que nadie le sale a abrir.

Cuando la vecina del estanquillo inmediato le mete a viva fuerza la llave del zaguán entre sus dedos, despavorido, da un salto atrás.

—Que su esposa ha salido, óigame...

—¿Hoy?... ¿En dónde?... ¿Decía usted?...

—Han salido todos... Han dejado la casa vacía...

—¿Quién?... ¿Hoy?... ¿Mi esposa?...

—Ella y sus dos niños. Subieron en un coche con baúles, colchones, todo, todo...

—¿Cómo?...

—Si usted no lo sabe, menos yo... ¡Es ella tan mustia!...

En las vecindades, Conchita siempre les cayó muy *densa*. ¡Una mustia! Porque era humilde y callada. Porque su silencio odioso y discordante sólo invitaba el deseo de hacerle daño. ¡Una mustia! Porque la rara calidad de su silencio no la inspiró el terror al amasio ebrio, celoso o engañado, ni se rompió nunca en cuchicheos con la vecina, con la portera o con el primer mecapalero al paso, porque no estalló tampoco en ataques de histeria, insolencias, gemidos, maldiciones, ni en puñaladas o balazos, por ejemplo. Silencio quieto, apacible, vulgar como el aire que respiramos. ¡Una mustia! Para cogerla por el cogote, en una noche oscura, y meterla de cabeza en una tina de los lavaderos. Silencios que insultan como un espejo. Silencios que sólo supieron contenerse en delicados vasos femeninos. El Deber, vocablo vaciado en virtud cristina y que se disuelve en su propia realización, y sólo en ella encuentra su justo premio. Logogrifo para el verraco. ¡Una mustia!

—¿Y los niños? —preguntó Dionisio, automático.

—Le estoy diciendo que está la casa sola.

Sobre su inteligencia pesa una densa cortina. No habla. Abre no más sus ojos vagos, idiotizados. Aun para decidirse a poner la llave en la cerradura, ha de vacilar muchos minutos.

Sus pasos resuenan en las bóvedas sonoras. Un gato que aúlla en la chimenea le convierte en témpano de hielo. Luego viene a su encuentro un soplo tibio, olor de flores marchitas y de cirios apagados. Las hojas secas, al pie de la cama que Sebastián dejó vacía; los candelabros de bronce, chorreados de largas lágrimas como zarcillos de alabastro.

Sale como víbora descabezada.

—Un *cinco ceros*...

"Propiamente, esto no significa una claudicación. Pero hay un misterio que yo debo descifrar... Y sólo así... Mi cerebro me pide tónicos... En fin, ¿de qué se trata?..."

Un segundo coñac rompe la tenue cortina y en la lejanía comienza a esbozarse el recuerdo. Esfumado, borroso. Parece que esto ocurrió así: En la gravedad extrema de Sebastián. Él llegó a su casa como todas las noches, medio borracho, medio inconsciente. "¡Dionisio, nuestro hijo se muere!" "¡Hum, la tonadita diaria! Dime cuánto dinero necesitas y déjame dormir tranquilo!" Entonces ella, una sombra blanca en la sombra negra, mate como las canillas de un osario, retrocedió, muda, humilde, sumisa. Como siempre. Él, desde su lecho, miró cómo la sombra blanca iba a desvanecerse en el umbral. Pero no; ella retrocedió bruscamente. Y se detuvo hierática, terrible. Su gesto de hierro y su voz de hierro: "¡Dionisio, si Sebastián se muere, no me volverás a ver en la vida!" "¿Y adónde puedes ir que más valgas, hija?" (Seguramente que el ave herida que vuela a su nido no sabe tampoco lo que ahí va a buscar.) "¡Me han abandonado!"

Sus lágrimas caen como gotas de lumbre en el fondo de oro de su vaso.

Noche Buena. Aire que taladra los huesos. Cielo cintilante. Cantos, gritos, niños, mujeres, luz, alegría y rumor desbordante en las grandes vecindades de Peravillo y de la avenida de la Paz.

Bamboleante llega por fin a La Noche Buena.

El mancebo de la pulquería le tiende un papel.

—¿Un cheque?

—De ella. Abrió la caja, se llevó el dinero y dejó eso...

"¡Gracias, Señor! ¡Mi hijo Sebastián a los pies de la Santísima Virgen! Milagro cierto. ¡Hijo de mi alma, no me abandones! ... De ella ha salido todo. Lo que tanto miedo me daba pedirle a esa Generala del infierno. ¡Al fin libre! ¡A fin vuelvo a ser yo mismo! ... Corro a contárselo todo... ¿A quién? ..."

Un suspiro le parte el alma en dos. Y el giro de sus pensamientos cambia y se detiene luego en un resalto brutal: "¡La casa vacía! ... Abandonado y... ¡robado!"

De golpe se miran las cosas a veces con una claridad que ciega. ¡Un cheque falso!

Por lo inesperado y formidable del choque, la pulquería comenzó a dar vueltas, con su mugre, sus sombras chinescas, su olor agrio, nauseoso, su papel de china encarrujado, el aserrín congo —lodo, porcelanas, vidrios y baratijas de colores. Una danza patas arriba.

—Sólo ha sido un vahído —dijo despreocupadamente Benito, y pidió un vaso de aguardiente para curar la descalabradura.

Dionisio está llorando en silencio. La parroquia, enmudecida también, respeta su dolor.

NÁUFRAGOS

I

EL DOLOR cuenta los minutos; pero la rueca de la felicidad va al vértigo. Por eso Conchita, que cumplió un año ya en Cieneguilla, dice a veces: "Parece que ayer llegué", y a veces: "Parece que nunca salí de aquí." Incorporada a la vida del pueblo, se siente parte integrante de él y con derecho a sus dos varas de tierra en el camposanto. Ha tenido que recorrer los broches de su blusa y de su falda, trabaja doble y sin fatiga, y duerme largas horas sin lágrimas ni zozobras. Desde que los pequeños Cirilo y Nicolasa entraron, brazo a brazo, con los demás niños decentes al Santuario de Guadalupe, en un tumulto de gentes exaltadas, plegarias, jaculatorias y alabanzas, en un incendio de millares de cirios y corazones. En gracia al *boycot religioso*, Cirilo y Nicolasa han dejado de ser los perros sarnientos de quien se apartaban los niños decentes del colegio. Unificados todos en la lucha, han olvidado sus diferencias sociales; ya no hay plebe y aristocracia, ricos y pobres; hay una sola familia: la familia cristiana. Los defectos ajenos se ignoran, las envidias se apagan, los rencores se aplazan, el chisme se da tregua. Momentáneamente les rodea el halo del más viejo y puro cristianismo. Todas las energías femeninas se tienden como una flecha. Dicen que es el bofetón más ignominioso que ha recibido de mano de mujer el eterno detentador de todos los gobiernos y el eterno carnero de todos los esquilmadores. "He cumplido con mi deber", pensó Conchita, y respiró como respirara otra tarde de paz, la primera vez que tuvo tiempo de sorprenderse con el azul del cielo y de las montañas. "¡Mi tierra! ¡Mi tierra!"

Un azul hondo, diáfano, puro. Evocador también el río del pueblo, espejo de sus horas inmóviles de adolescente, encuadrado de árboles y nubes, en un fondo recamado de arenas, pececillos, arañas del agua trazando con sus finísimas patitas arabescos de cristal. Arrobo inefable en la caricia del aire embalsamado de polen y de resinas que dilata los pulmones e hincha las venas en ondas de aurora. Como si el aire y el cielo hubieran suspendido su eternidad para ella sola, para su nueva primavera. Cuando ella volvió a respirar, consciente de que respiraba, sólo dijo: "¡Por fin somos gentes de nuevo!" Con el terror retrospectivo del México de las diarias engañifas, de las iniquidades, de las inquietudes y de las desconfianzas perpetuas.

Y ahora repitió: "¡Por fin somos gentes." En la etapa final

de una lucha sin tregua, afianzada no más en el conocimiento de que los niños se adaptan ineludiblemente al medio.

Los primeros días, cuando, desfalleciente, más que por la fatiga de sus músculos desentrenados, por la tensión de sus nervios (tenía que departir con los marchantes de la leche, religión, política, sociales y personales, y con la sonrisa en los labios), corría a la cocina a preparar los alimentos.

Y llegaban los niños de la escuela.

—Mamacita, los niños decentes no quieren juntarse conmigo y los pelados me tiran pedradas en la calle.

—Mamacita, las niñas decentes no me quieren porque la señorita no deja que se junten conmigo.

Conchita sintió el aire denso y un vacío en el estómago que aumentaba su repugnancia por los alimentos.

—Sean buenos, hijitos, no digan malas palabras, quítense esos modales tan feos de los niños de México y verán cómo, poco a poco, todos los de aquí los van queriendo.

Y recomendó a Nicolasa un manojo de rosas frescas para su señorita y a Cirilo un canastito de tunas mansas recién cortadas.

Lucha, iniciada desde el mismo día en que amaneció en el pueblo, despierta en el silencio de otros cantos de gallos, otros ladridos de perros, sin el roncar incesante de los trenes de San Lázaro, ni los pitidos premiosos de las fábricas y los talleres; silencio desconocido u olvidado, tejido en la malla maravillosa de millares de píos en los ramajes que amanecieron yertos. Con otros timbres, otros sones y otros aromas, en un aire de cristal y bajo un cielo de cobalto. Aturdida.

Sólo los pequeños trocaron su sobresalto en la alegría del paisaje nuevo y de las caras desconocidas. En la calle tropezó con la misma barricada de ojos apareados y estupefactos de la víspera, noche blanca de frío y de estrellas.

—¡Uf, la rica! ...

—¡Ya no conoce siquiera! ...

—¡Y qué estirada! ...

—¡Y qué rabona! ...

Ella bajó los ojos. Pero la hostilidad cundió como mancha de aceite. Injustamente. El pecado de Conchita es su propio fardo de dolor, más ocho años de ausencia. Cara eterna sólo la del sol, el cielo, los árboles, los pájaros y los viejos de su pueblo. Pero en Cieneguilla la noción del tiempo se tiene de tarde en tarde, cuando algún entierro sonado. Y aun así muy mal. Porque en Cieneguilla todavía se aparecen los muertos.

El frío de Conchita de otro calor habría de necesitar. Por eso corrió a la iglesia. Y la iglesia se lo dio en el canto agreste de las doncellas de la misa mayor que nadie dice, el olor del copal que ha dejado de arder en los incensarios, sus doce años revividos en azahares y linón del mes de María, las botellas de aguas de colores, los pebeteros de barro sobredorado, los manojos de cebada y de trigo tiernos, atados con listoncitos de raso color de rosa, las naranjas claveteadas de popotes, banderitas de oropel y el cauce de un llanto que se le había perdido. Lágrimas ardientes, castas, puras, dignas de Dios.

(Por eso, el inspector del Gobierno, que la sorprendió llorando, no pudo menos de exclamar al oído del médico higienista que lo acompañaba: "¡Quitarle su religión al pueblo es inicuo!" Y el médico, que tampoco era un idiota, le respondió: "El ideal de nuestro pueblo se bifurca en dos caminos: la iglesia y la pulquería. Por eso les clausuramos las iglesias y les higienizamos las pulquerías.")

Y ese llanto, a diario derramado, va a ser su estación en su calvario.

En sus mejillas marchitas se ahondan los surcos y en su frente sombría se multiplican las arrugas. Ellos siempre allí: Sebastián y María Cristina, como si le hubiesen prendido en el corazón y para siempre el dardo de su último rictus. Llanto inconsolable hasta la madrugada, cuando el agotamiento piadoso viene a cerrar sus párpados de mármol y suenan ya las estrepitosas llamadas del lechero. Y comienza el tráfago con el alba y no se acaba al mediodía. La comida es un trapo en su boca. Cuando los niños regresan a la escuela, ella corre a la calle con una red de fuertes cáñamos, hinchada de monedas de plata, de níquel y de cobre, a liquidar las cuentas de la leche. Después, a la iglesia. A la parroquia al fin. Desahogo reparador. Sus mejores horas de soledad y de quietud. Todavía con el bullicio carnavalesco de la capital en la cabeza, no advierte que al templo se le ha amputado brutalmente la mitad de su alma. En el tumulto de sus recuerdos, evocados por el reloj del muro con su mismo péndulo de hace veinte años, la cajita de música de la sacristía con su mismo nocturno de Chopin de hace veinte años, y el resonar de los pasos del anciano o de la beata en las bóvedas sonoras, nada extraña ni le hace falta. No percibirá el silencio luctuoso de los campanarios hasta que la sorprendan las horas cadenciosas del reloj de la parroquia, una mañana lluviosa de junio. Sus oídos sabían de ellos, pero no su pensamiento. Entonces, a una, se precipitarán todos los ausentes: las campanas, con sus voces tan únicas, tan personales: el carraspiento y cansino cieguito del atrio de la parroquia: "Una limosnita de por el amor de Dios, señor amo." Patricia, la *bienaventurada*, novia de todos los guapos de veinte años; don Crucito, el remendón, en su silla de tules, bajo una *sombra* redonda de petate, a la vera de los puestos de tunas, leña y olotes; el *maistro* herrero y el golpe repercusivo de su martillo al mediodía, cuando se oye el aletear de las moscas. Todos los desaparecidos que integran la fisonomía del pueblo. Los pobres, los humildes, las cosas. Revancha de la vida. Los otros, los ricos, los soberbios, los magnates, pasan, desaparecen... y se respira mejor.

Por tanto, el día en que ella pudo dormir dos horas de corrido, despertó con alborozo y bendiciendo a Dios: "¡Un milagro!"

El de su resurrección. El de su llanto a diario derramado al pie de los altares que la curó del otro llanto, de que se sintiera desahuciada.

Y los hondos surcos de un largo sufrir van a emparejarse en la suave tersura de la paz del alma y del deber cumplido. ¿El deber? Seguramente que si le preguntan qué es eso del deber, ella no sabrá qué contestar. Tanto mejor. El deber no se define a sí mismo.

Hace bien en no saber ni querer saber lo que esa palabra signifique. Así disfrutará sus horas de alegría cabal, seguirá durmiendo noches de tranquilidad inefable al calor de sus dos hijos. ¡Santa ilusión! Hasta que un incidente importuno, un recuerdo evocado por un gesto, un sonido o un aroma vengan a reencarnar lo que ella creía tan bien amortajado. Entonces comprenderá el porqué de esos deseos vehementes e inmotivados de llorar, que de repente la asaltan. Ella se dirá: "Es la mala maña que me dejó ese México de mis pecados." Y en el odio enraizado en su corazón para la tierra que en sus entrañas de infierno derritió su juventud entera, lo ahogará todo.

¿Dionisio? Una palabra, un símbolo: "El padre de mis hijos." Y nada más. ¿Qué significan la cabeza de cerillo, el montón de paja complaciente, ni el hierro derretido después de la conflagración? Si en su páramo pudiera caber algún sentimiento para él, sería el de la más profunda compasión. Dionisio ha sido expulsado de su memoria por obra de una defensa meramente biológica, como expulsamos el recuerdo de un momento, de una hora y hasta de una época de nuestra vida, cuando le hace daño a nuestro espíritu.

Por eso, María Rincón, la vecina más chismosa de Cieneguilla, sintiendo la felicidad que trasciende en la casa de Conchita, dijo:

—Sería hasta una falta de caridad mentarle no más a don Dionisio.

Porque María Rincón trocó su sentimiento de hostilidad e hizo que el pueblo también acogiera generosamente a Conchita y a sus hijos aquel mismo primer día, y en seguida de abordarla.

—Vecina, buenos días. ¿Me da licencia de sacar un cantarito de su pozo, mi alma? El mío está cegado y ahora con el boycot ni esperanza de mandarlo desaterrar. ¿Qué se dice de la revolución por allá en México? Dicen que las cosas andan muy mal. Aquí, al que vino a cerrarnos los templos, le fue mal. Genovevita le arañó la cara. ¡Es terrible esta muchacha! A todas nos tiene en un puño. ¡Pobrecita de la que compre carne o no se vista de percal negro o lleve la falda más arriba de la bota! Es la presidenta de la Liga. Ayer juntamos a los niños decentes en la casa de Genovevita y de allí salieron formados a gritarle mueras al presidente municipal. "¡Muera *el Hilachas!*" Y luego que él salió a callarlos, lo cogieron a pedradas... ¡Ja..., ja..., ja...! ¿Y a usted cómo le fue de viaje?

Conchita se apretó las manos, en previsión del interrogatorio subsecuente. Y vino inexorable. Y ella le ofreció a Dios el presente de su paciencia y resignación. Costumbres ancestrales, por inocentes e inconscientes, disculpables. Ella misma ¿no causaba la hilaridad de sus nuevas relaciones, cuando recién llegada a México sometía a todo hijo de vecino a un interrogatorio inquisitorial?

Y no es que la gente de pueblo corto sea más o menos bestia que la de una capital —la estupidez insolente del semiculto es la estupidez en su apoteosis—, sino que en el pueblo corto se hace menos tolerable porque se la tiene presente a todas horas y momentos, y siempre en las mismas caras y siempre en los mismos gestos.

—¿Y es cierto, doña Conchita, que al tal Calles lo tienen enyerbado en Chapultepec? ¡Viejo condenado, yo lo quemaría con leña verde!

Salió de la casa de Conchita con el cántaro vacío de agua —a última hora se le olvidó llenarlo—; pero sí con el noticón:

—¡Mentiras de dinero! Hace una sola comida al día, para que a sus hijos no les falte ni la carne ni la leche.

La estupenda nueva le dio vueltas al pueblo en menos de media hora y todos comentaron unánimes:

—¡Pobrecilla, su marido la ha largado!

Al mediodía, don Benigno, el anciano más rico, caritativo y maniático de la comarca, la mandó llamar.

—¿Quiere usted encargarse de la venta de la leche de una de mis haciendas?

—He venido a trabajar, señor.

—¡Hem!... Lo que quiere decir que es cierto que Dionisio ya acabó...

—No, señor; no es eso, sino que...

—Todo lo comprendo, doña Concha; no me dé más explicaciones, pobre mujer.

Conchita esconde su angustia. La indiscreción y la ausencia de los principios más elementales de educación nunca fueron privilegio del pobre o del analfabeto. ¡Claro! Don Benigno necesita saber con quién habla, a quién va a confiar el cuidado de sus sagrados intereses. Su decantada filantropía dejaría de ser un *sport* para el que gusta de dormir a pierna suelta y sin perturbaciones digestivas.

—No, señor; mi marido tiene sus pulquerías y no le debe ni un centavo a nadie.

—Ahora lo comprendo mejor. No me diga usted, doña Concha. Dionisio es, pues, un perdido igual a todos esos de México. Dionisio la ha largado. Desde mañana mismo, mi lechero le entregará cuatro botes de a veinte litros cada uno. Ponga su confianza en Dios y nada le faltará.

"¡Un peso diario!", pensó Conchita, y corrió a la iglesia a llorar su regocijo.

La misma moneda que en la capital se rehusa abre las puertas de par en par en la provincia. En México, doña María habría dicho: "¡Con razón la largó su marido; tan *mustia* y tan *densa!*" La otra doña María, la de Cieneguilla, hasta pudo pensarlo también; pero en Cieneguilla no todo lo que se piensa se dice, y muchos pensamientos, antes de formularse en los labios, sufren una acción parecida a la de las aguas pútridas que se filtran por la arena, hasta brotar en cascada fresca, cristalina y purísima. "¡Pobrecilla, su marido la ha largado!" Con la piedad infinita de quienes sí supieron lo que se esconde a menudo en el alma de una *mustia*.

Pero si el boycot religioso le allanó el camino, fue el boycot también el que poco a poco fue abriendo una brecha entre ella, espíritu sencillo y cristiano, y el fanatismo católico ambiente. Ajena al odio que iba enconando la lucha, les pareció pronto a los demás como una tibia, como una indiferente. Y no fue porque ella no sintiera también que el templo sin sacerdote es un absurdo, una irrisión; que los muros se ensombrecen y se congelan solos con su tradición y su leyenda; pero sintió con plenitud la inmensa soledad de los campos y de los cielos infinitos de estrellas, llenos de Dios, y pudo hablar con Dios en todas partes.

No es necesario decir lo que se piensa para ser comprendido o adivinado. Sólo que el cambio que va a producirse y que se inicia poco a poco en un ambiente de despego, después desconfianza, y hostilidad al fin, la va previniendo para el desengaño fatal. No la sorprenderá, por tanto, su vecina negándole los buenos días, ni el que su caritativo protector la llame con urgencia una mañana para pedirle desaforadamente la liquidación de cuentas y la devolución del "entrego" de la leche. El mismo día que el pueblo conoció su determinación absurda y escandalosa.

Ella sonreirá apenas. Con el desconsuelo único de saber que no será ya nunca Cieneguilla la que vuelva a acogerla en sus brazos maternales.

II

Porque es mala higiene arrojar los desechos al sótano. El sótano nos los devuelve y envenenados.

Una mañana entró María Rincón con el periódico en la mano y la ponzoña en el alma:

—¡Qué bien les ha probado a los niños Cieneguilla, doña Conchita! Cirilo y Nicolasa están que ruedan. Y usted misma, ¡qué colorada y qué contenta!

—Duermo bien, vecina.

Y sin más, María Rincón abrió el periódico y comenzó a leer:

"La tarde del 15 de los corrientes, como a las seis y media, fue gravemente herido un pasajero al bajar del automóvil que lo conducía a la estación de Colonia. La benemérita institución de la Cruz Roja lo levantó en estado agónico. Es éste un caso apasionante por el misterio de que está rodeado, pues ni siquiera los gendarmes del punto se dieron cuenta de la agresión, ni de que hubiese ocurrido algo anormal en el patio, sino muchos minutos después de cometido el crimen. El comandante de Agentes de la Policía, señor Luis Lara Robelo, resuelto a toda costa a descubrir la verdad y a atrapar a los delincuentes, personalmente se puso en campaña, auxiliado por los más hábiles detectives a su mando. Y en una pulquería denominada La Noche Buena, sita en el cruzamiento de las calles de Tenoxtitlán y Fray Bartolomé de las

Casas, sorprendieron la conversación de la portera con algún desconocido, que los ha puesto sobre la pista del crimen. Conducidos a la Inspección General de Policía, ella declaró llamarse Estrella Rojas, con domicilio en la calle del Plomo, núm. 24, letra B; que la persona con quien hablaba cuando fue aprehendida es su amante, Benito Obregón, boticario actualmente sin trabajo. Que a pregunta que éste le hizo, ella respondió: 'El Chirino no ha vuelto, ha de ser por lo de don Dionisio, seguramente.' Y que si lo dijo fue porque Benito la víspera le había contado que don Dionisio, el de La Noche Buena, le había jugado una mala partida al Chirino. Que eso era todo lo que ella podía decir, pues no sabe ni qué fue ello, ni ha vuelto a ver a ninguno de los dos. Por un punible descuido de la policía, el boticario Benito logró fugarse a las puertas del mismo edificio. Pero se tienen datos precisos para localizarlo, lo mismo que al Chirino, y se espera para mañana la captura de esos dos pájaros de cuenta. Don Dionisio Bermejillo es un comerciante en pulques que logró hacer una regular fortuna, como tantos luchadores que vienen del interior, a fuerza de trabajo, economía y honradez. Parece que a últimas fechas sus negocios se pusieron mal y con eso había adquirido relaciones deplorables que lo han conducido a las puertas del sepulcro. Los facultativos que lo atienden en el Hospital Juárez, no obstante la gravedad de la lesión, abrigan algunas esperanzas de salvarlo.

"Como nota curiosa consignamos que el Chirino es homónimo de un laborista que hace actualmente su campaña electoral para diputado por un distrito foráneo..."

María Rincón levantó sus ojos del periódico para pasmarlos en la esfinge. Y salió a toda prisa a llevar la noticia debidamente aderezada:

—¡Un monstruo! ¡Una mujer sin corazón! ¡Como si le hubiesen dado un vaso de agua fresca!

La verdad fue que, salvo cierta carraspera que la obligó a toser, Conchita no sintió más espanto que el de no haber sentido nada.

Así suelen comenzar las verdaderas catástrofes.

"Todo por ese vicio de la bebida." Breve comentario y germinal de pensamientos e imágenes reconstructivas que desencadenarán una tempestad.

En una madeja de contradicciones anda enredada la respuesta que Conchita busca, para absolver o condenar irremisiblemente.

¿Quién le dio a Dionisio el primer vaso de alcohol? El chato

Padilla, con el primer fraude; luego, cada uno de sus paisanos decentes, en serie ininterrumpida y auxiliada por el paternal Gobierno que a contribuciones, multas y mordiscos casi lo dejó en camisa. Muchos vasos llenos, pero un vicio todavía no. Cuando, dueño de su camión, que él mismo condujo durante medio año, no supo de pulque, ni aguardiente. Pero vienen las deudas, los compromisos, la miseria y la vergüenza, y entonces es ya muy difícil saber si se bebe por el mal que se hace o por el que los demás le han hecho a uno. El choque del camión en la curva del Puente de Alvarado fue sencillamente la coronación de una obra de infamia: el fin de un hombre que no supo serlo.

Comienza el verdadero infierno cuando, arrojados de la casa que no pueden ya pagar, van a caer en el corazón de la Bolsa.

—Éstos sí son amigos, Conchita. Me abren sus brazos y me ofrecen arrimo en su propia casa. ¡Fíjate! Pobres, pero sin caravanas, sin hipocresías. Siempre como los estás mirando ahora: con el corazón en la mano.

Y Dionisio se echó a llorar de vino y agradecimiento.

Dizque pinto es, albañiles, hojalateros, etc. Extraños artesanos que duermen todo el día y salen a trabajar al caer la tarde.

Ella no alzó los ojos siquiera. Pero tampoco dijo el espanto que le daban aquellas rudas manos que, al estrechar la suya, lo hacían con la cordialidad de una llave de tuercas. Procuró que no la vieran taparse la nariz. No por los caños de aguas negras y pestilentes donde se estancan los desechos de la vecindad, sino por el otro fango, por el vaho venenoso que se rezuma en las miradas torvas, oblicuas, en los rostros duros y renegridos, en los cuerpos demacrados y deformes. Es cierto que, al cabo de tres o cuatro semanas, sus harapos en nada los diferenciarán; pero el rasero igualitario siempre se atrancará rudamente en la frente alta de Conchita, en su mirada superior. Las mismas escafandras del pantano verán en ella un halo misterioso que los aleja, que los rechaza. Y eso será bastante para encender la mecha del odio de todos los lacrados por el crimen, la miseria, las enfermedades o, simplemente, por el capricho de la suerte.

Su vigoroso instinto de conservación la confina a las cuatro paredes de su cuarto ensalitrado.

Pero la saña impía se cuela allí, primero en ficticia timidez, en ironías veladas, luego en tontas *indirectas* y, después, en insultos soeces y obscenidades sin tapujo.

Conchita prohibe a sus hijos aun asomarse a la puerta.

Y otra vez la Mustia. Porque hay superioridades imperdonables. (En su mente sigue engarzándose, escena tras escena, su vida de mayor angustia. La reconstrucción es más cruel que la misma verdad.)

Sebastián, María Cristina y el mismo Dionisio le reprochan su inútil tiranía.

Ella llora y calla. Sus palabras, indiscreción en las bocas infantiles, llevarían cebo a la furia maledicente de los doscientos infiernos albergados en las doscientas pocilgas de la vecindad. Pero lo peor es que, cuando cree haber superado ya toda la ignominia de su nueva vida, va a tener escenas de familia, reveladoras de que apenas comienza a vislumbrarla.

Un día, por ejemplo, es Sebastián, allá en el fondo del patio, bajo híbridos cortinajes de garras de enaguas, calzones, camisas, medias goteando en el fango bituminoso, en un círculo de pequeños golfos, en cuchillas, pasándose de boca en boca el humo de una colilla de cigarro que uno de ellos fumara. Son muchas veces las ausencias intempestivas e inmotivadas de María Cristina. Conchita, resuelta hasta la heroicidad, salió en busca de su hija, cerrando, cuanto podía, sus ojos y sus oídos obstinadamente abiertos; atraviesa en zigzag un larguísimo pasillo para evitar las inmundicias regadas por el suelo fangoso, el perro macilento de una vecina de mal genio y peor lengua, el gato que duerme su roña y sus garrapatas, la cieguita que coge el sol a la puerta de su cuarto, el paralítico, entronado en un banco de bolero, entre palomos, gallinas y coconitos ávidos de gusanos y lombrices, que pasa los años viendo, oliendo y maldiciendo. Y ahí encontró a María Cristina, en amena y cordial plática con las astrosas hembras de los lavaderos y vertederos de monstruosas conversaciones: todo lo que puede germinar en un cerebro primitivo que de la civilización sólo supo asimilar lo más sucio y lo más infame. Y ese medio que oprime el alma y la hace tremar de horror, que presume las reivindicaciones de los infrahombres que ya comenzaron a escalar el poder, es el que va a perfeccionar la educación metropolitana que María Cristina ha recibido. Su preparación para entrar pronto en el gran mundo.

A tales recuerdos, remordimientos de los que se creyó siempre a salvo, acuden de repente en tumultuoso refuerzo y ataque. ¡El fin trágico de María Cristina! Su propia responsabilidad de madre pasiva. Porque ahora tiene la intuición plena de su poder. *Pudo* y, porque pudo, *debió* oponerse con toda la energía de su carácter a las determinaciones abominables de su marido. Lo que llamó, pues, su virtud, va resultándole su falta más grave, su pecado más grande. Obediencia ciega a la rutina, a la educación y a la sabiduría de los moralistas de su cotarro. ¡La esposa modelo que tendrá que dejar su voluntad en las afueras de la iglesia desde el instante en que traspone los umbrales con su velos y sus azahares!

Ahora, sus treinta años, aireados y saneados en la Providencia, van a revelarle el tesoro insospechado que yace en las profundidades de su alma. Sus energías que sólo esperan su momento.

"¿La debo? ¡La pago!"

Si algo la traspasa de dolor, es que sus hijos inocentes van a sufrir las consecuencias de las faltas de sus padres.

Su responsabilidad se afirma, a medida que la culpa de Dionisio se aminora. Porque los cuadros y escenas evocados reciben por incidencia otra luz que los aclara y los anima en perspectivas imprevistas.

Un día llegó Sebastián dando gritos y saltos de alegría: "Mamacita, ya tengo cachucha nueva." Relato de una inconsciencia perfecta o de cinismo refinado. En la vecindad se había formado una banda de pequeños golfos cuyo jefe nato era el Tejón. "Un muchacho —dictaminó el paralítico, verdaderamente entusiasmado— que tiene mucho porvenir: o llega a general o llega a presidiario, según los tiempos que le toquen." Se decía que el Tejón recibió de sus padres, como hijo único, la más esmerada educación.

De pecho aún, ya chupaba con avidez el dedo embarrado de pulque que ellos le metían en la boca "pa que se vaya enseñando". Cuando, con sus primeros balbuceos, pronuncia las primeras insolencias, es el encanto de los vecinos, que treman de risa, no por las malas palabras —¡eso qué chiste, todos las dicen!—, sino por la intención y el acento tan justo con que las dice. Más crecidito, sus juguetes son envidia de los demás hijos de sus madres. Él sabe muy bien cómo pueden entrar en su casa y sin costo alguno, no digamos ya juguetes, sino aun ciertos objetos de peso ligero, un pañuelo, un rebozo y hasta una falda de seda. Lo que más tarde le va a traer ciertas antipatías entre quienes más lo quieren. Sus primeros zapatos —baratillo de Tepito— son un acontecimiento. Porque lo hacen sentir muy imperiosa la necesidad de afirmarse, de definirse. Al efecto, arremete contra un pequeño ciego, indefenso, explotado por una vieja ebria, y le corta la cara de modo que le quede señal para toda su vida. La vanidad mayor del Tejón es referir en corro con sus amigos y admiradores cómo su padre, muy borracho, riñó con otro y fue levantado por la Cruz Roja de un charco de sangre y con todas las tripas de fuera. Su ilusión máxima una pistola con balas *de deveras*.

Otro de los miembros de la banda es la Mamá, chico gordinflón, escrofuloso, degenerado, de fama deplorable, que sin la decidida protección del Tejón sería algo así como una pila de agua bendita, no en la vecindad, sino en el barrio entero.

Y de esa banda forma parte Sebastián. Su aventura de aquel día fue una correría por las calles de la Paz. Apostados en las inmediaciones de un colegio particular, esperan a los niños más pequeños que ordinariamente llegan solos. Como jugando, el Tejón arrebata la cachucha de alguno de ellos, echa sus manos atrás y la hace pasar con habilidad consumada a las de la Mamá. Éste repite el juego con Sebastián con la misma maestría. Pero Sebastián es un niño que va pasando por la calle y que sigue su camino muy impávido y ajeno al sucedido, mientras el Tejón y la Mamá discuten con los mayorcitos que rodean al pequeño, quien, vuelta la cara hacia la pared, llora a lágrima viva. Viene el gendarme y se le demuestra hasta la evidencia la no existencia del delito. Juego cierto y sin peligro. Tres cachuchas en media hora. A cachucha por cabeza.

Conchita lloró todo el día y Dionisio dobló su ración de pulque y aguardiente.

¿Qué? ¿El alcohol, defensa última, refugio final de los restos de virtud de una personalidad que se desmorona en lucha estéril con el destino y consigo mismo? ¿La desesperación del condenado sin apelación, que acude al vino porque el vino ennegrece el cerebro y da noches de piedra? La fuga ante· el espectáculo de la propia degeneración y la degeneración de la familia. Después ya no se sabe si se bebe para reñir o porque se riñó, si se bebe para robar o porque se robó, para matar o porque se mató. Para poder vivir en su cubil la fiera necesita atacar y defenderse como las demás fieras. Pero hay ladrones honorables, asesinos abstinentes, violadores, dechado de jefes de familia, de funcionarios públicos. Asesinos y ladrones que no necesitan esconderse detrás de un vaso de ajenjo para apoderarse del dinero que no fue su trabajo o de la vida que ellos no dieron. El superhombre de la hampa, brillo de los salones y honor de los puestos públicos más codiciados, por caprichos del destino.

El llanto de Conchita es lluvia fecundadora. Así nace su resolución y se define pronto, cierta e inexorable.

Mentira que ella haya huido de su hogar y de su marido. Huyó del castigo de Dios. Como la yegua que siente el piso falso antes del terremoto y escapa con su cría, así Conchita corrió de México con sus pequeños al sentir la muerte tan cerca de su corazón por la segunda vez. ¡Castigo de Dios! Las riquezas de Dionisio fueron cadenas muy fáciles de romper.

Por tanto, todo Cieneguilla se queda atónito cuando sabe que Conchita vende sus muebles para regresar a México.

—¿Es posible, mujer de Dios, que usted piense de este modo?

—Pero usted, tan viva, doña Concha, ¿se vuelve a México?

—¿Se ha vuelto loca?

—Cumplo con mi deber, don Benigno.

III

Ello debió haber ocurrido, más o menos, así. Dando costalazos por los muros del negro y angosto pasillo, murmuraba, patético, al entrar:

—¡Que haya un cadáver más, qué importa al mundo!...

Dudó entre una posible alucinación y la verdadera verdad de los cirios encendidos en sus ojos, de las flores marchitas y sahumadas en la fiebre sofocante en su nariz, en el grave rumor de cristiana colmena en sus tímpanos.

Lo cierto es que hay un velorio. Lo cierto es que en el velorio están Benito, el boticario; el Chirino, y muchas tazas de café con aguardiente. ¿Y el muerto? ¡Eso es lo de menos!

Para orientarse, tiende una oreja rumbo a los discos de doña María que gangorean impíamente sus seis piezas de hace dos años, desde hace dos años, en días que comienzan cuando comienza la mañana y no se acaban cuando se acaba la noche. Tiende la otra en sentido opuesto y escucha, como siempre, el aria de la *Tosca* de la planchadora del 24, aspirante a corista del María Guerrero y escándalo del bestiario nacional —altos cinco—, víctima del hambre pandémica de la casa.

Y, efectivamente, entre la *Tosca* y el *Novillo* está el velorio, el Chirino y Benito, el boticario. Pero no el aguardiente. ¡Qué plancha! Una plancha a medias, con todo, porque al cabo de dos horas de religioso silencio y reposo, Dionisio se acuerda del asunto verdadero que allí lo ha conducido.

—Chirino, yo tengo un negocio de reserva con usted.

—Se puede hablar —responde el Chirino con su voz cantarina.

Se puede en verdad. Grupo aparte lo forman el Chirino, Benito y dos *cuates* más.

—Quiero trabajar con ustedes...

El Chirino sonríe levemente, sin levantar la cabeza. Los demás cruzan también una sonrisa fugitiva, pero con más dinamita de la necesaria para volar la casa con todo y muerto.

Dionisio entiende que hay que aclarar. Les hace comprender que quiere trabajar con ellos en lo que ellos *trabajan*.

El Chirino y sus cuates cambian miradas perplejas. Porque en el odio de clase se esconde a menudo cierta oscura piedad para el vencido, cuando cae a nivel igual en odios, afectos y sentimientos. Y Dionisio lo ha cantado en más de una vez:

—¡Qué lástima de una revolución, horita! ¡A cuanto jijo de un... colgaría yo de las ramas de los mezquites!...

El odio a la sociedad, innato en el hampón, se desarrolla con rapidez e intensidad asombrosas en el burgués en desgracia. La infamia de la desigualdad social le quema, entonces, el alma. El robo, el asesinato, enmascarados con nombres modernos, *sabotaje*, *acción directa*, son virtudes heroicas, cuando se trabaja. Pero cuando no se trabaja, robar y asesinar son palabras que han perdido su sentido. "¡Hasta para ser un desgraciado de éstos, mi vicio estorba." Porque el Chirino emitió su dictamen:

—Bebe mucho, don Nicho, si no...

Pasan meses. No hay qué vender ya. Duerme en un corral, come tortillas frías con agua de chile y pulque. Sus andrajos y su mugre le acabaron de cerrar las puertas. No las de sus paisanos y amigos, sino aun las de los desconocidos.

Una vez, vagando por los basureros, donde borrachos y borrachas de pulque duermen lamidos por los perros flacos, le sorprendió un encuentro. Bruscamente, Dionisio volvió la espalda.

—Es a ti a quien busco, Nicho.

Dionisio se muerde los labios. No le ha quedado derecho ni al *usted* siquiera. Y ¿quién lo tutea?... ¡El Chirino!...

—Tengo *chambita*, Nicho. ¿Quieres trabajar?

Media un momento para que se apague el coraje. Con voz que se extingue, Dionisio vuelve su rostro y tiende sus manos:

—¡Míreme cómo tiemblo... y no es de *crudo*!

—Negocio fácil. Te compras ropa limpia, te bañas y ocupas un buen cuarto en una casa decente. Es lo que se necesita, un inquilino decente. Y, cuando menos, la cara... la tenías. Calle de Victoria, 17. Arriba vive el diputado Zamarripa. Tienes que observarlo, seguirle los pasos, saber quién entra en su casa y a qué personas visita. Si tiene alguna criadita, enamórala y el trabajo se te vuelve un juego. Pero ha de ser pronto, en menos de una semana, ¿entiendes? Negocio cierto y seguro. Para tu gobierno te digo que es negocio sin peligro. Vamos a comprarte la ropa y aquí tienes desde luego veinticinco pesos para que adelantes la renta del cuarto.

Dionisio, después de tragar tanta saliva, hace esfuerzos inauditos para cerrar la boca. Toma los veinticinco pesos y sus ojos son torrentes de agradecimiento.

"No es lo mismo prometer que cumplir. ¿Adónde me pueden llevar estos veinticinco pesos?"

Su grave meditación lo fija en el fondo del oro de su quinto coñac. Realmente su problema es de alta psicología criminal, y es mucho más sencillo apreciar la calidad de un buen coñac. Por eso, volviendo sus ojos en blanco, no puede contener su exclamación de felicidad:

—¡Qué bueno es el buen vino! Venga otra. . .

Y apura las heces de la otra cuando aparece el Chirino.

—Vine a refrescarme, Chirinito. . .

—Los informes, por correo a La Noche Buena. Han cambiado las cosas. No nos conocemos, Nicho, no debemos encontrarnos. ¿Entiendes? Y te advierto que esto no es juego de niños. . . Nos vemos.

—Nos vemos, Chirinito.

"¿Una amenaza? Bueno. Ya no soy el tarugo de antes de ayer. Vengan ahora cervezas."

Pero la cerveza no viene sola, trae la más espléndida idea. "Con el dinero que me queda tengo y me sobra. En vez de embarcarme para las Islas Marías, tomo mi boleto de segunda a Cieneguilla."

Doblemente ebrio, salta del asiento, paga la cuenta y detiene el primer auto que pasa.

"La cara que va a poner el Chirinito de mi corazón." Y ya dentro del coche, se aprieta el estómago de risa.

Sólo que al bajar en la estación de Colonia, la boca se le seca. ¡El demonio del hampón, ahí de cuerpo presente!

Por fortuna, no obstante su geniecito y su fama, el Chirino se mantiene ecuánime. Y no sólo; va a su encuentro quietamente, pausadamente, con la sonrisa en los labios.

—Chirinito, vengo a encontrar a un paisano.

El Chirino le echa el brazo a la espalda. Y Nicho dice:

.—¡Ay!. . . ¡Jesús!. . . ¡Jesús!. . . ¡Un padre!. . . ¡Que me muero!

Y las piernas se le doblan.

172

IV

Mientras el tren serpentea, dejando atrás y para siempre, a orillas de árboles y agua corriente, los pájaros del pueblo y el alma del pueblo, ella va serena, dueña absoluta de su voluntad, revelándose a sí misma en su propia contextura de acero. No es la madre: madre es la loba, la hiena, la víbora. Es la esposa cristiana que sigue a su compañero, así esté lacrado por las enfermedades, por la miseria, por el vicio, o por el crimen mismo. Si la misión de la luciérnaga es hacer más negra la noche con su lucecilla, la luciérnaga, cintilando, cumple con su misión.

El tren jadea. El cerebro de Conchita trabaja. Cuando aparece el pulpo con sus millares de tentáculos eléctricos, sonriendo estúpida y siniestramente al cielo estrellado, ella no oye más el jadeo del ferrocarril, porque el de su corazón se lo apaga todo. Dentro de breves minutos se habrá perdido para siempre en las entrañas del monstruo. La tierra negra y fértil va a ceder su sitio a un tejido acharolado y movedizo en millares de lucecillas desarticuladas, rumor sordo de motores, cláxones y timbres, suficientemente poderoso para tragarse en su silencio siniestro todos los dolores, lamentos, miserias; todo lo que se ahoga por debajo y por fuera de las aristas luminosas de los grandes edificios, de las poderosas lámparas de arco que se atreven a apagar las estrellas del cielo. ¡Pobre cielo! Caricatura de cielo. Cielo de humo, de vaho, de polvo, de grasa...

Entran con la noche, cuando la vida frenética de oro y de placer comienza a despertar en las entrañas infernales de la bestia. Conchita va quieta y serena, con la serenidad y la quietud de una guillotina, o de una cabeza tronchada por la guillotina. En los niños hace ya efervescencia la alegría de la vida. Pasan entre camiones apretujados de mugre y andrajos a gran velocidad para que no se interrumpa la cinta púrpura y sello inicial de la etapa de las grandes reivindicaciones. Un chofer de inmunda cachucha y rostro de patibulario muestra sus ojos sin brillo y sus dientes blancos, en una risa de insolencia bestial, de cinismo o de imbecilidad perfecta. ¡Quién lo sabe!

—Mamacita, cómprame esa musicota.

Cirilo se ha detenido, encantado, delante de un mamarracho que infla los carrillos al extremo de una bocina abollada de latón. "¡Atención... no compre usted su calzado sin visitar los aparadores de El Competidor..." Más delante, Nicolasa quiere calzado de La Giralda. En sus aparadores, una muchacha de catorce años hace el reclamo con sus admirables piernas. Armenios barbicerrados y cejijuntos los detienen metiéndoles en los ojos brazadas de medias, calcetines y corbatas, y las judías de tez morena y grandes ojos negros, carrillos apiñonados, los invitan a entrar en sus tiendas, rompiendo la belleza de sus líneas nazarenas con el aire sórdido del mercader.

El cielo amanece cerrado. Por el balcón del hotelucho de barrio pobre, calle hundida en la niebla, esfumados en un gris uniforme los tubos de acero, los cables, madejas de alambre, bóvedas, pretiles y chimeneas apagadas, el sol como una burbuja de alabastro que naufraga en el infinito.

—A la calle, niños; vamos al hospital.

Acostumbrados ahora a los silencios repentinos y recónditos de su madre, a sus largas horas de ausencias, gorjean en la calle, como pajarillos escapados de sus nidos. Y un rayito de sol que rasga por un momento los cielos los hace brincar y bailar. Recorren otra vez la avenida del Brasil y el gangoreo de un invertido decrépito, en una caja sonora, les detiene, pese a la prisa de Conchita, abstraída en su mundo más ruidoso que el que van atravesando. "Compre usted calzado en La Giralda... La Giralda... La Giralda..." Al anuncio extravagante se detienen los transeúntes y oyen el concierto de perros y gatos encerrados en un costal. Todas las zapaterías contiguas venden el mejor calzado, todas escupen, a quemarropa, marchas militares, sinfonías clásicas, canciones mexicanas, coros rusos, jazz de Chicago, y con los gritos huecos de los gramófonos se revuelven los estridentes de los macacos que gesticulan en los camiones: "Zócalo Viga... Cozumel... Zócalo Merced..." Un aeroplano papamoscas ruge su despecho, columpiándose en el cielo de vidrio deslustrado, sin que nadie le haga caso. Artículo pasado de moda.

En el Hospital Juárez informan que sólo los jueves y domingos se permite visitar a los enfermos que no están graves.

—¿Entonces, Dionisio Bermejillo no está grave?

El empleado recorre una larga lista. A Conchita le rebrinca el corazón.

—Dionisio Bermejillo causa alta mañana.

Con lo que basta para que las restantes horas de hotel sean de una lentitud exasperante, atroz.

Otra vez viento, frío, lluvia menuda. En las azoteas, las ropas tendidas a secar ondulan como palomas gigantescas batiendo las alas. Calle abajo, siguiendo el arrabal, la vista se dilata, se pierde, asciende luego hasta la arista azulada de la sierra al filo de un cielo de plombagina.

Hasta los mudos horizontes cansan. Del lado opuesto comienza una serie de cubos de mampostería creciente y sin fin: ojos cuadrangulares, redondos en ojivas; abiertos en inmensos muros calizos o de ladrillo quemado al rojo, entreverados con bóvedas y techos de cinc negruzco. Pero, a medida que más se aprieta el caserío, más mezquina y más odiosa le aparece la ciudad. ¡Cieneguilla de mi corazón! ¡Mis campos, mis árboles, mi río, mis cerros, mi tierra que comienza más allá de donde nace el sol y no se acaba más allá de donde el sol se mete... mi alma!...

La obra infinita de Dios, inextinguible en la memoria del provinciano que no prevaricó. Sentimiento que acaban de ensombrecer los horizontes confinados donde rebulle la vida al compás de una mísera pasión absorbente: el dinero. Ahí donde toda idea desinteresada y noble fracasará en espantosa confusión de lenguas.

En su tristeza enorme e inacabable, los timbres de los tranvías lloran, las ruedas de los carros gimen y el mismo rumor argentino de los chiquillos que juegan en las vecindades tirita.

Hay que salir. A cualquier parte. Lo importante es que las piernas sirvan de derivativos al cerebro y al corazón. Andar a la ventura, pero andar, pero vivir.

—¿Con tanto frío y con tanto aire, mamacita?

Lástima que ella nada oiga. Pasan por una esquina donde un grupo de vagos les tiende sus miradas oblicuas. Saltan un caño de agua inmunda donde flotan gatos y perros muertos de tres semanas. Y nadie repara en el cartelón estúpido fijado en un muro: "Lávese usted las manos para comer." Atraviesan sin temor por entre los hampones a quienes tanto trabajo cuesta mirar en línea recta, como pronunciar una frase en lengua cristiana. En sus miradas torvas y en sus labios plegados, hay burbujas de odio enconado, de desprecio y de insolencia. Es el mundo de los perros y los muladares. Perros de todos colores, de todos tamaños y de todas razas. Flacos, mustios, erizos. A muchos les falta una oreja, a otros una pata, los más llevan largas cicatrices en el lomo o en el vientre, de los cuchillos que han probado su filo en ellos. Por que hay gentes humanas, demasiado humanas. Pero siempre les hace falta ver correr la sangre. A cuchilladas los espantan de las carnicerías y de los mercados; los trenes los embarran en sus rieles, los camiones los despachurran festivamente, los zapateros remendones los encueran. Pero ellos son generación espontánea de los muladares, auténticos andrajos ambulantes, y se reproducen como las chinches y los piojos. No produciéndole nada al Fisco, para ellos no hay contribuciones, ni multas, ni *mordelones*, ni Consejo Superior de Salubridad. Se husmean, se mean, van de aquí para allá, sin objeto, sin pena, sin zozobra, dichosos en su ignorancia de su inutilidad perfecta.

—¡Más aprisa..., más aprisa!...

Llegan anhelantes al Zócalo. La noche desciende y, con la noche, la lluvia. Bajo las estrellas caídas de los cables, entre las estrellas ambulantes de gasolina, hormiguea la fatuidad del film eterno para que mejor se aprecie la mole gris de la Catedral, severa de siglos de impasibilidad, bajo su dosel de pizarra insondable.

Conchita suspira con el sentimiento de que esa tristeza sobrehumana que la agobia, sin piedad, no está en la tierra ni está en el cielo, sino en cada golpe de su propio corazón.

Al otro día, rendidos, agotados, abren los ojos cuando el sol entra a chorros por entre las maderas mal ajustadas y podridas. A la calle pronto. Al hospital. Ahora no hay más tiempo para pensar ni para sufrir. El frío que se le entraba hasta los huesos, que la congelaba hasta la insensibilidad, ha desaparecido. Sus labios han dejado de ser un rictus de cartón, y sus ojos, láminas de acero.

Los de *alta* comienzan a salir. Todavía con vendas blancas en la cabeza, en los brazos, en las piernas, vacilantes, descoloridos, con sonrisa deleznable en sus labios secos, con ojos de nictálopes al mediodía.

La turba harapienta se aglomera en la reja; en tumulto se estiran cuellos enjutos y coriáceos, se yerguen cabezas greñudas y sucias. Luego vienen las insolencias y los insultos. El cristal donde el viejo dolor de Conchita va a fundirse en oro líquido soterrado en su conciencia. El "puedo" asciende a su conocimiento y, desde ese mismo instante, se centuplica. Es la obra purificadora de la provincia. Conchita siente el abismo que la separa ¡por fortuna! de los demás. Sin festinación, sin vanidad, como el fuerte frente al cacoquimio, el sano en la cercanía del moribundo: con dolor y compasión. En vez de la audacia y la ambición con que Dionisio llegó un día a la conquista de México, ella trae su esperanza condensada en una vulgarísima frase: "¡Nunca les faltó Dios a sus criaturas!" Pero esa frase significa para ella la posesión del universo. Y por ella se siente grande y fuerte, y por ella su sonrisa la transfigura. Toma de la mano a sus pequeños y, abriéndose paso a viva fuerza entre la multitud que los injuria y los estruja, va al encuentro del que viene con la cabeza rapada y los pies descalzos, con los ojos turbios donde hasta la última esperanza debió morir.

Y él tiende su mano reseca y fría y sonríe sin sorpresa, sin emoción, sin expresión:

—Me *latía* que tendrías que volver...

ÍNDICE

Este libro se terminó de imprimir el día
6 de noviembre de 1984, en los talleres de
Editorial Andrómeda, S. A., Avenida Año
de Juárez núm. 226-C, 09070 México, D. F.
Se tiraron 10 000 ejemplares.